이상 문학의 환상성

세계 통찰의 문학적 발현

배현자(裵賢子, Bae, Hyun Ja)
연세대 문리대 국어국문학과 및 동 대학원 졸업. 문학박사. 현 연세대 근대한국학연구소 HK연구교수. 주요 논문으로 「김만중의 『구운몽』과 최인훈의 『구운몽』에 드러난 환상성 고찰」, 「근대계몽기 한글신문의 환상적 단형 서사 연구」, 「이상 문학의 환상성 연구」 등이 있다.

이상 문학의 환상성 세계 통찰의 문학적 발현

초판 1쇄 발행 2019년 6월 14일
초판 2쇄 발행 2020년 10월 30일
지은이 배현자 **펴낸이** 박성모 **펴낸곳** 소명출판 **출판등록** 제13-522호
주소 서울시 서초구 서초중앙로6길 15, 1층
전화 02-585-7840 **팩스** 02-585-7848 **전자우편** somyungbooks@daum.net **홈페이지** www.somyong.co.kr

값 20,000원 ⓒ 배현자, 2019
ISBN 979-11-5905-414-3 93810

이상 문학의 환상성

세계 통찰의 문학적 발현

The Fantasy in Yi San's Literature
: Literary manifestation of universe insight

배현자

소명출판

이 책은 이상 문학의 환상성을 구명究明한 것이다. 이상 문학의 환상성은 전통적으로 이루어지던 문학적 환상성의 면모와 두드러진 차이를 보인다. 이전 시기의 환상성이 비교적 단순 요소와 구조를 채택하고 있다면, 이상 문학의 환상성은 대단히 복합적이고 중층적으로 발현된다. 이러한 차이는 작품 안에 담긴 내용이나 목적의식에 영향을 받는다. 전 시기 문학의 환상성이 주로 계몽이나 해원解願에 목적을 두었다면 이상 문학의 환상성은 현실 세계의 반영에 무게 중심이 놓인다. 따라서 이상 문학의 환상성은 한국문학의 환상성을 통시적으로 고찰할 때 반드시 다루어야 한다.

이상 문학에서 새로운 환상성이 발현되는 데에는 여러 요인들이 영향을 미친다. 매체의 변화가 이루어지면서 고전문학과 절합의 양상을 보이는 근대 초기 문학적 흐름, 프로문학의 활성화 이면에서 대두된 창작방법론과 서구 문예 이론의 유입, 그 과정에서 내포 의미의 변화를 띠며 활성화되는 환상 담론들이 영향을 미쳤다. 또한 개인적 기질에 영향을 주었을 양자 체험의 성장 과정과 식민치하에서 살면서 느낀 정체성의 혼란 역시 환상성의 발현 배경이 된다. 그런 성장 과정에서 이상이 천착한 예술과의 접점, 건축학을 전공하면서 습득한 과학적 지식들은 이상 문학의 새로운 환상성이 발현되는 데 자양분이 된다.

이상은 위와 같은 배경 속에서 문학의 환상성을 통해 세계의 본질을 드러내고자 했다. 자신이 파악한 세계의 본질을 드러내기 위해서 우선 억압으로 작동하는 기존의 규범적 틀을 흔들었다. 이상은 일상적으로 말하고, 지각하고, 인식하는 것들의 상식적 판을 뒤흔든다. 위트와 패러 독스를 통해 규범적으로 형성되어 온 말하기의 틀을 뒤집고, 이미지를 파편화시켜 추상적인 몽타주 방식으로 지각의 단일한 초점을 깨뜨리며, 의식과 무의식을 표류하는 방식으로 인식의 불완전함을 드러낸다. 이를 제시할 때도 단순히 설명적 말하기의 방식이 아니라 복합적이고 중층적 으로 뒤섞어 흔들린 판의 모습을 보여주는 방식을 택한다.

기존의 억압으로 작동하던 규범적 기제들을 흔든 뒤, 나누고 분할하 는 경계를 무화시킨다. 문학에 접근할 때 일차적으로 형성되는 관습적 인식을 해체하기 위해 이상은 실제와 허구를 교착시키고, 질서 정연하 게 인식되는 현대적 시간과 공간 개념에 균열을 낸다. 그리고 그 시간과 공간 속에 살아가는 주체들에 대해 탐색하여, 주체와 타자가 중첩되어 있음을 말한다. 즉 세상은 따로 구별되는 개별자의 집합체가 아니라, 존 재들이 서로 불가분의 관계에 놓여 있음을 드러낸다.

이상의 세계관과 문학 작품의 기법은 하나로 관통하는데, 그것은 반 복과 순환이라는 프랙탈적 구조를 통해서도 드러난다. 문학 형상화의 기법으로 차용하고 있는 프랙탈의 구조는 이상이 세계를 통찰한 패턴이 었다. 이상 문학의 환상성은 우주의 형성 원리와 법칙을 담아내는 역할 을 수행한 것이다. 이상은 과학도였지만 우주의 형성 원리를 드러냄에 있어 논리적 증명 차원이 아니라, 문학적 통찰을 통해 직관에 이르는 방법을 제시하였다.

이상의 작품 세계는 모나드적으로 연결된다. 이 모나드적 연결로 중층적 은유망이 형성된다. 중층적이고 복합적으로 연결된 은유망으로 인해 이상 문학의 독자들은 구체적 의미의 실체를 짚어내기가 더욱 어려워진다. 은유의 미로 속에서 독자는 자신의 의식 세계와 마주한다. 그래서 이상 문학은 읽는 이들마다 해석을 다채롭게 할 수 있고, 그 다양한 해석들을 모두 수렴할 수 있는 열린 텍스트가 된다. 어떤 실체도 분명하게 잡히지 않지만 무수한 해석적 실체를 만드는 지점, 이것이 이상 문학이 지니는 '환상성'의 요체이다.

문학적 환상성은 때로는 작가나 독자의 현실 도피 욕망을 충족하는 기제로 활용되기도 하지만, 그것이 문학적 환상성의 전부는 아니다. 문학의 환상성을 통해 현실 세계의 본질을 궁구하고, 우주 형성 원리를 탐색할 수 있는 사유의 힘을 가질 수도 있다. 1930년대 이상은 그러한 가능성의 일단을 보여주었다. 이상 문학에서 발현된 환상성은 이후 여러 작가들에게 영향을 미치면서 환상성의 영역을 다양하게 넓히는 데 일정 정도 기여를 했다. 따라서 복합적이고 중층적인 이상 문학의 환상성을 도외시하지 않고, 그 환상성이 만들어낸 세계의 영향관계를 면밀하게 살펴야만 이상 문학이 한국문학사에 남긴 족적을 제대로 더듬을 수 있다. 근대 이후 이루어진 다양한 환상성의 영역도 이젠 좀 더 폭넓게 궁구하여 그 성과와 한계들을 짚어낼 필요가 있다. 이상 문학의 환상성을 분석하고 고찰한 이 연구가 한국문학사의 환상성 지형을 그려나가는 데 기여하고, 환상성을 통해 형성되는 문학 지평을 더욱 넓혀가는 데 자극제가 되기를 희망한다.

이 작은 연구 결과를 내기까지의 과정이 지난했다. 많은 이들의 도움이 없었다면 이 결과물은 나오지 않았을 수도 있다. 이 과정을 통해, 크든 작든 하나의 결과물을 산출해 내기까지 혼자의 힘만으로 되는 것이 아니라는 그 평범한 진리를 다시금 되새긴다. 직간접적인 도움이 있기에 한 세계의 일원으로 존재하는 것이 가능하다. 지금까지 여러 유형의 관계 맺음을 통해 도움 준 모든 이들에게 깊이 감사하고 있음을, 앞으로도 그 고마움을 잊지 않고 살아갈 것임을, 이 지면을 빌어 전하고 싶다.

2019년 초여름에

배현자

차례

제1장

이상 문학의 환상성 연구가 필요한 이유

이상 문학은 난해한 것으로 정평이 나 있다. 그로 인해 이상 작품에 대한 평가는 극과 극을 이룬다고 해도 과언이 아니다. 이상이 활동하던 당시에도 상반된 평가가 이루어졌었다. 최재서는 이상의 「날개」를 '객관적 태도로서 주관을 바라본 작품으로 리얼리즘의 확대와 심화를 대표하는 예'[1]로까지 치켜세웠다. 백철은 최재서의 견해를 정면으로 반박하면서 이상의 「날개」는 '개인에게만 한정된 인위적 환상으로서 모순과 혼란이 누적되어 있으며 통일성을 결여하고 있기에 리얼리즘의 타락'[2]이라고 평가했다. 당대를 풍미하던 '리얼리즘'이라는 프레임으로 본 평가도 이처럼 상반되게 이루어졌지만, 그게 전부는 아니었다. 이상 문학에서 보이는 새로운 시도들에 대한 평가 역시 극과 극을 이루었다. 이상의 작품에 대해 김기림은 '현대시를 발전시키는 데 일조하는 것'[3]으로

1 　최재서, 「리얼리즘의 확대와 심화—'천변풍경'과 '날개'에 관하여」, 『조선일보』, 1936.11.31
　　~12.7.
2 　백철, 「리얼리즘의 재고」, 『사해공론』, 1937.1.

평가했으며 김문집은 '일본 문단에서 이미 7, 8년 전 유행했던 신심리주의를 모방한 것으로 신인 작품에서는 흔하디 흔하여 조금도 새로울 것이 없는 것'[4]으로 폄하했다. 이런 상반된 평가는 이상 사후 지금에 이르러서도 지속된다. "불과 21세의 나이에 홀로 높은 목표를 설정한 이상은(…중략…) 수학, 통계학, 천문학, 화학, 물리학, 고고학, 건축학, 문학, 예술을 이해한 당대 조선의 르네상스 인"[5]으로 높이 평가되기도 하고, "위트와 패러독스로 무장한 천재"[6]로 상찬되기도 한다. 반면에 그의 작품 중 일부에 대해서는 "시로서 형상화에 못 미친 것"[7]이라는 부정적 평가도 현존한다.

이렇게 상반된 평가가 지속되는 와중에도 이상 작품은 시대를 초월하여 수많은 마니아 독자층을 거느리고 있다. 당대에도 구인회 동인이었던 이태준, 정지용, 김기림 등을 비롯하여 『삼사문학』 동인 등 그를 주목한 작가들이 존재했는데, 이는 당대에만 국한된 현상은 아니라는 것이 이상과 이상 문학이 가지는 독특한 지점이다. 현대 작가들에게 미치는 이상의 영향력이나 일반인들의 선호도 역시 무시할 수 없다.[8]

---

3   김기림, 「현대시의 발전」, 『조선일보』, 1934.7.12~22.
4   김문집, 「'날개'의 시학적 재비판」, 『문예가』 1, 1937.2.
5   김학은, 『이상의 시 괴델의 수』, 보고사, 2014, 34쪽.
6   장석주, 『이상과 모던뽀이들』, 현암사, 2011, 47쪽.
7   김주현, 『이상 소설 연구』, 소명출판, 1999, 371쪽. 『조선과 건축』에 발표한 시들을 두고 내린 평가.
8   세계적인 비디오 아티스트 백남준 역시 이상 문학에서 일정 정도 영감을 받았고(이에 대해서는 권영민이 포착한 바 있다. 「이상 문학의 새로운 발견-백남준, 그 실험과 도전/이상을 만난 백남준」, 『이상 문학의 비밀 13』, 민음사, 2012), 이상의 작품을 패러디하거나 오마주로 이상을 끌어들인 작품들 역시 계속해서 양산되고 있다.(신동문, 「模作鳥瞰圖-詩 第一號 其一」, 『세대』, 1965.11, 245~246쪽; 김석희, 「이상의 날개」, 1988년 『한국일보』 신춘문에 당선작; 김연수, 『꿈빠이 이상』, 문학동네, 2001; 김재희, 『경성탐정 이상』, 시공사, 2002; 장용민, 『건축무한육면각체의 비밀』, 시공사, 2007─1996

서정적 시들이 시대를 초월하여 현재적 읽기가 진행되는 것은 다반사이므로 논외로 친다면, 난해하기 이를 데 없는 작품이, 더욱이 소설이 당대를 초월하여 현재적 읽기가 이루어지는 경우는 극히 드문 일이다. 이상 문학 작품이 시대를 초월하여 현재적 읽기가 이루어지고, 마니아층 독자를 확보할 만큼 매력을 발산하는 이유가 무엇일까. 조연현은 이상의 시가 1930년대 조선 청년들에게 환영받았던 이유를 "누구에게도 쉽사리 해득되어지지 않았다는 데 있었던 것"[9]이라고 언급한 바 있다. 분명 그러한 측면도 있었을 것이다. 하지만 그게 다일까. 난해하기만 한 걸로 당대는 물론 시대를 초월하여 꾸준히 마니아적 독자층을 형성할 수 있었을까. 여기에 대해서는 회의적일 수밖에 없다. 1990년대 한창 해체시들과 난해한 소설들이 양산되었지만, 불과 이삼십 년이 흐른 지금 그 작품들에 열광하는 독자는 많지 않다.

이상 문학에 대해서 구체적 의미의 실체가 분명하게 잡히지 않는데도 끌리게 만드는 요인에 대한 탐구 역시 문학 연구의 자장 안에서 해야 할 몫이다. 본서에서 분석하고자 하는 이상 문학의 '환상성'이 그 요인 중 하나이다. 이상 문학은, 단순히 의미 없는 기호 등을 나열하여 해석을 불가능하게 만든 언어적 유희가 아니라, 복합적이고 중층적인 환상

년 한국영화진흥공사 시나리오 공모전 대상 수상작. 1997~1998년에 둥지에서 처음 출간되었던 이 작품은 1999년 유상옥 감독에 의해 영화로 제작되기도 했다.) 이런 경우가 아닐지라도 작가들의 단편적인 언급들 속에서 이상 문학에 대한 외경심을 찾아보는 것은 어렵지 않다. 또한 최근 인천 근대문학관이 실시한 방문객 설문조사에 따르면 일반인들이 선호하는 작품으로 김소월의 「진달래꽃」, 윤동주의 「서시」에 이어 이상의 「날개」가 3위에 오르기도 했다(2015.2.27, 연세대학교 원주캠퍼스에서 열린 '전국 문학관장 및 근대문학연구자 집담회'에서 이현식 발표 참고)고 한다.

9 조연현, 「근대 정신의 해체-고故 이상의 문학사적 의의」, (『문예』, 1949.11), 이태동 편, 『이상』(서강대 출판부, 1997)에 실린 글 17쪽에서 인용.

성을 활용함으로써 다양한 의미를 내포할 수 있도록 하여, 세계의 현상 이면의 본질을 드러내고자 한 노력의 소산이었다. 이상 문학은 환상성으로 포진되어 있어, 쉽게 의미를 드러내지 않기에 의미의 실체가 없는 것처럼 보일 뿐이다. 그리고 독자들이 시대를 뛰어넘어 그의 문학에 열광하는 것은, 구체적인 의미를 쉽게 짚어내지는 못하지만, 막연하게나마 현상 너머의 본질이 느껴지기 때문이다.

그럼에도 이상 문학의 난해함은 이상 문학을 제대로 이해하는 데 늘 걸림돌이 되어 왔다. 그의 문학에 대한 폄하 역시 그 난해함이 해소되지 않은 상태에서 이루어진 하나의 평가이다. 이 난해함은 이상 문학의 환상성에서 비롯된다. 구체적 의미의 실체를 짚어내기 어렵다는 점, 그로 인해 어떤 의미도 수렴될 가능성을 내포하고 있다는 점, 이것부터가 이상 문학의 환상성이다. 이상 문학의 환상성은 대단히 중층적이고 복합적이다. 그래서 그 환상성의 실체를 짚어내는 것마저 쉽지 않다. 이상 문학이 지극히 환상적인데도 불구하고, 지금까지 이상 문학을 환상성의 측면에서 살펴본 연구가 많지 않은 것도 실은 환상성을 이루는 요소들을 인지하고 그것을 분석하는 것이 쉽지 않았기 때문일 것이다. 이상 문학에서, 보일 듯 보이지 않고, 잡힐 듯 잡히지 않는 의미 체계를 들여다보려면, 중층적이고 복합적으로 형성된 이상 문학의 환상성을 조금 더 차분하게 분석해 보는 것이 필요하다.

이상과 이상 문학에 대한 연구는 지금까지 수없이 많이 이루어져 왔다. 김주현의 『이상 소설 연구』[10]에 부록으로 '이상 문학 연구 목록'이

---

10 김주현, 『이상 소설 연구』, 소명출판, 1999.

올라 있는데, 1999년 10월 정도에 발표된 것까지 편수가 960편을 상회한다. 1980년대부터는 10년 단위로 300편이 넘는 연구가 이루어지고 있다. 김주현의 목록에 빠진 연구들과 이후 이루어진 연구 편수를 합하면 1,500편이 훌쩍 넘어가는 수가 나온다. 이상은 짧은 문학 생애와 남겨놓은 작품 수에 비해, 어느 작가 못지않게 연구자들로부터 주목받아 온 작가 중 하나인 셈이다.

수많은 연구가 이루어진 만큼 이상 문학에 접근하는 틀 역시 다양하다. 1930년대 프로문학 경향이 퇴보했다고는 하지만 여전히 리얼리즘 담론이 강세를 띠고 있던 때, 이상 문학을 리얼리즘의 프레임에 넣을 수 있느냐 없느냐 하는 논란 이후, 각 시대마다 이상의 문학을 제각각의 문예 사조 프레임으로 보려는 시도들이 있어 왔다. 다다이즘, 쉬르레알리즘, 모더니즘, 포스트모더니즘 등은 대표적인 예들이다. 이 문예 사조의 대입은 그 어떤 사조를 대입한다고 해도 이상의 문학은 모두를 수렴해 버린다는 특징이 있다. 이 말은 곧 이상 문학에 대해 하나의 문예 사조로 접근하는 것이 허방일 수 있음을 드러내는 것이기도 하다.

1950년대 이상전집이 출간되면서 문학계의 수면 위로 이상이 새롭게 부상하고, 그의 생애에 대해서도 많은 조명이 있어 왔다. 무엇보다 파행적인 이상의 생애가 집중적으로 부각되면서 이후 작품에 대해서도 심리학 내지 정신분석학적인 관점과, 혹은 성의식의 문학적 유희 관점으로 보는 연구들이 활발하게 이루어졌다. 이들 연구는 작가의 개인적 영역과 문학 작품의 상관성 안에서 이상 문학을 이해하는 하나의 단초를 제공한다는 점에서 그 성과가 인정되지만, 이상이 문학을 통해 궁극적으로 표현해 내고자 한 의미를 지나치게 개인사적 영역에 한정시키는 한계를 지니고 있다.

연구가 축적되면서 구조주의적 관점으로 접근하여 의미를 형성해 내는 실체를 짚어보려는 연구들도 진행되었다. 하지만 이들 연구에서는 대다수가 시와 소설을 나누어 살펴봄으로써, 장르의 변별 없이 이루어지는 이상 문학의 요체를 놓치는 경우가 많았다.

이러한 기존 연구의 한계를 넘기 위해서는 어느 하나의 사조나 장르에 국한되지 않고, 개인사적 영역을 뛰어넘으면서도, 이상 문학의 전반에 표출된 특징을 짚어내어 연구할 필요가 있다. '환상성'은 이상 문학 전반을 제대로 고찰할 수 있는 중요한 요소이다. 이상 문학은 시와 소설 대다수 작품에 걸쳐 이 환상성을 내포하고 있기 때문이다. 또한 이상 문학의 환상성은 이상이 문학을 통해 전달하고자 한 세계관의 요체와 긴밀하게 맞닿아 있다. 이상은 개인사적 일상의 표출을 포함하는 동시에 세계를 형성하는 본질에 대한 통찰을 문학적으로 형상화하기 위해 환상성을 활용하였다. 이상이 파악한 세계의 본질은 동양 전통적 세계관과 맞물려 있으면서 또한 서구의 새로운 과학적 발견들로 확인된 세계의 구성 원리를 포함하고 있다.

그럼에도 이상 관련 '환상', '환상성'을 표제로 한 연구는 극히 미미하다. 시의 환상성에 대해서는 한 편의 석사논문[11]과 한 편의 소논문[12]이 있으며, 소설의 환상성과 관련해서는 한 편의 박사논문[13]과 한 편의 소

---

[11] 석연경, 「이상 시의 환상성 연구」, 전남대 석사논문, 2008.
[12] 함돈균, 「이상 시의 아이러니에 나타난 환상의 실패와 윤리적 주체의 가능성에 관한 소고−정신분석의 관점으로 읽은 「꽃나무」, 「절벽絶壁」, 「공복空腹」에 대한 주석」, 『우리어문연구』 37, 우리어문학회, 2010, 443∼481쪽.
[13] 송선령, 「한국 현대소설의 환상성 연구−이상, 장용학, 조세희를 중심으로」, 이화여대 박사논문, 2009.

논문,[14] 그리고 이상 문학 전반에 관해 환상성을 언급한 것은 소논문 한 편[15]이 전부[16]이다. 이 연구들은 대체적으로 환상 또는 환상성을 언급했다고 해도 문학적 환상성보다는 정신분석학적 환상을 토대로 연구가 이루어져 있는 실정이다. 그래도 주목해서 볼 것은 송선령의 논문이다. 송선령은 1950년대의 장용학, 1970년대의 조세희와 함께 1930년대의 이상을 살피면서 통시적 접근을 시도했다는 점에서 의미가 있는데, 시도만큼 그 의도가 충실히 이행되었다고 보기는 어렵다. 송선령이 읽어낸 이상 문학의 환상성은 여러 부분에서 허점을 드러내고 있기 때문이다. 송선령은 이 논문에서 이상의 환상성을 '언어적 환상'으로 규정하고, 자의식 과잉 자아의 존재론적 결핍을 꿈과 현실의 상호침투를 통해 불안한 현실도피 양상으로 드러내고 있다고 본다. 그래서 현실을 탈피하기 위한 이상의 노력은 허위적 세계와 맞닿아 있다는 것이다. 물론 이상의 문학은 어떤 해석도 수렴해 버릴 수 있는 모나드적 주름을 지니고 있기에 이러한 해석과 관점도 얼마든지 가능하다. 그럼에도 '현실 도피'와 '현실 탈피'라는 부분에 이르면 수긍하기가 자못 어려워진다. 무엇보다 이상 문학의 환상성을 '언어적 환상'으로 규정하는 것의 타당성은 짚

---

14 김명주, 「마키노 신이치와 이상문학의 '환상성' 비교」, 『일본어교육』 55, 한국일본어교육학회, 2011, 187~203쪽.

15 최혜실, 「이상 문학이 '환상성'을 지니는 두 가지 이유-공포의 승화와 재귀-지식 탐색의 무한역행」, 『현대소설연구』 12, 한국현대소설학회, 2000, 51~64쪽.

16 표제어로 내세우고 있는 것은 아니지만, 이상의 몇몇 작품에 대해서 환상성을 언급하고 있는 글들이 있다. 방민호가 엮어 출판한 『환상소설첩-근대편』(향연, 2004)에는 이상의 「날개」가 수록되어 있고, 뒤에 편자가 해설로 덧붙인 「한국 현대소설에 흐르는 환상의 발원지를 찾아서-식민지 시대 한국의 환상소설첩」이라는 글에서 이상의 「날개」에 대해 "지식인의 강박증과 관련된 환상의 측면에서 이해하는 것이 가능하다"고 말하고 있다. 권영민 편본 『이상 전집』에서는 「오감도」의 「시제1호」, 「시제3호」, 「절벽」, 「위치」 등 몇몇 시들에 대해서 해설을 쓰면서 '환상적인 작품'임을 언급한다.

고 넘어갈 필요가 있다. 이상 문학에서 이루어지는 환상성의 초석 중 하나가 패러독스이긴 하지만, 그것이 이상 문학의 환상성 전부는 아니기 때문이다.

김명주는 일본 작가와 이상의 문학을 비교 검토하는 논문을 여러 편 써오고 있는데[17] 마키노 신이치와 이상 문학의 '환상성'을 비교한 논문도 그 연장선에 있는 논문이다. 김명주의 작업은 이상이 관심을 기울였던 작가들과의 접점을 찾아보려는 시도라는 점에서 의미가 있다. 김명주는 이 논문에서 송선령과 마찬가지로 이상 문학의 환상성을 '현실에서의 탈출 혹은 도피의 욕구'로 보고 있다. 그에 도달하는 근거로는 몇몇 구절들에서 드러난 표현들을 제시했을 뿐이다. 그로 인해 '생성'은 찾아볼 수 없는 '절망적인 부정' 또는 안에서 닫혀버리는 '어두운 환상성' 등으로 귀결된다. 물론 이상 문학의 전체적인 이미지가 어둡게 포착된다는 점은 부정하기 어렵다. 하지만 그로 인해 '환상성'이 어두운 환상성으로 결론 내리는 것은 재고해야 할 지점이다.

---

17 김명주, 「아쿠타가와문학과 이상문학 비교고찰―「월광月光 속에 있는 듯한 여인」을 중심으로」, 『일본어교육』 30, 한국일본어교육학회, 2004, 267~285쪽; 김명주, 「아쿠타가와와 이상문학에 있어서의 '여성관'」, 『일어일문학연구』 55-2, 한국일어일문학회, 2005, 291~312쪽; 김명주, 「아쿠타가와문학과 이상문학 비교고찰―「기아棄兒 및 양자養子 체험」을 중심으로」, 『일본어교육』 33, 한국일본어교육학회, 2005, 171~194쪽; 김명주, 「아쿠타가와와 이상문학에 나타난 기독교적 양상」, 『일본어교육』 39, 한국일본어교육학회, 2007, 117~138쪽; 김명주, 「아쿠타가와 류노스케芥川龍之介와 이상李箱문학 비교―도쿄東京를 중심으로」, 『일본어교육』 44, 한국일본어교육학회, 2008, 193~215쪽; 김명주, 「아쿠타가와문학과 이상문학에 있어서의 "예술관"비교 (1)」, 『일본어교육』 50, 한국일본어교육학회, 2009, 169~185쪽; 김명주, 「아쿠타가와와 이상문학에 있어서의 "예술관"비교 (2)」 『일본어교육』 54, 한국일본어교육학회, 2010, 195~211쪽. 김명주의 이러한 논문 외에도 비교문학적 관점에서 이상 문학 해석의 토대를 새롭게 구축하는 시도가 많이 있는데, 그중 주목할 만한 것으로는 란명 외 여러 연구자의 논문을 묶어 펴낸 『이상李箱적 월경과 시의 생성』(역락, 2010)이 있다.

이상 문학과 환상성을 관련지어 연구한 논문들은 많지 않았으나, 본서를 진행하는 데 도움을 준 연구 성과들은 무수히 많다. 이상에 관한 연구 작업에서 가장 칭송받아야 할 연구 작업은 아마도 전집 발간 작업[18]일 것이다. 산재한 이상의 원고들을 확인하고 취합하는 것은 물론, 심혈을 기울여 주석 작업을 한 결과로 이상 연구의 활성화를 꾀하는 데 기여했기 때문이다. 그동안 임종국, 이어령, 이승훈·김윤식 등이 산발적인 이상의 작품들을 취합하고 주석 작업을 했는데 이를 통해 이상 연구가 본격화되었다. 또한 최근 김주현, 권영민 등이 원문 입력 작업을 통해 많은 오류를 시정하고 주석을 보충한 전집을 발간함으로써 연구의 정확도를 높이는 데 이바지했다. 본서에서도 기존 전집들의 도움을 받은 바 크다.

이상의 생애 연구와 이상 관련 글들을 수집해 엮은 이들의 수고로움도 이상 연구를 활성화시키는 데 일조했다. 특히 고은의 『이상평전』[19]은 이상의 생애에 대한 연구 미답의 경지에서 가족, 지인 등의 인터뷰와 이상 작품 사이를 오가며 이상의 생애를 재구해낸 것은 괄목할 만한 성과였다. 본서 역시 이상의 생애에 대한 접근에서 이 저작에 빚진 바 크다.

---

18 본서에서 이상 전집은 다음 다섯 가지의 출판본들을 저본으로 언급한다.
　① 임종국 편, 『이상전집』 1~3, 태성사, 1956.
　② 이어령 교주, 『이상소설전작집』 1~2, 갑인출판사, 1977; 이어령 교주, 『이상수필전작집』, 갑인출판사, 1977; 이어령 교주, 『이상시전작집』, 갑인출판사, 1978.
　③ 이승훈 편, 『이상문학전집』 1 ― 시, 문학사상사, 1989; 김윤식 편, 『이상문학전집』 2 ―소설, 문학사상사, 1991; 김윤식 편, 『이상문학전집』 3 ― 수필, 문학사상사, 1993.
　④ 김주현 주해, 『정본 이상문학전집』(증보) 1~3, 소명출판, 2009.
　⑤ 권영민 편, 『이상 전집』 1~4, 뿔, 2009.
19 고은의 『이상평전』은 1974년 민음사에서 처음 출판되었고, 2003년 향연에서 재출간되었다. 이 연구에서는 향연에서 나온 판본을 활용하였다.

이후 여러 연구자들이 새롭게 발견한 것들로 빈 부분을 채우고 혹은 오류를 수정해가고 있는 점들도 이상 연구에 조력이 될 것이다.

다음 주목해 볼 연구는 동양적 세계관과의 접목성에서 이상 문학에 접근한 연구들이다. 특히 이상 문학을 단독으로 연구한 박사논문들[20]에서 이러한 연구가 수행된 점은 특기할 만한 부분이다. 동양적 세계관과 접목한 연구는 그동안 서구 문예 사조나 서구적 사상의 틀로 이상 문학을 재단하고 분석하는 것이 일반화된 연구 풍토를 일신하는 데 기여했다.

우선 조선숙은 음양오행을 작품 분석에 접목시켜 이상의 소설들을 분석하고 있는데, 동양적 세계관 중에서도 순환론적인 세계관에 입각하여 이상 소설들을 파악해내고 있는 부분은 주목할 부분이다. 반복, 순환은 이상 소설을 특징짓는 중요한 요소이기 때문이다. 조선숙은 『십이월 십이일』과 「날개」에 대해 순환론적 세계관을 잘 보여주는 작품으로 언급하면서 전자는 순환적 시간관을, 후자는 순환적 의미구조를 보여주고 있다고 파악한다. 하지만 이러한 순환적 세계관을 일부 작품에만 국한시켜 파악하는 것은 여전히 한계로 남아 있다. 예를 들어 「지주회시」와 같은 작품 역시 순환적 세계관을 보여주고 있는 작품인데 '거미'와 '돼지'를 상극관계로 파악하면서 "일방적으로 제압당하는 관계"로 설정하고 있는 점 등은 재고해 볼 필요가 있다. 더욱이 번안 작품으로 알려진 「황소와 도깨비」를 주요 분석 대상에 넣어 고찰함으로써 이상의 세계관을 심층적으로 살펴보는 데 일정 정도 한계를 이미 노정하고 있다는 아

---

20 조선숙, 「음양오행의 관점에서 본 이상의 소설」, 이화여대 박사논문, 2002; 이원도, 「李箱 문학의 해체성 연구」, 동의대 박사논문, 2007; 강동우, 「이상 문학에 나타난 노장적 사유에 관한 연구」, 한양대 박사논문, 2009.

쉬움이 남는다.

　이원도는 장자와의 관련성 속에서 이상 문학의 해체성을 살펴보고 있다. 여러 면에서 이상 문학은 장자의 사유 방식, 혹은 사상과의 유사성이 보이는데 이러한 점을 잘 포착했다는 점에서 이 연구는 주목받을 만하다. 또한 이를 통해 "이상 문학의 해체성은 세계대전 이후 전 세계를 풍미했던 포스트모더니즘계 해체주의보다 훨씬 더 포괄적"이라고 파악한 그의 논점은 이상 문학의 핵심을 포착한 것이자, 하나의 사조와 연결하여 그 틀로 분석하려는 연구 관행을 재고해 볼 수 있게 한다는 점에서 중요한 발견이다. 그런데 이원도 역시 이상 문학과 장자와의 관련성을 부각하려다 보니 그것이 하나의 프레임으로 작동하는 것이 한계라고 할 수 있다.

　강동우는 노장 사상과의 연계성 속에서 이상 문학을 전반적으로 분석해내고 있다. 강동우는 석사논문에서도 도가 사상과의 연계성 속에서 이상 문학을 살핀 바 있는데,[21] 오랫동안 천착해 온 만큼 심도 깊은 연구가 이루어졌다. 강동우 역시 조선숙과 마찬가지로 이상의 작품들이 순환적 세계관을 드러내고 있음을 묘파한 것은 주목할 부분이다. 그리고 이상의 작품에서 드러나는 모순어법을 "단순한 언어의 유희가 아니라 근본적으로 인간의 가치판단, 시비판단을 부정하는 것이고 의미의 결정론을 부정하는 것"으로 파악하고, "모든 대립을 포함하고, 부정하면서도 긍정하는 차연의 방법, 역설의 논리를 지니고" 있는 것으로 파악한 것 등은 이상 문학의 중요한 부분을 제대로 짚어낸 것이다.

21　강동우, 「이상시에 나타난 도가사상적 특성 연구」, 한양대 석사논문, 1999.

이들 연구는 동양적 세계관, 그중에서도 노장 사상과의 접목 지점에 주목하여 순환적 세계를 짚어냈다는 점에서 각광받아야 마땅하다. 하지만 그 세계가 어떻게 구축되어 가는지, 그리고 그렇게 구축된 세계가 동양적 세계관과 변별되는 지점은 무엇인지에 대한 논구가 빠져 있다는 것이 이들 연구가 가지는 한계이다.

그동안 이상 문학에 대한 문체 연구는 심심치 않게 이루어져 왔는데,[22] 이 문체에 대한 접근 중 황도경의 연구를 주목해 볼 필요가 있다. 그는 이상의 이중 문체 특징을 드러내면서, 이러한 이중 문체는 "의식이 나아가는 관념의 끝과 몸이 서 있는 피동적 현실의 끝이라는 극과 극을 넘나들며 몸과 의식, 현실과 이상 사이에서 분열된 자의식과 그로 인한 갈등을 언어화하고 있는 것"[23]이라고 파악하였다. 황도경은 이전에 이미 박사논문[24]에서 이상의 문학 연구가 '무엇을 말하고 있는가'의 물음에서 '어떻게 말하고 있는가'에 대한 관심으로 변모되고 있다는 것을 짚어내면서 이는 이상 소설을 새로운 차원에서 조명할 수 있는 효과적인 접근이자 이상 소설 이해의 새로운 전기를 마련할 수 있을 것으로 보았다. 특히 황도경은 이상 소설이 서술 내용 자체에서라기보다 그것을 구조화하고 기술하는 방법에서 의미를 파생시키고 있을 뿐 아니라, 형식상의 실험들이 곧 작가의식이나 주제의 내용이 된다는 점을 간파하고 있는데,

---

22 공종구, 「이상소설 연구─문체의 기능적 측면에서」, 전남대 석사논문, 1986; 구인환, 『한국근대소설연구』, 삼영사, 1980; 김상태, 「이상의 문체」, 『문체의 이론과 해석』, 새문사, 1982; 김주현, 「이상 소설의 '위티즘' 연구」, 『한국현대문학연구』 6, 한국현대문학연구회, 1998; 남금희, 「이상 소설의 서술 형식 연구」, 대구효성가톨릭대 박사논문, 1996; 조갑순, 「이상 소설의 문체 연구」, 강원대 석사논문, 1983; 황도경, 「존재의 이중성과 문체의 이중성─李箱 소설의 문체」, 『현대소설연구』 1, 한국현대소설연구회, 1994.8.
23 황도경, 앞의 글, 156쪽.
24 황도경, 「이상의 소설 공간 연구」, 이화여대 박사논문, 1993.

이러한 관점은 이상 문학의 한 핵심을 제대로 짚어낸 것이다.

최근에 나온 이상 관련 저작들도 주목해야 한다. 그중에서도 김민수의 『이상평전』[25]과 김학은의 『이상의 시 괴델의 수』[26]는 이상의 문학 작품을 보는 시각을 한차원 넓혔다는 점에서 의의가 있다. 김민수는 응용미술학 전공자로서 이상 문학을 도형적인 측면에서 분석하면서 해석의 틀을 넓혔다. 또한 『조선과 건축』의 자료들을 토대로 이상이 접했을 이론들을 제시한 것 역시 주목받아야 한다. 김학은의 저서는 이상의 작품들이 과학적 지식과 어떤 상관관계 속에서 형성되었는가를 여러 증거를 제시하며 설파하고 있다. 그동안 문학 연구자들이 범접하기 어려웠던 분야의 전문 지식들을 동원하여 풀어내는 작품 분석은 그동안 수수께끼로 남아 있던 많은 부분을 해석할 수 있는 실마리를 제공해 주었다. 디자인 전공자인 이고은, 김준교가 쓴 프랙탈 관련 연구[27]도 눈여겨보아야 한다. 비록 「오감도」의 몇 편에 한정해서 프랙탈 모형과 어떻게 연결될 수 있는가를 살피고 있지만, 이상의 문학 세계에서 중요한 포인트로 작동하는 프랙탈 구조를 짚어냈다는 점에서 괄목할 만하다.

김민수나 김학은, 그리고 디자인 전공자들의 연구 성과는 그들이 문학 전공자가 아니라서 오히려 가능했던 연구 성과인 셈이다. 그러나 이들이 밝혀낸 이상의 작품 속에 담긴 과학적 지식들이 문학으로 형상화되었을 때 과연 어떤 효과를 창출해내는지, 그리고 그것은 문학의 영역에서 어떤 위상을 차지할 수 있는지에 대해서는 여전히 의문부호가 남

---

25 김민수, 『이상평전』, 그린비, 2012.
26 감학은, 『이상의 시 괴델의 수』, 보고사, 2014.
27 이고은·김준교, 「프랙탈 구조에 따른 이상 시의 텍스트 분석」, 『기초조형학연구』 15-3, 한국기초조형학회, 2014, 263~270쪽.

겨진 셈이다. 이는 다시 문학 전공자들이 해결해야 할 몫이기도 하다. 본서는 이상의 작품에서 발현되는 환상성을 통해 이 의문에 대한 답을 찾는 데 하나의 렌즈를 들이대고자 한다.

본서에서 핵심적으로 다루고자 하는 것은 이상 문학에 어떤 환상성이 어떻게 발현되고 있으며, 그 특징이 무엇이고, 그것이 어떤 역할을 하고 있으며, 문학사적으로 어떤 위상을 점하고 있는가이다. 이 작업을 효과적으로 수행하기 위해 통시적 고찰과 미시적 고찰을 병행할 것이다. 근대 초기부터 1930년대 이전까지의 특성을 아울러 살펴야 이상 문학의 환상성도 제대로 들여다볼 수 있음은 물론 사적 의미도 밝힐 수 있기 때문이다. 따라서 1930년대 전까지 근대 서사의 환상성을 통시적으로 고찰하고 이상 문학에 대해서는 좀 더 미시적으로 접근하여 정밀한 분석을 행하고자 한다.

본 논의에 들어가려면 선행되어야 할 것이 있는데, 그것은 바로 '환상'과 '환상성'을 구분해서 이해하는 것이다. 지금까지 진행된 이 분야 기존 연구들에서는 거의 외국 이론들의 개념을 요약해서 소개하는 데 그치고 그 개념에 부합하는 작가나 작품에 한정하여 진행된 것이 현실이다. 그런데 외국의 환상 이론을 주도한 몇몇 대표적 논자들의 논의를 그대로 받아들여 한국문학의 환상성을 논하고자 할 때, 어쩔 수 없이 그 틀에 맞추어 논의해야만 하는 한계를 가지게 된다.[28] 특히 '환상'과 '환

---

28 먼저 외국 이론을 끌어들일 때 가장 많이 언급되는 논자의 한계를 살펴보자. '환상'을 '문학'의 영역에 끌어들여 논의한 연구자들 중 극과 극 지점에서 상반된 관점을 피력한 대표적 연구자를 든다면 츠베탕 토도로프와 캐스린 흄을 들 수 있다. '환상'을 문학 연구의 영역으로 이끈 선두주자였던 토도로프는 『환상문학 서설』(Tzqetan Todorov, *Introduction à la littérature fantastique*, Paris : Seuil, 1970. 한국어 번역 : 이기우 역, 『환상문학 서설』, 한국문화사, 1996. 이 연구에서는 번역본을 참고)에서 장르적 접근을 시도하였다. 그는 '현실'의

상성'의 개념이 제대로 구분되지 않은 채 적용되면서, 틀의 적용마저 산

범주에서 벗어나는 것을 '경이'와 '괴기'의 장르로 나누고 '환상'은 그 두 장르의 경계 선상에 위치하는 것으로 설정한다. 그의 관점에 따른다면 무엇보다 '환상'이 되기 위해서는 '망설임'이 존재해야 한다. 토도로프의 규정대로 '괴기'인지 '경이'인지 분간이 되지 않은 것을 '환상'이라는 장르로 설정한다면, 그야말로 '환상'으로 분류될 수 있는 작품은 그리 많지 않다. 그마저도 언제든 '괴기'와 '경이'로 뒤바뀔 수 있는 가능성을 내포하고 있다. 즉 엄격하게 말하면 '환상문학'이란 장르는 존재하지 않는 것이다. 독자의 판단 유보에 따라 '망설임'이 존재하는 동안까지만 '환상문학'으로 편입되는 것일 뿐, 판단이 내려지면 그 일시적 장르 구분은 소멸된다. 마법이 등장하고 이계가 등장하는 판타지물마저 '환상문학'으로 편입될 수 없다. 그것은 토도로프식 구분에 따르면 '괴기'에 해당할 뿐이다.

'환상'과 '문학'이 접목되는 지점에서, 토도로프의 이런 엄격한 장르규정과 가장 상반된 관점을 보이고 있는 것은 캐스린 흄의 관점이라고 할 수 있다. 캐스린 흄은『환상과 미메시스』(Kathryn Hume, *Fantasy and Mimesis —Responses to Reality in Western Literature*, Methuen & Co., a member of the Taylor & Francis Group, 1984. 한국어 번역 : 한창엽 역, 『환상과 미메시스』, 푸른나무, 2000. 이 연구에서는 번역본을 참고)에서 환상을 장르나 형식으로 국한하려는 관점의 한계를 지적하고, '환상'은 '미메시스'와 함께 문학을 산출하는 본질적 충동의 하나라고 주장한다. 캐스린 흄의 주장에 따른다면 모든 문학에 '환상'은 내포되어 있으므로 그것으로 장르를 구분하고 형식을 구분하는 것은 무의미하다. 캐스린 흄의 관점은 그야말로 토도로프식 관점과는 상반되는 관점인 것이다.

로즈매리 잭슨의 경우『환상성 - 전복의 문학』(Rosemary Jackson, *Fantasy : The Literature of Subversion*, New York : Routledge, 1986. 한국어 번역 : 서강여성문학연구회 역, 『환상성 - 전복의 문학』, 문학동네, 2001. 이 연구에서는 번역본을 참고)에서 토도로프의 엄격한 장르 개념을 비판하면서 어찌 보면 캐스린 흄의 관점에 가까운 접근 방식을 보인다. 하지만 오히려 토도로프의 장르 개념에 기대어 그것이 어떤 조건에서 태동하고 어떤 역할을 하는가를 살펴봄으로써 캐스린 흄의 접근 방식을 접목하여 토도로프 개념의 한계를 보충하고 있는 것이라고 말할 수 있다. 크리스틴 브룩-로스도 환상문학의 영역을 '서사'만이 아니라 '시'의 영역 등으로 확장하려는 시도를 하고 있지만(Christine Brooke-Rose, *A Rhetoric of the Unreal*, Cambridge University Press, 1981. pp.55~71), '환상'을 바라보는 근간은 토도로프의 관점에 바탕을 두고 있다. 맨로프, 어윈 등의 관점 역시 크게 다르지 않다. 그런데 토도로프와 흄의 극과 극을 달리는 접근은 '환상'이라는 용어의 외연을 선택한 것에서부터 그 차이를 노정하고 있다. 토도로프는 '환상'을 '실체가 없는 것'이라는 것에 방점을 둔 개념에 기대고 있고, 흄은 '현실의 제약을 뛰어넘으려는 욕망'에 방점을 둔 개념에 기대고 있기 때문이다. '환상'은 외연적으로 이 두 개념을 다 포괄할 수 있는 개념이므로 이 둘의 접근 방식 중 어느 것을 '틀렸다'고 말할 수는 없다. 이로 인해 로즈매리 잭슨처럼 두 입장 모두를 어느 정도 포괄할 수 있는 접근이 성립할 수 있는 것이다. 이와 같은 토도로프와 흄의 '환상'에 대한 관점은 둘 다 그 나름의 설득력을 내포하고는 있으나, 그를 통해 문학적 환상에 접근하고자 할 때는 또다시 벽에 부딪칠 수밖에 없다. 토도로프의 장르적 구분 개념으로서의 '환상'은 그 의미가 너무 협소하여 '문학'의 임시적 장르 분류에나 적용될 수 있고, 캐스린 흄의 본질적 욕구로서의 '환상'은 너무 광범위하여 '문학'의 모든 장르와 형식에 통용될 수밖에 없기 때문이다.

만하게 이루어진 경향이 있다.

'환상'은 개념 자체가 워낙 모호해서 모든 사람을 충족시키는 개념을 이끌어내는 것이 쉽지 않다. 따라서 논의를 이어나가기 위해 '환상'의 개념에 대해서는 몇 가지 암묵적으로 동의하고 지나가야 하는 것이 있다. 첫째, 모든 종교적 신념은 배제해야 한다는 것, 둘째, 각성 상태를 기준으로 해야 한다는 것, 셋째, 일반적 상식을 기준으로 해야 한다는 것, 넷째, 합리성을 기준으로 해야 한다는 것이다. 암묵적 동의를 바탕으로 '환상'의 범위를 설정하면 '환각', '각성 상태에서 일반적 상식으로 실체를 지각하거나 인식하기 어려운 것에 대한 상념', '일반적으로 현실화의 가능성이 적은 것에 대한 상념', '합리성이 결여된 인식과 상념'으로 정리될 수 있다.

'환상성'은 '환상'을 포함하며 '환상처럼 느끼도록 만드는 모든 요소'를 아울러 일컫는다. 즉 '문학의 환상성'은 독자들이 환상적이라는 느낌을 갖도록 만드는 모든 요소를 포함하며 그러한 요소들로 촉발된 '환상적 감응'을 포함한다는 말이다. '독자들이 환상적이라는 느낌을 갖도록 만드는 모든 요소'는 이를테면 문학적 수사, 기법 등을 말한다. 기본적으로 문학적 허용의 모든 수사와 기법은 현실적 법칙에서 벗어나 있는 것을 지칭한다. 그렇기에 '문학적'이라는 수식어로서 통용되는 것이다. 문학에서 보편적으로 사용되는 '아이러니', '패러독스', '은유', '낯설게 하기' 등도 기본적으로 '환상성'에 해당한다. 특히 '은유'는 공유소와 인접성이 희박한 비동일성의 은유가 사용될 경우 패러독스적 성격을 띤다. 현대시들의 경우 이러한 비동일성의 은유가 사용되면서 의미의 실체 접근을 어렵게 만든다. 따라서 비동일성의 은유가 많이 사용된 작품

일수록 더욱 환상적 감응을 불러일으킨다. 본서는 이상 문학의 '환상성'을 고찰하고자 한다. 즉 이상 문학의 '환상적 감응'을 포함하여 '환상처럼 느껴지도록 만드는 모든 요소'를 연구 대상으로 삼는다.

제2장에서는 이상 문학에 환상성이 발현될 수 있었던 배경을 검토할 것이다. 새로운 현상이 나타나는 데에는 기저에 작동하는 여러 가지 요인들이 영향을 미친다. 1930년대 이상 문학에서 새로운 환상성이 발현된 데에도 마찬가지이다. 이상의 천재적 소양이 새로운 환상성을 발현시킨 요인의 전부도 아니며, 당대 문화 및 문학의 흐름이 새로운 환상성 추동의 전부도 아니다. 이상이라는 작가와 그 작가를 둘러싼 배경의 여러 요인들이 촘촘히 맞물려 문학의 새로운 환상성이 발현될 수 있었다. 여기에서는 촘촘히 맞물린 그물의 결을 더듬어 이상 문학에서 새로운 환상성이 발현된 현상의 배면에서 작동한 요인들 중 좀 더 직접적으로 영향을 미쳤을 것들을 추려낼 것이다.

2장의 1절에서는 당대 문단의 흐름을 살펴보고자 한다. 먼저 근대 초기의 서사들에 발현된 환상성을 살펴볼 것이다. 근대는 분명 전대와 다방면에서 절합이 이루어지는데 그 초기 양상을 짚어야만 1930년대의 이상 문학에서 발현되는 환상성도 제대로 고구될 수 있을 것이기 때문이다. 이 절에서는 1900년대, 1910년대, 1920년대 이렇게 10년 단위로 나누어 고찰이 이루어진다. 편의상 10년 단위로 묶은 것이 아니라 이 분절 시기에 매체의 변화가 있고, 또 그로 인한 문학적 지형이 달라지기 때문에 10년 단위로 나누어 살펴보는 것이다. 그리고 당시 공적 담론장에서 이루어진 문학적 담론들을 살펴볼 것이다. 창작과 담론은 어떤 식으로든 영향을 주고받기 때문이다. '환상'에 대한 담론들, 그리고 '창작 방법론'에 대한 담론들을 살펴보면서 이상에게 영향을 미쳤을 부분들에 대해 검토하고자 한다.

2장의 2절에서는 이상의 성장 배경, 전공 영역, 심취했던 분야 등을 통해 이상의 기질과 당대 문화가 만나는 지점을 탐색하면서 환상성을 발현시킨 동인이 되었을 것들을 추적한다. 당대 문화 조류에 놓여 있던 모든 작가들이 이상 문학에서 보인 환상성과 동일한 환상성을 발현시키지 않았다면, 그것은 또다시 이상의 독자적인 특질 속에 발현 배경이 어느 정도 있었다고 보아야 하기 때문이다.

제3장에서는 이상 문학에 발현된 환상성을 구체적으로 분석한다. 이상 문학에 발현된 환상성은 근대 초기 서사에 보이는 환상성처럼 그리 단순하게 파악할 수 있는 구조나 성질의 것이 아니다. 이상 문학의 환상성은 그야말로 복합적이고 중층적으로 이루어진 환상성이다. 분석을 위해서는 중층으로 결합된 환상성을 하나하나 들춰낼 수밖에 없다. 이 중층적 환상성을 분석하기 위해 '겹'이라는 어휘를 활용해 접근하고자 한다. 이 겹을 4겹으로 나누어, 1겹 – 판 흔들기, 2겹 – 경계의 무화, 3겹 – 반복과 순환의 프랙탈적 세계, 4겹 – 모나드적 연결, 이렇게 특징들을 드러낼 수 있는 소제목으로 추려서 살펴볼 것이다.

이상 작품을 분석하고 연결망을 살필 때에는 이상의 생전에 발표된 작품, 그리고 사후에 발표되었지만 생전에 원고를 송부했을 것으로 추정되는 작품을 좀 더 중점적으로 살펴볼 것이다.[29] 일문으로 발표된 「삼

---

29 작품 인용을 할 때는 다음의 기준에 따른다.
　① 띄어쓰기와 철자법 등은 이상의 작품일 경우 가급적 원문대로 하고, 이상의 작품이
　　아닌 경우에는 현대어법에 따른다.
　②『조선과 건축』에 발표한 이상의 일문시(시 목록은 208쪽, 〈표 6〉을 참조)를 번역할

차각설계도」의 「선에관한각서1」을 보면 초고를 쓴 날짜와 작품 발표 시기 즈음에 수정되었음을 알리는 날짜가 병기되어 있는데, 이를 통해 의도한 바가 분명 있을 것으로 사료되기 때문이다. 사후 유고는 논의에 필요한 단서라든가, 그의 정신적 궤적을 짚어볼 때 참고로 활용한다.

'환상성'은 최근 문화를 생산하고 향유하는 데 하나의 주류를 형성하고 있는 요소이다. 대중문화는 물론이고, 이른바 본격문학이라고 일컬어지는 자장 안에서도 '환상성'이 범람하는 추세이다. 이와 같은 문화적 시류의 특징이 무엇인지, 이 기저에는 어떤 힘들이 작동하고 있는지 등을 분석하는 것이 연구의 역할일 것이다. 아울러 이러한 현상을 어떻게 바라보아야 하는지, 그리고 나아가야 할 방향은 무엇인지에 대해 길라잡이 역할을 하는 것도 연구의 몫일 것이다. 그러기 위해서는 문화적 시류인 '환상성'을 분석하고 조망할 수 있는 시야를 확보하는 것이 선행되어야 한다.

문화적 조류의 힘으로 1990년대 이후 문학 연구 분야에서도 '환상', '환상성'에 대한 연구가 활기를 띠기도 했다. 하지만 '환상성'에 대한 시야를 제대로 확보할 수 있을 만큼의 연구가 진행되었다고 보기에는 미흡하다. 그렇게 보는 이유로는, 우선 막연하게 이루어진 '환상성'의 개념에 기대어 그 개념과 부합하는 특징을 두드러지게 보이는 작가나 작품에 연구가 집중되어, 다양하게 발현된 '환상성'에 대한 접근이 이루어지고 있지 않다는 것을 들 수 있다. 그리고 고전 작품 속에서 발현되던 것과 근대 이후 작품에서 발현되는 환상성이 다른 면모가 있기 때문에

때는 이상이 사용한 한자는 최대한 그대로 활용하면서 일본어를 한국어로 바꾸는 형태를 취한다. 일본어의 히라가나는 바탕체, 가타카나는 고딕체를 활용하여 표시한다.

그에 대한 파악이 필요한데도 그러한 연구는 거의 찾아보기 힘들다.

이제는 연구 대상의 폭을 넓혀서 '환상성'이 발현된 작품들의 통시적 양상도 살필 수 있는 기틀을 다져야 한다. 특히 현대 환상성이 두드러지는 문화적 조류를 제대로 조망하기 위해서는 근대 초기에 이루어진 환상성의 면모를 살필 필요가 있다. 이 시기에는 '신문'이라는 새로운 매체가 등장하면서 글쓰기에도 여러 변화가 나타나는 시기이다. 환상성 역시 고전문학에서 두드러지게 나타나던 환상성을 끌어와 계몽의 수단으로 삼지만, 고전적 환상성과 다른 결절 지점이 보인다. 1920~1930년대에 이르면 잡지 등으로 문학 작품 발표 매체가 확장되면서 조금 더 다양한 환상성이 발현된다. 이 시기 환상성을 드러내는 방법적 면에서 고전적 환상성과 절합을 보이는데, 특히 이상 문학에서는 그 결절이 두드러지게 나타나는 바, 이상 문학의 환상성을 면밀히 살펴보는 작업은, 이후 한국문학 작품의 '환상성'을 살펴보는 시야를 확보하는 데 중요한 역할을 할 수 있을 것이다.

/ 제2장 /
이상 문학의 환상성 발현 배경

1. 당대 문단의 흐름

1) 전통적 서사의 자장 속에서 발현되는 근대 초기 서사의 환상성

(1) 근대계몽기 단형 서사의 환상성

한국문학사를 통시적으로 고찰할 때 고전적 서사의 전통 속에서 근대 서사로의 전환은 근대계몽기 신문에 나타난 서사적 논설, 논설적 서사로 이어지는 단형 서사 등을 통해 그 단초가 마련되었다는 것[1]은 이제 잘 알려진 바이다. 따라서 근대 초기 서사에 이루어진 환상성의 면모를 살펴보기 위해서는 한글신문에 게재된 단형 서사를 살펴보는 것이 필요하다.[2]

---

1   이 논구는 김영민의 『한국근대소설사』(솔, 1997)에 상세하게 이루어져 있다.

근대계몽기 한글로 발행한 신문들에서 서사 방식을 이용한 글을 채록하여 묶은『근대계몽기 단형 서사문학 자료전집』[3]에는 모두 292편의 단형 서사가 실려 있다. 이 중 70편이 환상적 단형 서사이다. 비율로 보면 24%이다. 신문별 게재 현황을 보면 〈표 1〉과 같다.

단형 서사 편수 자체가 5편도 안 되어 총 편수 대비 환상적 서사 비율이 50%에 이르는『협성회회보』나, 0%인『만세보』,『대한민보』를 제외하면 다소 차이는 있지만 비교적 고르게 분포되어 있는 것을 확인할 수 있다. 이는 환상적 서사 방식을 활용한 것이 어느 특정한 신문에만 한정된 것이 아니라 보편적인 현상이었다는 것을 말해 준다.

---

2 신문을 중심으로 보는 이유는 우선 '신문'이 이 시대 새롭게 출현한 매체이기 때문이다. 새로운 매체에서 환상성이 어떻게 발현되는지를 보는 것이 당대의 흐름을 짚어볼 수 있게 하는 데 유용할 것이다. 그중에서도 한글신문을 중심으로 보는 이유는, 당시 한글 사용의 필요성이 대두되고, 한글이 계몽 수단의 한 요소로 자리잡으면서 이 시대의 담론을 대중들에게 확산하는 데 이용된 문자이기 때문이다. 근대 초기가 그동안 각 분야의 연구자들에게 관심의 대상으로 부각되면서 당시 한글신문에 실린 단형 서사도 다양한 각도에서 연구되었다. 그 과정에서 우화나 몽유는 단편적으로 언급되기도 했다. 그러나 그 전반적인 면모를 고찰하거나 환상성의 측면에서 접근한 연구는 거의 없다. 한글신문의 단형 서사에 대해 환상성을 표제로 접근한 연구는 지금까지 확인한 바로는 김영민의「한국 근대 서사문학에 나타난 환상성과 사실성」(『현대소설연구』12, 한국현대소설학회, 2000)이 유일하다. 김영민은 이 논문에서 근대 서사문학 작가들이 계몽과 사실성을 중시하면서도 환상성 역시 적극 활용하고 있었음을 드러내었다. 환상성이 논설에서 서사로 나아가는 데 중요한 역할을 담당했다는 것을 지적한 이 논문의 요지는 당시 서사문학의 중요한 특성을 간파한 것이라고 할 수 있다. 하지만 김영민의 논문은 단형 서사만이 아니라 이후의 신소설까지 포함하여 근대 초기 서사문학에서 환상성이 활용되었다는 사실 자체를 드러내는 것에 포인트를 둔 것이기에, 그 논문에서 한글신문에 실린 환상적 단형 서사의 전체적 면모와 특징을 파악하기는 힘들다. 본서에서는 이러한 점에 주목하여 근대 초기 한글신문에 실린 단형 서사 중에 적지 않은 비중을 차지하는 환상적 서사를 전체적으로 조망하면서 그 특성을 드러내고자 한다.

3 김영민·구장률·이유미 편,『근대계몽기 단형 서사문학 자료전집』, 소명출판, 2003. 본서에서는 이 텍스트를 기본 텍스트로 살펴보면서 필요한 경우 원본을 확인하였다. 그리고 이 자료들을 인용할 경우, 철자와 띄어쓰기는 글자수를 바꾸지 않는 선에서 최대한 현대 어법에 따라 표기하였다.

〈표 1〉 신문별 환상적 단형 서사 편수 비율[4]

신문명	단형 서사 총 편수	환상적 단형 서사 편수				비율(%)
		우화	몽유	기이	계	
『조선그리스도인회보』 (『대한그리스도인회보』)	20	2	1	4	7	35
『그리스도신문』	15	1	1	1	3	20
『독립신문』	30	2	3	1	6	20
『협성회회보』	4	1	0	1	2	50
『매일신문』	32	2	2	2	6	19
『제국신문』	92	2	3	12	17	18
『대한매일신보』	38	4	5	2	11	29
『만세보』	2	0	0	0	0	0
『경향신문』	56	10	1	7	18	32
『대한민보』	3	0	0	0	0	0
계	292	24	16	30	70	24

더욱 주목할 점은 신문에 단형 서사를 활용하면서 첫 번째나 두 번째 단형 서사에 환상성을 활용하고 있는 점이다. 각 신문들의 창간일과 첫 단형 서사 게재일, 첫 환상적 서사 게재일은 〈표 2〉와 같다.

환상적 서사가 보이는 여덟 신문 중 첫 단형 서사를 환상적 서사로 게재한 것이 넷(『조선그리스도인회보』, 『그리스도신문』, 『매일신문』, 『경향신문』), 두 번째 단형 서사를 환상적 서사로 게재한 것이 둘(『독립신문』, 『협성회회보』)이다. 『대한매일신보』는 국한문판까지 합한 순서로 보면 아홉 번째에 해당하나 한글판으로 보면 세 번째 단형 서사가 환상적 서사다.

이 당시까지만 해도 당시 지식인 계층에게 '환상성'은 그리 탐탁한 요

---

4   비율은 소수점 아래 반올림.

신문명	창간일	첫 단형 서사 게재일	첫 환상적 서사 게재일	비고
『조선그리스도인회보』 (『대한그리스도인회보』)	1897.2.2	1897.3.31	1897.3.31	첫 번째 단형 서사
『그리스도신문』	1897.4.1	1897.5.7	1897.5.7	첫 번째 단형 서사
『독립신문』	1896.4.7	1898.1.8	1898.2.5	두 번째 단형 서사
『협성회회보』	1898.1.1	1898.2.19	1898.2.26	두 번째 단형 서사
『매일신문』	1898.4.9	1898.4.20	1898.4.20	첫 번째 단형 서사
『제국신문』	1898.8.10	1898.9.30	1898.12.24	여섯 번째 단형 서사
『대한매일신보』	1904.7.18	1905.10.29	—	
『대한매일신보』(한글판)	1907.5.23	1907.9.27	1907.12.14	세 번째 단형 서사
『만세보』	1906.6.17	1906.7.3	—	
『경향신문』	1906.10.1	1906.11.30	1906.11.30	첫 번째 단형 서사
『대한민보』	1909.6.2	1909.6.2	—	

소는 아니었다.[5] 그럼에도 이렇듯 지식인들이 주도했던 신문에 환상성이 내재된 서사를 활용한 이유는 독자를 의식했기 때문이었다. 당시 신문 필진들에게 독자는 계몽의 대상이었는데, 신문이라는 근대적 매체는 한국 대중들에게 낯선 것이었다. 당시 신문 발행 주체들은 이런 낯섦을 먼저 해소해야 했다. 특히 한글로 발행한 신문들은 지식인들만이 아닌 남녀노소, 상하귀천을 따지지 않고 일반 대중들을 독자층으로 흡수하려고 했던 신문들이기에 우선 친근하게 다가서기 위한 노력이 필요했다. 그로 인해 선택된 방안 중의 하나가 서사를 활용하는 것이었다. 그리고

---

5 근대 이전 전통적 글쓰기에서 '환상성'으로 포괄될 수 있는 '怪異', '傳奇' 등이 빈번하게 출현하지만 이들은 글쓰기의 주류 담론에 포함되지 못하고 유가적 지식 체계와 전통 속에서 배척당했으며, 주변 영역에 머물렀다.

이 단형 서사를 활용하기 시작하는 단계에서 환상성을 도입했다는 것은 환상성이 독자의 흥미를 불러일으킬 수 있는 요소가 있으며, 자신들의 견해를 쉽게 전달할 수 있다고 당시 필진들이 판단한 것으로 볼 수 있다. 『조선그리스도인회보』의 두 번째 환상적 서사인 「조와문답」(1897.5.26)의 말미에 덧붙인 "이러한 이야기가 비록 천루한 것 같으나 무식한 부녀들과 어리석은 아이들은 알아보기 쉬운 고로 우리는 기록하노니"라는 언급 역시 이러한 추론을 뒷받침해 준다. 『대한매일신보』의 국한문판에 게재된 단형 서사에는 환상적 서사가 보이지 않는데 한글판에서 활발하게 활용되고 있는 것도 같은 맥락에서 해석할 수 있다. 즉 당시 필진들에게 환상성은 천루하지만 무지한 독자에게는 쉽고 흥미롭게 다가설 수 있는 방식이었던 것이다.

서사를 활용하고 또 거기에 환상성을 도입하여 독자를 확보하려 한 시도는 당시 신문들이 표방한 계몽의 의도와 부합하는 것이었다. 어떤 이야기를 한다 해도 계몽해야 할 대상이 신문을 보지 않으면 소용이 없기 때문이다. 민간 주체로 한글신문이 발간되었던 근대 초기의 신문 담론 중심에 계몽이 있었다는 것은 여러 논자가 동의하는 바이다. 당시 신문 발간 주체들의 계몽 의지는 곳곳에서 표출되는데 환상적 서사에서 역시 예외가 아니다. 환상적 서사의 대다수가 당시 신문 주체들이 표방하고 당시 주류 담론이었던 계몽적 내용과 밀접한 관련을 맺고 있다.

근대 초기 한글신문 매체에 실린 환상적 서사는 비사실성·비현실성을 매개하는 틀을 기준으로 크게 우화, 몽유, 기이로 대별할 수 있다. 이 유형들은 전통적 서사 속에 빈번하게 출현하던 환상적 서사 방식이기도 하다. 독자에게 다가가기 위한 방편, 계몽적 내용을 효과적으로 전달할 수 있는 방편으로 전대에 익숙한 이야기 방식이 선택되었던 것이다. 하지만 전대와 동일한 양상으로 환상적 서사가 진행된 것은 아니다. 가장 크게 달라진 점은 환상적 서사의 틀을 활용하면서도 현실성이 더욱 부각된다는 점이다. 그것은 우화, 몽유, 기이의 틀에서 전반적으로 나타나는 현상이다. '우화'라는 환상적 서사의 틀은 어느 시대를 불문하고 현실에 내재하는 문제를 되돌아보게 만들려는 알레고리적 성향이 강하다. 하지만 이 시기에 오면 그러한 현실 문제의 알레고리적 대응으로서 우화의 특성이 더욱 두드러지게 드러난다. 어느 시대, 어느 장소에나 있을 법한 보편적 문제를 지적할 때에는 번역·번안 서사를 활용하지만, 당대의 현실 문제에 대해 폭로하고 비판할 때에는 창작 우화를 활용한다. 당대의 현실 문제를 다루는 우화는 캐릭터의 전형성을 짚어내고, 또 그 전형성을 살릴 수 있는 상황을 만들어내기보다 문답체나 토론체를 활용하여 더욱 직접적인 말하기 방식으로 창작된다. 우화에서도 이처럼 전대와의 차이가 보이지만, 현실성이 더욱 부각되는 것은 몽유의 틀에서 가장 뚜렷하게 드러난다. 전대와의 유사점과 차이점을 보기 위해 몽유 서사 방식을 활용한 서사를 좀 더 들여다볼 필요가 있다.

'꿈'은 우리가 일상적으로 체험하는 현상이기 때문에 현실적 존재라고 할 수 있지만, 비현실적 사건을 폭넓게 용인하는 환상적 공간이기도 하다. 또한 이성적으로 판단하고 인식할 수 있는 각성된 현실에서 벗어난다는 점에서 꿈 자체가 환상적 요소를 내포하기도 한다. 그래서 꿈은 문학에서 종종 환상성을 드러내는 도구로 활용된다. 전 시대의 몽유 서사에서는 꿈의 이러한 속성을 적극적으로 활용하여 다양한 지점에서 환상적 감응을 유도하기도 했다. 근대 초기 역시 몽유 틀을 활용했을 뿐만 아니라 꿈속에서 비현실적, 비사실적非寫實的 화소들을 끌어안는다. 전체 70편의 환상적 단형 서사 중 몽유 서사 방식을 취하고 있는 단형 서사는 16편이고, 이 중 몽사夢事 부분에서 비현실적·비사실적 화소를 활용한 것은 11편에 달한다.

몽유 서사는 꿈이라는 틀을 이용하고 있음을 알려주기 위해 입몽과 각몽의 단계가 있다. 즉 입몽 전 현실을 보여준 후 입몽 단계를 거쳐 몽중 세계를 형상화하고 각몽 단계를 거쳐 각몽 후 현실을 그리는 것이 몽유 서사의 전체적 구조라고 할 수 있다. 여기서 다루고 있는 근대 초기 신문매체의 단형 서사에 나타난 몽유 서사는 이와 더불어 편집자 주가 첨가된다. 편집자 주는 신문이라는 매체의 특성에서 기인한 요소이다. 그래서 이 단계가 전부 나타나게 되면 '편집자 주−현실−입몽−몽사−각몽−현실−편집자 주'의 방식으로 형상화된다. 그러나 이 단계들 전부가 항상 일정하게 출현하는 것은 아니다. 몽유 방식을 이용한 16편의 게재 실황과 몽유 서사 구조를 도표화하면 〈표 3〉과 같다.

몽사, 즉 꿈속의 일을 중심으로 입몽과 각몽 단계, 그리고 입몽 전 현실과 각몽 후 현실 세계가 그려지는 것이 보편적인데, 때에 따라 이 단계들이 생략되어 있는 것을 볼 수 있다. 그중에서 각몽 단계보다는 입몽 단계가 더 많이 생략되어 있는 것을 볼 수 있는데, 이는 실제 현실에서도 입몽 단계는 각몽 단계에 비해서 인지하기가 쉽지 않다는 특성을 반영한 결과일 것이다. 이는 전시대의 몽유 서사에서도 종종 보이는 현상이었다. 단계를 아예 생략하기도 하지만 ⑬번 단형 서사에서처럼 입몽 단계와 각몽 단계를 혼동하도록 유도한 경우도 있다. 이 단형 서사에서는 종각에서 종들이 차례로 한국의 현실을 비판하는 연설을 하는 것을

번호	신문명 일자, 게재란	제목	몽유 서사 구조						
			편집자주	현실	입몽	몽사	각몽	현실	편집자주
①	『조선그리스도인회보』 1897.9.29~10.6	촌음을 아낌이라	×	○	○	○	○	○	○
②	『그리스도신문』 1901.8.29~9.5	머사현몽	○	×	×	○(f)[6]	×	×	×
③	『독립신문』 1898.3.29		○	×	×	○(f)	×	○	×
④	『독립신문』 1899.7.7	일장춘몽	○	○	○	○(f)	○	×	○
⑤	『독립신문』 1899.11.1, 논설		○	○	○	○	○	○	○
⑥	『매일신문』 1898.11.29, 논설		×	×	○	○	○	○	×
⑦	『매일신문』 1899.3.1, 논설		×	○	○	○(f)	○	○	×
⑧	『제국신문』 1899.11.22, 논설		○	×	×	○(f)	○	○	×
⑨	『제국신문』 1900.6.28, 논설		×	×	×	○(f)	○	○	×
⑩	『제국신문』 1907.1.26, 논설	몽중 유람	×	○	○	○	○	○	○
⑪	『대한매일신보』(한글판) 1907.12.14, 논설	벼슬 구하는 자여	×	○	○	○(f)	○	○	×
⑫	『대한매일신보』(한글판) 1908.3.8, 기서	몽중사	×	○	○	○(f)	○	○	×
⑬	『대한매일신보』(한글판) 1908.7.21, 시사평론		×	○	△	○(f)	×	×	×
⑭	『대한매일신보』(한글판) 1908.8.8, 논설	허다한 옛사람의 죄악을 심판함	×	○	○	○(f)	○	×	×
⑮	『대한매일신보』(한글판) 1908.9.4, 시사평론		×	○	○	○	○	○	×
⑯	『경향신문』 1910.12.23, 소설	몽중형(夢中刑)	×	○	×	○(f)	○	○	×

목격한 것을 몽사로 서술하고 있는데, 종을 인격화함으로써 풍자 주체를 은폐하면서도 대상에 대한 비판을 좀 더 현실적으로 받아들이게 하려는 의도로 보인다. 단계들 전부가 나타난 경우는 ⑤번의 단형 서사로 여기에는 앞과 뒤 양편에 편집자 주가 달려 있다.

그 외에는 편집자 주가 앞이나 뒤 한 곳에만 달려 있는 경우가 있는데 ①, ②, ③, ④, ⑦, ⑧, ⑩이 이에 속한다. 이 편집자 주들은 여러 정보들을 담고 있기도 하고, 서사와 독자를 매개하는 과정에서 각기 다른 역할을 하기도 한다.

우선 ①, ⑩에서와 같이 서사 전반에서 말하고자 한 메시지를 편집자 주에서 한 번 더 요약하여 강조하기도 한다.[7] 편집자 주가 달리지 않은 몽유 서사에서는 꿈꾸는 이와 서술자가 동일하여 각몽 후 현실 부분에서 이 역할을 하기도 한다.[8]

②, ③, ④, ⑧의 편집자 주에서는 이야기의 출처를 밝히고 있다.[9] 이

---

6 '(f)'는 몽사夢事 부분에 비현실적·비사실적 화소를 활용한 것을 표시한 것이다.

7 ① (뒤) 우리는 이 꿈을 해석하던 학생과 같이 예전 허물을 회개하고 영혼이 천국으로 가는 길을 예비하여 죽을 때에 후회되지 말기를 바라노라
   ⑩ (뒤) 슬프다 당국관민상하들이여 남의 전감을 생각하여 깊이 생각하고 힘써 일들 하여 남의 전철을 밟지 말지어다

8 "조칙을 다 들은 후에 홀연히 깨어보니 곧 남가일몽이라 이것이 비록 꿈일망정 사람의 선불선과 나라의 성패존망이 다 자기에게 있는 것이요 천운에 있지 아니한 것을 가히 알지니 나의 한 꿈이 족히 전국 동포의 깊은 꿈을 깨칠 만하기에 신보사로 초하여 보내어 광포하노라." 「몽중사」, 『대한매일신보』(한글판), 1908.3.8. '기서'란에 실린 단형 서사의 끝부분. 이 단형 서사는 편집자 주가 붙어 있지 않지만 끝부분과 난명에서 독자 투고임을 알 수 있다.

9 ② (앞) 내가 가이로에 있을 때에 동양 예전 서책을 많이 얻어 열람하더니 그중에 한 책을 본즉 머사라 하는 사람의 현몽이라 재미가 있기로 번역하여 기재하노라
   ③ (앞) 어떤 유지각한 친구가 이 글을 지어 신문사에 보내었기에 좌에 재기하노라
   ④ (앞) 향일에 어떠한 선비 하나가 본사에 와서 자기 몽중에 지난 바 일을 이야기하거늘 우리가 근본 꿈이라 하는 것은 허사로 알되 그 선비의 꿈이 가장 이상한 고로 그 말을 좌에 기재하노라

편집자 주들을 보면 몽유 서사가 편집자나 기자에 의해 전부 창작된 것은 아니며, 특별히 '기서'나 '독자투고'란에 실린 것이 아닐지라도 독자가 보낸 글이 있기도 하고, 다른 책을 번역한 것이 있기도 하다는 것을 알려준다. 물론 독자 참여를 밝히는 말을 액면 그대로 받아들일 수는 없다. 당시 창작자의 신변을 보호하기 위해 마련된 위장술일 수도 있고, 독자 참여를 유도하기 위한 방책일 수도 있기 때문이다. 하지만 이 몽유 서사의 내용들이 그렇게 신변보호를 해야 할 만큼 공격적인 성향의 내용도 아닐뿐더러, 이 표지가 담긴 것보다 담기지 않은 글에서 더 사회비판적인 내용이 담겨 있기도 하며, 또한 하나의 몽사가 다른 신문들에서 반복 변용되어 활용되기도 하는 사실에 비추어 볼 때 독자 참여가 이루어졌던 당시 상황을 말해주는 것이라고 할 수 있다.

그런가 하면 ④, ⑤에서처럼 당시 인식의 일단을 보이기도 한다.[10] ④의 '우리가 근본 꿈이라는 것은 허사로 알되'라는 말이나, ⑤의 앞에 달린 편집자 주는 당시 지식인들의 꿈에 대한 태도를 보여주는 것으로, 이는 당시 비현실적인 것들을 배척하던 것의 연장선에 있는 언급이라고 할 수 있다. 하지만 그러한 인식에도 불구하고 꿈 이야기를 전달한다는 점을 부각하여 그 꿈에 대한 신뢰도를 높이고, 독자로 하여금 꿈에서 말하고자 하는 메시지에 강하게 몰입하도록 유도한다는 점에서 그러한 언급은 역설적 장치라고 할 수 있다.

---

⑧ (앞) 남양에 유지한 선비가 본사에 투서하였는데 세상 부귀고락이 어떠한 줄 설명하란 뜻이기로 그대로 등재하오

10 ⑤ (앞) 사람이 허한즉 꿈이 많고 꿈이 깊은즉 몽롱 세계에 있고 참 이치는 아지 못하나니 광막한 천지간에 부유 같은 인생들이 항상 꿈속에 앉아 도리어 꿈을 이야기하는지라

(뒤) 우리는 사람마다 그 소년과 같이 이 세상 꿈의 해석을 잘 하기 바라노라

이 시기 몽유 서사 방식을 이용한 단형 서사가 꿈이라는 모티프를 활용하고 또 그 안에서 비현실적 화소를 끌어들이면서도, 필진들이 몽유 서사에서 현실적 문제를 비판하거나 풍자하려는 목적의식을 뚜렷하게 표출하고 있기 때문에 서사의 무게 중심이 환상 세계보다는 현실 세계로 쏠린다. 이 시기 몽유 서사의 비현실적 화소도 환상 세계를 강화시키는 것이 아니라 현실 세계를 우의적으로 보여주기 위한 장치로 활용되고 있다. 일례로 ⑬번 서사를 보면 이 서사에서는 '종'과 '새'가 말을 한다는 비현실적 화소를 이용하고 있고 또 입몽 단계와 각몽 단계를 뒤섞어 현실인지 비현실인지 모호하게 하는 환상적 요소를 활용하고 있다. 하지만 그러한 환상적 요소에도 불구하고 내용 전개에서 한국의 정치, 사회, 교육 등 다방면에 걸쳐 부도덕한 상황에 대한 비판적 목소리가 훨씬 뚜렷하게 인지되기 때문에 독자의 관심은 현실 문제로 초점이 모아진다.

이렇듯 현실 문제를 부각하는 이 시기의 몽유 서사는 전 시대의 몽유 서사와 뚜렷하게 다른 점들을 보인다. 그중 하나는 꿈의 세계와 현실 세계 간에 직접적·물리적인 교섭이 전혀 일어나지 않는 것이다. 전 시대의 몽유 서사에서는 꿈의 세계에서 벌어졌던 일들이 물리적으로 현실 세계에 틈입하면서 독자의 환상적 감응을 더욱 강화하였다. 현존하는 몽유 서사 중 가장 초기작으로 알려진 「조신몽」[11]에서는 조신이 꿈에서 깨어난 뒤 아침에 보니 꿈속에서 세월이 흐른 것을 반영하듯 조신의 머리털과 수염이 하얗게 세어 있고, 꿈속에서 굶어 죽은 아이를 묻었던 자리를

---

11 고려시대 일연이 지은 『삼국유사』에 수록된 작품.

파 보았더니 돌미륵이 나온다. 이런 꿈과 현실의 물리적 교섭은 조선 시대의 몽유 서사에서도 빈번하게 보인다. 「용궁부연록」[12]에서는 한생이 꿈에 상량문을 써준 대가로 용왕에게 명주 빙초를 선물 받는데 각몽 후에 자신의 품속에 명주와 빙초가 들어 있음을 알게 된다. 「운영전」[13]에서는 유영이 각몽 후에 꿈속에서 만난 김생이 지었다는 책자가 옆에 놓여 있음을 발견한다. 이렇듯 꿈속 세계와 현실 세계 간에 물리적 교섭이 이루어지는 서사 전개는 꿈과 현실의 경계를 허물어 독자의 환상적 감응을 극대화시킨다. 그런데 근대 초기의 신문매체에 실린 몽유 유형에서는 이런 양상의 작품이 한 편도 보이지 않는다. 입몽 단계와 각몽 단계가 모호하게 설정된 작품이라고 할지라도 꿈과 현실 사이에 물리적 교섭이 일어나는 것은 아니다. 이 시기 몽유 서사들에서는 각몽 후의 현실을 묘사할 때 꿈의 영향으로 깨달음을 얻었다거나, 또는 그런 깨달음으로 인해 행동의 변화를 일으키는 것이 서술될 뿐이다. 당시 신문의 필진들이 이렇게 꿈과 현실의 물리적 교섭을 차단한 것은, 꿈이 환상적 감응을 강화하는 기제가 아니라 현실 성찰의 기제로 작동하길 바랐기 때문일 것이다.

현실 문제를 부각하는 반면에 개인적 욕망의 발현은 철저히 배격한 것이 이 시기 몽유 서사의 특징이다. 이 역시 전대의 몽유 서사와 현저하게 차이나는 부분이기도 하다. 전 시대의 몽유 서사에서는 꿈을 통해 깨달음을 도출할 때에도 일차적으로는 꿈꾸는 이의 현실적 욕망이나 갈등이 꿈속에서 해소되는 과정을 제시하고 그것의 덧없음이나 모순을 깨

---

12 15세기 김시습이 지은 『금오신화』에 수록된 다섯 편 중 한 작품.
13 작자, 창작 연대 미상. 「수성궁몽유록壽城宮夢遊錄」・「유영전柳泳傳」 등으로 불리기도 한다. 창작 시기를 17세기쯤으로 보는 주장도 있다.

닫게 하는 것이 보편적인 방식이었다. 그에 반해 근대 초기 단형 서사에서 몽유 방식을 활용할 때에는 꿈속에서 꿈꾸는 이 개인의 사적 갈등이 해소된다든가 사적 욕망이 실현되는 전개는 찾아볼 수 없다.

개인적 갈등의 표출이나 욕망을 실현하는 꿈은 당대의 필진들에게는 오히려 비판의 대상이었다. 『대한매일신보』의 「안석을 의지하여 다섯 학생의 꿈이야기하는 말을 듣는다」[14]라는 단형 서사에는 개인적 영역을 언급하는 꿈에 대해 당시 필진들이 얼마나 비판적이었는가가 잘 드러나 있다. 이 단형 서사는 한 기자가 '갑', '을', '병', '정', '무' 다섯 사람의 이야기를 듣고 자신의 소회를 밝히는 것으로 이야기가 전개되어 있다. 여기에서 '갑', '을', '병', '정'은 자신이 꿈꾸는 사연들을 늘어놓는다. 이 사연들을 보면 '갑', '을', '병'은 집에 불났던 일, 가족들이 굶어 죽은 일, 도둑을 만났던 일 등 고통스러운 과거의 경험으로 인해 트라우마가 생겨 꿈을 통해 과거의 사건을 재경험하는 것이며, '정'은 자신의 아들을 잘 교육시켜 훌륭한 사람을 만들고자 하는 개인의 강렬한 소망을 꿈을 통해 표출한다는 것을 알 수 있다. 이렇듯 현실에서 좌절되거나 억눌린 개개인의 욕망이 무의식에 내재해 있다가 꿈이라는 방식을 통해 표출되는 꿈의 기제는 우리가 일상적으로 경험하는 것이기 때문에 낯설게 받아들여지지 않는다. 하지만 이 단형 서사에서는 이러한 꿈이 '무'라는 등장 인물에 의해 전면적으로 비판된다. '무'의 비판 논지를 보면 '국가가 쇠퇴하여 이천만 동포가 위기에 처해 있는 상황에서 개인의 사사로

---

14 「논설」, 『대한매일신보』(한글판), 1910.3.8. 이 서사는 몽유 유형으로 분류되는 서사는 아니지만 당시 필진들의 꿈에 대한 인식을 여실히 보여 준다는 점에서 중요하게 언급되어야 할 서사이다.

운 정황을 돌아보는 것은 잘못'이라는 것이다. '무'의 공격 대상에는 개인적 트라우마를 표출한 '갑', '을', '병'만이 아니라, 아이 교육에 대한 소망을 피력한 '정'도 포함된다. 당시 교육의 중요성을 강조하던 신문의 논지를 생각하면 이 부분은 얼핏 이해가 되지 않는 부분이기도 하다. 그러나 '무'의 논지에 따르면 그것이 개인에게 국한된 소망이기 때문에 비판받아야 한다는 것이다. '무'라는 인물의 비판적 언급에서 그치는 것이 아니라 그 이야기를 들은 기자의 논평에서 이러한 점이 한 번 더 강조되는 것을 볼 때, 당시 필진들에게 개인의 사적 욕망을 배척하고, 국가의 위기를 강조하는 것이 얼마나 절실한 과제로 인식되었는가를 잘 보여주는 대목이기도 하다. 신문에 게재된 몽유 서사에서 개인적 욕망이 해소되는 내용을 표현하지 않았던 데에는 당시 필진들의 이러한 인식이 반영되었던 것으로 보인다.

전대와 이 시기 몽유 서사의 다른 점은 이계異界의 표현에서도 드러난다. 국가 현실의 위기를 강조하고 개인의 욕망을 철저하게 배격한 이 시기 몽유 서사에서 그려지는 이계는 대부분 현실에서 저지른 잘못에 대해 문책을 당하거나 처벌을 받는 장소로 설정된다. ⑥번 서사에서는 '왕사성'이라는 곳에 끌려가 탐관오리가 형벌당하는 것을 목격하고 오는 내용이 서술되고, ⑫번 서사에서는 옥황상제의 부름을 받고 가서 죄를 논책하는 것을 듣고 깨어나며, ⑭번 서사에서는 하늘나라에 가서 옛 조상들이 현 국가에 죄를 범한 자들을 언급하면서 처단해야 한다고 강변하는 것을 듣고 온다. 개인적 갈등이나 욕망의 해소를 표현하던 전 시대의 몽유 서사에서 그려지는 사후 세계라든가, 선계, 혹은 용궁 등이 종종 개인의 욕망이 해소되는 소망의 공간이자, 동경의 세계로 그려지는 것과는 사뭇 다른 모습이다.

요컨대 전 시대의 몽유 서사가 현실과 몽사의 경계를 허무는 방식으로 환상성을 극대화하면서 개인의 욕망을 대리 충족하는 기제로 몽유를 이용하였다면, 근대 초기 몽유 서사는 현실과 몽사의 경계를 분명히 하면서 현실을 성찰할 수 있는 무대장치로 몽유를 이용하는 한편 개인의 욕망은 철저히 배척하였다. 전대와는 달리 처벌의 역할이 강화된 이계를 설정한 데에는 독자의 생각이 현실을 벗어난 세계를 동경하는 쪽이 아니라 현실적 문제를 성찰하는 방향으로 나아가도록 유도하려는 필진들의 의도가 반영되었다고 볼 수 있다. 여기에는 외세의 각축장이 된 현실에서 민족·자주 의식을 고취하려는 대다수 신문 필진들의 계몽 의지와 맞닿아 있었고, 이 시기의 환상성은 계몽의 대상인 독자들에게 다가가기 위한 수단으로 활용되었다.

(2) 1910년대 단형 서사의 환상성

1910년대 한일병합 후 한글로 발간되던 민간신문들이 일제에 의해 폐간된 상태에서 『매일신보』는 조선총독부 기관지 역할을 하면서 유일하게 발간된 중앙신문이다. 따라서 1910년대 문학의 지형을 살피려면 『매일신보』를 중심으로 살펴볼 수밖에 없다.

1910년대 『매일신보』에는 총 72편의 단형 서사[15]가 게재되어 있다.

---

15 『매일신보』에는 게재란명에 주로 '단편소설'로 되어 있지만, 현대의 '단편소설'과 비교할 때 현저하게 길이가 짧고 전대의 '단형 서사'와 비슷한 길이인 점을 고려하여 '단형 서사'로 지칭하여 고찰하는 바이다.

1910년대『매일신보』에 실린 서사를 고찰한 이희정의『한국 근대소설의 형성과『매일신보』』에 이들 목록이 정리되어 있지만,[16] 여기에는 여러 편의 단형 서사들이 빠져 있고, 또 표기에서 오류를 보이는 부분들이 있다. 그래서 새로이 이 72편의 목록을 정리하고, 환상적 틀을 활용한 서사의 환상성 유형을 표시하면 〈표 4〉와 같다.

표에서 확인할 수 있다시피 이들 대부분 현상 응모를 통해 당선된 작품들이며, 편집진, 또는 기성 작가의 단형 서사는 몇 편 되지 않는다.[17] 응모를 통해 게재된 작품들이 대다수인 만큼, 대부분 저자가 표기되지 않았던 1900년대 한글신문들과는 달리 1910년대『매일신보』에 게재된 단형 서사는 저자명이 대부분 표기되어 있다.

『매일신보』게재 72편 중 환상성이 내재된 단형 서사는 총 17편이다. 유형별로는 우화 3편, 기이 3편, 몽유 11편이다. 이 환상성이 내재한 17편을 72편이라는 총 편수 대비 비율로 환산하면 24%를 약간 밑돈다. 1900년대 한글신문들의 환상적 단형 서사 평균 비율이 24%였던 것과 비슷한 비율이다. 환상적 서사의 비율은 비슷하지만, 유형 비율에서는 차이가 난다. 1900년대 한글신문들의 경우『제국신문』에서는 우화와 몽유보다 기이의 비율이 단연 높았으며,『경향신문』의 경우 우화와 기이 유형이 몽유 유형보다 압도적으로 높았고, 다른 신문들은 우화, 몽유, 기이 유형이 비슷한 분포를 보이고 있었다. 그래서 전체적으로는 몽유

---

16 이희정,『한국 근대소설의 형성과『매일신보』』, 소명출판, 2008, 337~360쪽 참고.
17 당선을 여러 번 한 이에게는 '단편소설'란에 게재를 요청하기도 했던 것으로 보인다. '응모단편소설'란에 처음 이름이 올라있는 '수석생 김성진'의 경우, 몇 차례 더 응모 당선작에 이름을 올리는데, 이후에는 '응모단편소설'이 아닌 '단편소설'란에 이름이 아닌 '수석청년'이라는 필명으로 작품이 몇 차례 게재된다. 첫 회에서는 게재란명이 '응모단편소설'이었다가 2회에서 '단편소설'로 변경된 경우도 있다.

유형보다 우화, 기이 유형이 더 많은 비율을 차지하였다. 하지만 1910년대 『매일신보』에 오면 몽유가 단연 압도적인 비율을 차지한다. 이는 대부분 현상 응모였기 때문인 것으로 해석할 수 있다. 근대계몽기 한글 신문에 게재된 몽유 유형에서 편집자 주를 통해 독자에게서 보내온 것을 밝혔던 것과 맥을 같이하는 지점이다. 독자층에서 몽유 유형을 활용한 창작이 그만큼 많았던 것이거나 편집진에 의해 그만큼 많이 선택된 것이다. 몽유 유형 중 3편[18]만 편집진, 혹은 기성 작가가 쓴 것이고 나머지 8편이 응모작에 속한다.

〈표 4〉 1910년대 『매일신보』에 게재된 단형 서사 목록과 환상성 유형

	게재란명	저자	제목	날짜	등수	환상성 유형
1	短篇小說	舞蹈生	再逢春(짓봉춘)	1911.1.1		
2	短篇小說		解夢先生	1912.1.1		
3	短篇小說	菊初生	貧鮮郞의日美人	1912.3.1		
4	應募短篇小說	漱石生[19] 金成鎭	破落戶(파락호)	1912.3.20	一等	몽유
5	應募短篇小說	漱石生 金成鎭	虛榮心(허영심)	1912.4.5	三等	
6	短篇小說	漱石生 金成鎭	守錢奴(슈견로)	1912.4.14		
7	應募短篇小說	吳寅善	山人의感秋	1912.4.27	三等	
8	應募短篇小說	金鎭憲	허욕심(虛慾心)	1912.5.2	三等	몽유
9	應募短篇小說	漱石靑年 金成鎭	雜技者의藥良[20] (잡기비의량약)	1912.5.3	三等	
10	短篇小說	漱石靑年	乞食女의自歎 (걸식녀의ᄌ탄)	1912.6.23		
11	短篇小說			1912.7.12~14·16 (4회 연재)		

18 심천풍沈天風, 「酒」 / 몽외생夢外生, 「龍夢」 / 하몽何夢, 「新年會의虎大將최첨지와범대쟝」.

	게재란명	저자	제목	날짜	등수	환상성 유형
12	募應短篇小說[21]	趙相基	진남ᄋ(眞男兒)	1912.7.18	三等	
13	應募短篇小說	李哲鐘		1912.7.20	三等	
14	應募短篇小說	金光淳	청년의 거울 (靑年鑑)	1912.8.10~11 (2회 연재)	三等	
15	應募短篇小說	千鐘奐	六盲悔改 盲世者의 明鑑	1912.8.16~17 (2회 연재)	三等	
16	應募短篇小說	李壽麟		1912.8.18	三等	몽유
17	應募短篇小說	金秀坤		1912.8.25	三等	
18	應募短篇小說	朴容決	섬진요마 (殲盡妖魔)	1912.8.29	三等	
19	應募短篇小說	金東薰	고학싱의 성공 (苦學生의成功)	1912.9.3~4 (2회 연재)	二等	
20	應募短篇小說		원혼(怨魂)	1912.9.5~7 (3회 연재)		
21	應募短篇小說	辛驥夏 本社員補	픠ᄌ의 회감 (悖子의 回感)	1912.9.25	三等	
22	應募短篇小說	車元淳 本社員補		1912.10.1	三等	몽유
23	應募短篇小說	李鎭石 (本社員補)		1912.10.2·6 (2회 연재)	三等	
24	應募短篇小說	崔鶴基		1912.10.9	三等	
25	應募短篇小說	李重燮		1912.10.16	三等	
26	應募短篇小說	金太熙[22]	韓氏家餘慶 한씨가여경	1912.10.24~25·27 (3회 연재)		
27	應募短篇小說	(金鼎鎭)	회기(悔改)	1912.10.29~30 (2회 연재)	三等	
28	應募短篇小說	高辰昊	대몽각비 (大夢覺非)	1912.10.31	三等	몽유
29	應募短篇小說	李興孫		1912.11.1	三等	몽유
30	應募短篇小說	朴容元	손ᄲᅢ룻ᄒ다픠가망신을희	1912.11.2	三等	

	게재란명	저자	제목	날짜	등수	환상성 유형
31	應募短篇小說	趙鏞國		1912.11.3	二等	
32	應募短篇小說	金秀坤		1912.11.5	三等	몽유
33	應募短篇小說			1912.11.6		
34	應募短篇小說	朴致連		1912.11.7~8 (2회 연재)	三等	
35	應募短篇小說	李鎭石		1912.11.9~10 (2회 연재)	三等	
36	應募短篇小說	金鎭叔	련의말로 (戀의末路)	1912.11.12~14 (3회 연재)	三等	
37	應募短篇小說	광무되 치란		1912.11.15~16 (2회 연재)	三等	몽유
38	應募短篇小說	金鼎鎭	고진감내 (苦盡甘來)	1912.12.26~27 (2회 연재)	三等	
39	應募短篇小說	李興孫	悔改(회기)	1912.12.28~29 (2회 연재)	三等	
40		朴容奐	新年의問數 싀히의문슈-에-	1913.1.1		
41	短篇小說	徐丰鱗	아편쟝이에말로 (鴉引末路)	1913.1.7		
42	短篇小說	宋冀憲	壯元禮	1913.1.8		
43	應募短篇小說	桂東彬		1913.1.9	三等	
44	應募短篇小說 短篇小說[23]	李常春	情(정)	1913.2.8~9 (2회 연재)		
45	短篇小說	崔亭植	허황흔풍슈	1913.3.27		
46			나는호랑이오	1914.1.1		우화
47		何夢	新年會의虎大將 최쳠지와범대쟝	1914.1.1		몽유
48			썩잘먹는우리늬외	1914.1.1		
49		夢外生	虎의夢	1914.1.1		우화
50	短篇小說	徐丰璘	탕즈의감춘 (蕩子感春)	1914.2.7		

	게재란명	저자	제목	날짜	등수	환상성 유형
51			馬上의女天使	1914.8.22~23·26~27·29(5회 연재)		기이
52		沈天風	酒(술)	1914.9.9~13·15~16 (7회 연재)		몽유
53		朴靑農	春夢(봄꿈)	1914.9.17~20·22·23 (6회 연재)		
54	短篇小說	漱石靑年	後悔(후회)	1914.12.29		
55		菊初 李人稙	月中兎^{달속의토끼}	1915.1.1		우화
56	短篇小說	無名氏	苦樂	1915.1.14		
57		夢外生	龍夢^{룡몽}	1916.1.1		몽유
58	懸賞短篇小說	柳永模	貴男과毒男	1917.1.23		
59	懸賞短篇小說	金泳偶	神聖혼犧牲	1917.1.24	選外佳作	
60	短篇小說	Ky生	墮落學生의末路	1917.2.2		
61		何夢生	陽報	1918.6.25		
62	含淚戱謔	尹白南	贋造貨	1918.10.25~26·29~31·11.2(6회 연재)		
63	含淚戱謔	尹白南	奇緣	1918.11.3~14 (12회 연재)[24]		
64	含淚戱謔	尹白南	施酒	1918.11.15~21 (7회 연재)		기이
65	短篇文藝	李碩庭	誘惑	1918.11.11		
66		尹白南	夢金	1919.1.1		
67	넷날이약이		眞珠小姐	1919.1.1		기이
68	短篇小說	崔享烈	불힝흔싱명	1919.7.7	三等	
69	短篇小說	南泰熙	人情	1919.7.7	選外佳作	
70	短篇小說	張載文	綠陰이무르녹을째	1919.7.14	三等	
71	단편소설	李益相	落伍者	1919.7.14	選外佳作	
72	短篇小說	趙永萬	虛榮	1919.8.11	三等	

『매일신보』의 환상적 서사가 근대계몽기 한글신문의 환상적 서사와 다른 또 하나의 지점은 계몽의 내용이다. 근대계몽기 한글신문의 환상적 서사에서는 국가의 위기상황을 인식하고, 정치적 현실 문제를 비판적으로 보게 하려는 내용이 빈번하였다. 하지만『매일신보』에서는 그러한 계몽적 내용은 전혀 보이지 않는다. 주로 개인의 도덕적 문제를 개선해야 한다는 지점으로 계몽의 방향성이 노정되어 있다. 민족과 국가의 문제가 탈각된 계몽의 방향성은 환상적 서사만이 아니라『매일신보』에 게재된 전체 단형 서사에서 보이는 특징이기도 한데, 이는 매체의 지향하는 바와 연관되어 있다고 볼 수 있다. 근대계몽기 한글신문은 대부분 국가의 위기상황을 강조하고, 그 현실을 비판적으로 인식하게 만드는 것이 계몽의 주된 방향성이었다. 하지만 조선총독부의 기관지 같은 역할을 담당했던『매일신보』가 그와 같은 문제의식을 다룰 리는 없었다. 이 단형 서사들이 독자들에 의해 쓰여진 것이라고 할지라도 결국 심사를 하고 취사선택을 하는 것은 편집진들이었다. 그래서 이 단형 서사들 역시 편집진, 매체의 성향과 맥을 같이하고 있다. 즉『매일신보』는 이제 민족, 국가의 위기 상황이 아니라 개인의 문제로 계몽의 담론을 전환한 것이다.

이 시기 환상적 서사의 특징을 좀 더 짚어내기 위해서는 가장 비율이

---

19 저자명의 '瀨'는 '漱'의 오식으로 추정. 이후 몇 차례 더 응모를 하는데 이때에는 모두 '漱'로 게재됨.
20 '蘗良' 한자 배열 오류.
21 '募應' 한자 배열 오류.
22 27일 자에 저자명 나옴.
23 일자별로 게재란명이 다름.
24 12일 자의 '九'는 '十'의 오류로 보임. 14일 자에 회차 '十三'은 '十二'의 오류로 보임.

<표 5> 몽유 게재 실황

번호	게재일자 게재란명	저자	제목	몽유 서사 구조						
				편집자주	현실	입몽	몽사	각몽	현실	편집자주
①	1912.3.20 應募短篇小說	瀨石生 金成鎭	破落戶(파락호)	×	○	×	○	○	○	×
②	1912.5.2 應募短篇小說	金鎭憲	허욕심(虛慾心)	○	○	×	○(f)	○	○	×
③	1912.8.18 應募短篇小說	李壽麟		×	×	×	×	○	×	×
④	1912.10.1 應募短篇小說	車元淳 本社員補		×	○	×	○	○	○	×
⑤	1912.10.31 應募短篇小說	高進昊	대몽각비 (大夢覺非)	×	○	×	○(f)	○	○	×
⑥	9112.11.1	李興孫		×	○	×	○	○	○	×
⑦	1912.11.5 應募短篇小說	金秀坤		×	○	×	○	○	○	×
⑧	1912.11.15~16 (게재란명 없음)	광무대 치란		×	×	×	○	○	×	×
⑨	1914.1.1 (게재란명 없음)	何夢	新年會의虎大將 최첨지와범대장	×	×	×	○	○	○	×
⑩	1914.9.9~16 (게재란명 없음)	沈天風	酒(술)	○	○	×	○(f)	○	×	×
⑪	1916.1.1 (게재란명 없음)	夢外生	龍夢	×	○	×	○(f)	○	○	×

높은 몽유 유형을 자세히 들여다볼 필요가 있다. 근대계몽기 한글신문의 몽유 유형과는 어떤 지점에서 유사성, 또는 차이점이 있는지, 이전 시기의 몽유 서사와 어떤 지점에서 절합이 이루어지는지를 보도록 하자. 이를 위해 11편의 게재 실황과 몽유 서사 구조를 보이면 〈표 5〉와 같다.

구조면에서 몽사에 들어가고 나오는 입몽 단계와 각몽 단계는 전대와 크게 다르지 않다. 입몽 단계는 불분명하며 각몽 단계는 대부분 선명하다. 몽사에서 환상성의 요소가 가미되는 양상도 크게 다르지 않다.

근대계몽기 한글신문과 달라진 점은 편집자 주가 현저하게 줄어들었다는 점이다. ⑩의 편집자 주는 연재소설을 올리던 조일재의 사정으로 연재가 중단됨에 따라 그 공백을 메꾸기 위해 단형 서사를 올린다는 내용과, 서사에서 어떤 이야기를 다룰 것인지를 간략하게 전달하고 있다. ②의 편집자 주는 편집자 주라기보다 서술자의 개입이라고 하는 편이 적절한데, 서사의 내용을 통해 전달하고자 하는 바를 암시하고 지나가는 역할을 한다. 편집자 주는 근대 이전의 몽유 서사에서 보이지 않던 것으로 근대계몽기 신문에 오면서 이입된 요소였다. 하지만 『매일신보』에서는 그것이 현저하게 약화되어 있다. 근대계몽기에서는 출처를 밝히는 편집자 주가 많았는데, 이미 응모작으로 저자명이 표기되는 상황도 편집자 주가 줄어들게 만든 요인일 것이다. 또 하나의 원인은 계몽성의 약화와 연결된 것으로 보인다. '몽외생'이 쓴 「용몽」은 어떤 도덕적 교훈의 목소리나 계몽의 의지도 보이지 않는다. 단순히 꿈에서라도 용을 보고 싶었는데, 원하는 바대로 꿈에서 용을 보고 깨어나 보니 용의 해의 새해 아침이라는 것이 서사 내용의 전부다. 계몽성이 약화되고 흥미성이 주가 되면 내용에서 전달하고자 하는 교훈적 부분을 한 번 더 짚어줄 필요가 없어지는 것이다.

근대계몽기 한글신문의 몽유 유형에서는 꿈과 현실 사이에 물리적 교섭이 철저히 차단되며, 꿈속에서 개인의 사적 욕망이 충족되는 경향을 보이지 않았다는 것이 특징이었는데 이는 근대 이전 시기의 몽유 서사와 변별되는 지점이었다. 『매일신보』 단형 서사의 몽유 유형은 꿈과 현실 사이에 물리적 교섭이 일어나지 않는다는 점에서 근대계몽기 한글신문의 몽유 유형과 맥을 같이한다. 하지만 꿈속에서 개인의 사적 욕망이 충족되는 경향이 보이기도 한다는 점은 근대계몽기의 몽유 서사와 달라지는 점이다. ①의 서사에서는 주색잡기로 가산을 탕진한 남자가 허드렛일을 하는 신세로 전락한 와중에 꿈속에서 다시 어여쁜 과부와 호화로운 생활을 한다는 것으로 현실에서 결핍된 욕망을 꿈을 통해 충족하는 양상을 보인다. ②의 서사는 '미다스의 손'이라는 그리스 신화와 몽유 서사 구조를 결합하고 있는 서사인데, 미륵에게 기원한 대로 꿈에서 손이 닿는 것마다 황금으로 변하는 욕망을 충족하게 되는 내용이 전개된다. 이러한 면모는 꿈을 통해 개인의 욕망 지점을 해소하는 양상으로 펼쳐지던 근대 이전 시기의 몽유 서사와 접합되는 지점이다. 이 역시 민족 내지 국가와 관련된 계몽성이 약화된 이 시기 서사의 특징과 연결되는 지점이기도 하다.

몽유 서사에서도 민족과 국가의 문제에 대한 언급은 보이지 않는다는 점에서 『매일신보』 전체 단형 서사와 같다. 대신에 『매일신보』의 몽유 서사 속에서 경찰서의 역할을 두드러지게 보인다는 점은 특기할 부분이다. ④의 서사에서는 남편 몰래 외도하던 여인이 본부에게 들켜 경찰서에 끌려가는 꿈을 꾼 뒤에 마음을 다잡는 내용이 서술되고, ⑦의 서사에서도 밀매음녀로 전락한 여인이 경찰서에 끌려가는 내용이 꿈을 통해 전개된다. 특히 ④에서는 경찰서에 끌려가는 것에 대한 두려움이 마음을 다잡게 되는 계기로 작동하는데 이를 통해 경찰의 위상은 한껏 고양되고 있다. 이는 당시 일제의 통치 체제에서 검열과 감독의 역할을 담당하던 경찰의 위상을 서사 속에 투영한 예이다. 『매일신보』의 편집진들은 이러한 서사를 당선작으로 뽑고 신문에 게재함으로써 억압과 지배

체재의 조선총독부 첨병 역할을 충실히 수행해 나간 셈이다.

1910년대『매일신보』의 단형 서사에서는 직전의 근대계몽기와 환상적 서사의 비율이 비슷하였으며, 형식적으로도 근대계몽기의 환상적 서사에서 크게 달라지지 않은 점을 보인다. 이는 신문이라는 매체가 독자에게 다가가기 위한 방편으로 환상적 서사가 활용되었기 때문일 것이다. 하지만 환상적 서사에서 근대계몽기에 부각시키던 현실 문제의 부각 지점이 희석되면서, 욕망을 충족시키는 양상을 드러내던 근대 이전 환상적 서사의 특징으로 회귀하는 면모를 보인다. 이는 근대계몽기에 부각되던 민족 자주의 계몽성이 조선총독부 기관지 역할을 하던『매일신보』에서는 많이 약화되어 있는 것과 맥을 같이하는 지점이다.

(3) 1920년대 서사의 환상성

1920년대에 오면 문학 작품의 발표 지면이 1910년대에 비해 다수 늘어난다. 우선 1910년대 한일병합으로 인해『매일신보』만 남긴 채 폐간되었던 민간신문들이 1920년대에 오면 다시 발간된다. 1920년 3월 5일에『조선일보』가 창간되고, 1920년 4월 1일에『동아일보』와『시사신문』이 동시에 창간호를 발행한다. 이어 1924년 3월 31일『시대일보』가 창간된다.『시대일보』는 재정난으로 오래가지 못하지만, 그 시설을 넘겨받아 1926년 11월 15일『중외일보』가 창간된다.

또한 1920년대는 많은 잡지들이 발간된 시대이기도 하다. 1919년 2월 순수 문예잡지를 표방한『창조』의 창간을 비롯해서 1920년 7월 창간된『폐허』, 1922년 1월 창간된『백조』등의 문예잡지들이 출간되었다.

이들은 비록 재정난 등으로 몇 호 발간되지 못하지만, 여타의 다른 잡지들이 속속 출간되었다. 종합지를 표방한 『개벽』(1920년 6월 창간)이나 『조선지광』(1922년 11월 창간), 『신여성』(1923년 7월 창간), 『조선문단』(1924년 10월 창간), 『별건곤』(1926년 11월 간행) 등은 오랫동안 지속적으로 발행하면서 문학 작품 발표의 통로가 되어 주었다. 새로 발행된 신문이나 잡지를 통해 작품 발표의 지면이 확대되면서 1920년대는 한국의 문학계에서 '문단'이라는 것이 형성되기 시작한 시대이다. '문단'의 형성과 함께 서사도 이제 단형 서사에서 좀 더 소설의 특질을 갖춘 단편소설이 활성화되기 시작한 시대이기도 하다.

따라서 이 시기는 하나의 매체를 선정하여 보는 것이 용이하지 않다. 그런데 이 시기의 특징을 보자면, 우선 문학적 담론이 일어나기 시작한 시점이라는 것이다. '문학이란 무엇인가', '비평이란 무엇인가' 등에 대한 담론이 일기 시작했고, 이 시기 사회주의 사상이 국내에 유입되면서 문학 담론의 중심에는 자연주의, 리얼리즘이 자리하고 있었다.[25] 이 때문에 1920년대는, 회자되는 문학 중심 담론과 함께 작품의 경향도 자연주의, 리얼리즘 계열이 확산되었고 서사에서 보여지던 환상성의 영역은 전대에 비해 더욱 위축된다.

1920년대 리얼리즘 계열 서사의 확산 속에서도 몇몇 작품에서 환상성의 면모를 확인할 수 있다. 김동인의 「목숨」, 전영택의 「독약을 마시는 여인」, 임노월의 「처염」, 최서해의 「기아와 살육」, 나도향의 「꿈」, 이기영의 「쥐 이야기」[26] 등이 1920년대 서사에서 환상성을 드러내고

---

25 이와 관련된 담론들의 전개는 김영민의 『한국근대문학비평사』(소명출판, 1999) 참고.
26 이 작품들의 발표 지면과 시기는 다음과 같다.

있는 대표적 작품이다.

특히 전영택의 「독약을 마시는 여인」은 이 전에 보여지던 환상성과는 다소 이질적인 면모를 보여주는 작품이다. 이 작품은 이 작가가 동인으로 참여하던 『창조』 8호에 발표되었다. 1920년대 활성화된 잡지 시대의 첫머리에 놓이는 『창조』는 비록 1919년 2월에 창간하여 1921년 6월 발행된 9호를 끝으로 폐간되지만 최초의 문학 전문잡지였다는 점, 그리고 이전 시대와의 결별을 선언하고 있다는 점에서 좀 더 눈여겨볼 필요가 있는 잡지이다. 『창조』의 동인들이 1910년대를 주름잡고 있었던, 이광수로 대표되는 계몽주의적 문학에 반기를 들고 출발[27]한 만큼 새로움을 추구하기 위해 노력한 흔적들이 보인다. 전영택은 자신의 「독약을 마시는 여인」을 발표한 뒤, 후기로 쓴 「창조잡기」에서 다음과 같이 언급한다.

◀ 이번의 「毒藥마시는 女人」은 未來派와 印象派 뒤섞은 것을 하나 써보노라고 한 것이외다. 처음에는 미래파라고 쓰던 것이 인상파가 되고 말았지요. 어쨌든 우리 文壇의 첫 시험인 듯합니다.[28]

김동인, 「목숨」, 『창조』 8, 1921.1.
전영택, 「毒藥을 마시는 女人」, 『창조』 8, 1921.1.
임노월, 「처염」, 『영대』, 1924.12.
최서해, 「기아와 살육」, 『조선문단』, 1925.6.
나도향, 「꿈」, 『조선문단』, 1925.11.
이기영, 「쥐 이야기」, 『民村』, 건설출판사, 1927.
이 작품들 중 몇 편은 방민호가 엮은 『환상소설첩-근대편』에 묶여 향연에서 2004년에 출판되기도 했다.
27 이에 대해서는, 김영민이 「동인지 『창조』와 한국의 근대소설」, (『현대문학의연구』 18, 2002, 169~198쪽)에서 자세하게 언급한 바 있다.
28 『창조』 8, 1921.1, 116쪽.

미래파와 인상파를 뒤섞어 작품을 쓰고자 했다는 의도를 밝히면서 스스로 '문단의 첫 시험'이라고 내세우고 있는 이 전영택의 자평은 무언가 새로운 것을 창출해내고 싶어했다는 강한 욕망의 발로인 셈이다. 그 의도가 작품 속에 제대로 반영되었는가는 따로 짚어보아야 할 문제이지만, 무엇보다 서구 유럽에서 유행하고 있던 '미래파', '인상파' 등을 언급하고 있다는 점에서 전영택이 무엇을 전범으로 삼고자 했는가는 분명히 밝혀지고 있다. 적어도 조선의 서사적 전통을 따르려고 한 것은 아닌 것이다.

「독약을 마시는 여인」은 모두 6장으로 구성되어 있다. 이 작품에서는 이전 시대의 환상적 서사를 지배하던 우화나 기이, 몽유 어느 하나의 유형으로 분류되지 않을 만큼 여러 요소가 혼재되어 있다. 무생물이 웃거나 울고, 송장이 일어나서 말을 하고, 동물들이 토론을 하고, 사람이 가슴에서 피를 뽑아 다른 사람에게 주는 등 여러 가지 환상성을 드러내고 있다. 무엇보다 이전 시대의 환상성과 다른 면모를 보이는 것은 바로 스토리 중심이 아니라 장면 중심으로 전개되어 있다는 점이다. '시집간 딸을 데리고 와서 그 딸의 입에서 나오는 독약을 대신 마시는 어머니와 그 어머니 곁을 떠나 사나이 곁으로 가려는 딸'이라는 중심 스토리가 존재하기는 하지만, 괴기스러운 장면들을 조각조각 이으면서 초현실적 장면들로 스토리를 이어가고 있다. 당시 서구 유럽에서는 콜라주 기법의 회화나, 몽타주 기법의 영화들이 각광받고 있었다는 점에서 왜 전영택이 스스로 '미래파', '인상파'를 언급했는지 이해되는 지점이기도 하다. 하지만 여전히 이전 시대의 '우화'적 속성이나, '기이'로 분류될 수 있는 초현실적 요소들로 장면들을 채우고 있다는 점에서 전 시대의 환상적 서사의 자장에서 완전하게 벗어났다고 보기는 힘든 작품이다.

　김동인의 「목숨」 역시 『창조』 8호에 게재된 작품이다. 이 작품은 의사의 오진으로 죽을 뻔한 M이 친구 R의 도움으로 수술을 하고 다시 살게 된다는 스토리를 가진 작품인데 병석에 누워 있는 동안 꿈속에서 악마를 만나 배회한다는 환상성을 내포하고 있다. 이는 이전 시대의 환상적 몽사를 품고 있는 '몽유' 유형을 답습하고 있는 것이라고 할 수 있다. 서사의 배경이 현대 의학을 기반으로 하고 있는 병원이라는 점 등만 달라진 것뿐이다. 입몽 단계가 뚜렷이 나타나지 않고 각몽 단계와 각몽 단계 후 현실이 제시된다는 점도 이전 시대의 몽유 서사와 유사하다.

　임노월의 「처염」과 나도향의 「꿈」은 김동인의 「목숨」과 마찬가지로 몽유를 환상성으로 내포하고 있는 작품이다. 임노월의 「처염」은 팜므파탈적인 A라는 여성을 만나 치명적인 매력에 끌려 애증의 갈림길을 헤매다 결국 병석에 드러눕고 마는 '나'의 이야기이다. 여기서는 현실에서 '욕망하는 나'를 억압하는 슈퍼에고에 의해 욕망을 숨기게 되고, 숨겨진 욕망은 결국 꿈으로 표출되면서 배타적인 현실과 욕망의 실현인 꿈 사이를 오락가락하는 사이 병을 얻게 된다는 내용으로 그야말로 정신분석학적인 환상성을 내포하고 있는 작품이라고 할 수 있다. 이는 욕망하는 것을 꿈으로 풀어 해원하던 이전 몽유 서사의 전통과도 맞닿아 있다고 할 수 있는데, 그러면서도 프로이트가 간파했던 의식과 무의식의 상관관계를 은연중 노출하고 있다는 점에서 좀 더 깊은 탐색을 요하는 작품이다.

　나도향의 「꿈」은 임노월의 「처염」과 같이 연정담을 기반으로 이루어진 서사이다. 작중 화자인 '나'를 좋아하다 죽은 '임실'이 꿈에 나타나고 이후 '임실'이의 생각에 사로잡혀 지내다 그의 무덤에 다녀온 뒤 꿈을

꾸지 않게 된다는 내용으로 꿈과 초현실적 존재의 사이를 오가며 환상성을 자아낸다. 이는 전통 서사에서 보여지던 전형적인 환상적 서사의 유형이라고 할 수 있다.

그런데 임노월과 나도향의 서사에서 좀 더 관심 있게 지켜보아야 할 것은 이들이 본 서사와 구별되는 혹은 환상적 서사로 진행되는 본 서사를 애써 변명하는 화자의 목소리를 표출하고 있다는 점이다.

A한테는 반드시 사내의 정열을 해롭게 하는 마력이 있다. 그 힘이 독한 버섯과 같이 사내의 정열을 한량없이 매혹하면서도 내용으로는 해를 끼친다. 그렇지 않으면 왜 A를 꿈 가운데서 만나고 난 그 이튿날은 병세가 더해 가는고? 그것이 이상한 일이 아닌가. A의 정열 가운데는 사악하고 생기를 죽이는 그 무엇이 있어가지고 항상 그의 주위를 둘러싸고 있다. 그 유해한 무엇이 때때로 고요한 깊은 밤붕에 어떠한 악의가 있던지 공간에 파동을 일으켜가지고 그를 생각하는 나의 잠재의식을 자극시킨다. 그리하여 그와 나 사이에는 매일 밤마다 꿈이 생긴다. 나의 잠재의식은 독한 버섯의 냄새를 맡고 어릿어릿하는 나비와 같이 나한테로 다시 돌아와서는 그것이 알지 못하게 불길한 암시를 나한테 전한다. 그리하여 나의 병은 해독 받은 잠재의식의 발동으로 말미암아 점점 더해 간다.

이렇게 생각할 때 나는 무서운 생각이 났다. 이러한 미신적인 일이 과연 실지로 있을까? 아니다. 이러한 생각은 모두 다 나의 망상이라고 생각했다. 그러나 그의 꿈을 보고 난 그 이튿날에는 반드시 병세가 중해지는 일을 무엇으로 설명할꼬?

—임노월의 「처염」 마지막 부분

자기 스스로도 믿지 못하는 일을 때때 당하는 일이 있다. 더구나 오늘과 같이 중독이 되리만치 과학이 발달되어 그것이 인류의 모든 관념을 이룬 이 때에 이러한 이야기를 한다 하면 혹 웃음을 받을는지는 알 수 없으나, 총명한 척하면서도 어리석음이 있는 사람이, 아직 의심을 품고 있는 이러한 사실을 우리와 같은 사람이 쓴다 하면, 헤브라이즘과 헬레니즘, 서로 반대되는 끝과 끝이 어떠한 때는 조화가 되고 어떠한 경우에는 모순이 되는 이 현실 세상에서, 아직 우리가 의심을 품고 있는 문제를 여러 독자에게 제공하여, 그것을 해석하고 설명해 내는 데 도움이 되거나, 그렇지 않으면 아주 사실을 부인하여 버리게 되고, 또는 그렇지 않음을 결정해 낼 수 있다 하면 쓰는 사람이나 읽는 이의 해혹解惑이 될까 하는 것이다.

이러한 사실을 믿거나 믿지 않거나 그것은 해석하는 이의 마음대로 할 것이요 쓰는 이에 관계할 바가 아니니, 쓰는 이는 문제를 제공하는 것이 그것을 해석하는 것보다 더 큰 천직인 까닭이다.

더구나 이 이야기는 실지로 당한 이가 있었고, 또는 쓰는 나도 믿을 수도 없고 아니 믿을 수도 없는 까닭이다.

—나도향의 「꿈」 시작 부분

보편적 현실 세계의 질서에서 벗어나는 환상성에 대해서 의심하고 회의하면서 스스로 자문하는 이러한 화자 내면의 표출은 두 가지 의미로 읽힌다. 하나는 이렇게 미심쩍은 일이지만 실제 일어났던 일이라는 것을 부각시키면서 독자를 몰입하게 하는 것, 또 하나는 환상성을 쉽게 용인할 수 없음을 자인하는 것이다. 더욱이 환상성을 용인하지 않던 당시의 시대적 분위기는 이러한 회의를 더욱 가중시켰을 것이다. 전통적 서사의 환상성 역시 유가적 사유 속에서 배척되던 것이어서 언제나 변방에 머무르는 경향이 강했었는데, 무엇보다 나도향이 언급하고 있듯이 '과학이 발달되어 그것이 인류의 모든 관념을 이룬 이때' 고전적 환상성을 서사에서 표출하는 것은 이러한 변명 섞인 언술을 필요로 했던 것일수 있다. 더욱이 이때는 프로문학을 기반으로 한 카프 계열의 문인들이 지면마다에서 강렬한 어조로 리얼리즘을 표방할 때가 아니던가.

그런 점에서 최서해의 「기아와 살육」이나 이기영의 「쥐 이야기」는 위와 같은 변명을 게시하지 않아도 프로 경향의 문인들에게 비판의 화살을 피해갈 수 있는 서사들이다. 즉 환상성을 용인하는 것이 아니라 현실의 모순과 부조리를 고발하기 위해 차용된 환상성들을 표출하고 있기 때문이다. 최서해의 「기아와 살육」은 끔찍한 가난에 시달리며, 병든 아내와 가족들을 부양하는 '경수'가 점점 광기를 보이며 환각에 사로잡힌다. 어머니마저 며느리를 위해 쌀을 구하러 나갔다가 중국인의 개한테 물려오자 결국 광기가 폭발하여 환각에 사로잡힌 채 가족을 비롯해 닥치는 대로 사람을 찔러죽이는 살육으로 마무리된다. 신경향파의 대표적 작가로 일컬어지는 최서해의 작품답게 폭력적·극단적 결말을 맺고 있는 이 작품은 광기 속에서 표출되는 환각을 환상성의 요소로 삼고 있다는 점에서 이전 시대와는 다른 환상성의 결을 지니고 있다.

이기영의 「쥐 이야기」는 전형적인 우화로 분류되는 환상적 서사이다. 이 작품은 쥐의 시선을 빌려 수돌이네와 김 부잣집으로 대변되는 빈부의 대비, 그리고 빈부의 격차를 조장하는 현실의 부조리함을 폭로하고 있다. 우화의 속성이 그렇듯이 동물의 시선을 빌려 현실을 폭로하고 인간의 어리석음을 발견하여 해결책을 모색하게 만들려는 교훈적 속성을 내포하고 있다. 이기영의 「쥐 이야기」는 근대계몽기에 나타난 환상적 서사의 계몽적 성격을 전승하고 있다.

지금까지 몇몇 대표 작품을 통해 살펴본 1920년대 서사에서 이루어진 환상성의 특징을 간추려 보면 우선 이전 서사의 전통을 그대로 답습하고 있는 환상성이 표출되는 작품이 있는 한편, 당시의 새로운 사조나 사회과학적 발견을 끌어들여 새로운 환상성을 개척하고자 시도하는 작품이 있었다는 것으로 정리할 수 있다. 그러나 그러한 시도들 역시 기존의 환상적 서사의 전통에서 자유롭지 않음 역시 발견된다. 또한 그러한 작품들의 경우 당대 현실성이 부각되는 시점에서는 변명을 필요로 하였다. 무엇보다 리얼리즘의 강세 속에서 서사의 환상성은 이 당시 활발해지기 시작한 아동문학의 영역으로 밀리고 이른바 본격문학의 장에서는 리얼리즘 계열의 서사가 확고하게 대세로 자리잡았었던 것이 1920년대였다.

2) 창작 방법론의 고민과 새로운 문예 사조의 유입

이상의 환상성이 발현될 수 있었던 배경으로 당대 문단의 흐름을 살펴볼 때 서사에서 환상성의 전개와 함께 살펴볼 것은 당대 문학 담론의 전개이다. 1930년대의 문학은 전대 문학 흐름과의 길항 속에서 이루어졌다. 한국의 1920년대는 카프KAPF(조선프롤레타리아예술동맹)라는 단체를 중심축으로 하는 프로문학의 전성기였는데, 1930년대 문학을 새로운 방향으로 전환하는 것에 결정적 역할을 한 시대였다고 할 수 있다.[29]

1930년대 모더니즘 문학의 융성을 두고 그 배경으로, 일제의 탄압에 의
해 사회주의 문학운동이 침체되었기 때문이라고 파악하는 경향이 있
다.[30] 이러한 견해는 당대의 정치적 흐름과 그에 따른 문학계 동향을 살
폈을 때 타당한 지적이다.[31] 하지만 이것만이 전부는 아니다. 한편으로
보면 이미 프로문학의 태동기부터 1930년대 문학이 융성할 수 있는 씨
앗이 배태되고 있었다고 할 수 있다. 카프 단체의 초창기 멤버이자, 프
로문학 이론의 유입과 전개에 핵심적 역할을 담당했던 김기진과 박영희
사이에서 일었던 프로문학 논쟁이 그 일례이다.[32] 박영희의 소설에 대
해 김기진이 비판하는 글을 발표함으로써 촉발된 논쟁에서 이 둘은 프
로문학에 대해 관점의 차이를 드러내었다. 김기진은 내용과 형식의 조
화를 통한 문학성의 획득이 프로문학에도 중요한 것이라고 주장했으며,
박영희는 현재 조선의 상황에서는 소설가의 계급적 선명성이 더 중요하
다고 주장했다. 이 논쟁은 김기진이 외면적으로 사과의 형식을 띠면서
일단락되지만, 이후 프로예술대중화론의 전개에도 영향을 미치게 된다.
이 논쟁을 통해 박영희는 프로문학운동의 주도권을 잡게 되었는데, 이

---

29 비교적 최근에 민족문학사연구소에서 한국문학사를 총체적으로 정리해 발간한 『새 민
    족문학사 강좌』에서 1920년대 카프의 활동상을 정리한 이현식은 다음과 같이 말하고
    있다. "1930년대 후반 다양한 문학적 방향을 모색하기 위한 여러 논의와 실험들이 가능
    할 수 있었던 것의 근원도, 따지고 보면 카프에 대한 반성이거나 계승이거나 비판 위에
    놓여 있었다는 점에서 카프의 그늘을 완전히 벗어난 것은 아니었다."(이현식, 「카프의
    성과와 문학사적 위상」, 민족문학사연구소 편, 『새 민족문학사 강좌』, 창비, 2009, 178
    쪽) 이러한 이현식의 언급은 카프 이외의 활동들을 간과한 채 카프의 영향력만 지나치
    게 강조하고 있다는 한계를 노정하지만, 일면 수긍할 수 있는 점도 있다.
30 이 점은 여러 논자들에 의해 언급된 사실인데, 최근 김종욱의 글에서도 이 점이 반복되
    고 있다. 김종욱, 「식민지근대성과 모더니즘문학」, 위의 책, 198~199쪽 참고.
31 여러 논자들이 언급하고 있는 이유이기에 여기에서는 더 언급하지 않고자 한다.
32 이 논쟁에 대해서는 김영민의 『한국근대문학비평사』(소명출판, 1999)에 「프로문학의 발생
    과 내용·형식 논쟁」이라는 항목으로 일목요연하게 정리되어 있어 그것을 참고하였다.

는 이후 카프의 방향성을 노정하는 데 중요한 계기가 된다. 소설의 문학성보다 소설가의 계급적 선명성을 중요시한 박영희가 주도권을 잡게 되었다는 것은, 한편으로 보면 1920년대 전개된 프로문학이 도식적인 선전문학으로 흐르게 되는 경향과도 밀접하게 연결되기 때문이다.[33] 그리고 이는 당대 문학의 자장에 있던 이들에게 문학이 무엇이며 어떠해야 하는가에 대한 고민을 하게 만드는 계기가 되었으며 1930년대로 이어지는 창작 방법 논쟁에도 영향을 미치게 된다.

그렇다면 작가 이상은 이러한 프로문학의 흐름을 어떻게 보고 있었을까. 그에 대한 해답을 얻기 위해 참고할 수 있는 것은 이상의 「문학을 버리고 문화를 상상할 수 없다」라는 글이다. 이 글은 『조선중앙일보』 1935년 1월 6일 자[34]에 실린 글이다. 1935년 신년 기획특집으로 '사회여 문단에도 일고를 보내라'라는 큰 주제 아래 1월 1일부터 6일까지 6회에 걸쳐 김동인, 박태원, 박화성, 김억, 임영빈과 함께 이상이 글을 올리는데, 이상의 글이 마지막회를 장식했다. 작가가 생활을 영위할 수 있도록 해달라는 글들 속에서 이상은 뜻밖에도 작가들의 자세에 일침을 가하기도 한다. '맑스주의 문학이 문학 본래의 정신에 비추어 허다한 오류를 지적받게까지쯤 되었다고는 할지라도 오늘의 작가의 누구에게 있어서도 그 공갈적 폭풍우적 경험은 큰 시련이었으며 교사 얻은 바가 많았던 것만은 사실이다'에서 보이는 것처럼 전 시대 문학 흐름의 공과를

33　이후 카프 해산을 전후하여 창작방법 논쟁이 일기도 했었는데 이러한 논쟁들이 실제 창작물과는 동떨어진 채 이루어졌다고 할 수 있다. 김재용 역시 이 점을 한계로 지적하고 있다. 김재용, 『민족문학운동의 역사와 이론』, 한길사, 1990, 73쪽 참고.

34　이 글의 게재 일자가 최근 나온 전집들에 1936년 1월 6일 혹은 1935년 1월 5일로 되어 있는데 이는 1935년 1월 6일의 오류이다. 확인을 위해 신문의 날짜가 나온 원문 이미지를 올린다.

〈그림 1〉『조선중앙일보』, 1935년 1월 6일 자에 실린 이상의 글

언급하기도 한 것이다. 인용 문구에서 우선 주목해서 볼 부분은 '맑스주의 문학이 문학 본래의 정신에 비추어 허다한 오류를 지적받'고 있다는 언급이다. 이는 당시 이루어지고 있던 맑스주의 문학에 대해 이상이 그리 썩 달가운 시선을 보내고 있지는 않았다는 것을 미루어 짐작할 수 있게 하는 대목이다. 이런 추론을 뒷받침할 만한 증언을 이상의 벗이었던 문종혁의 회고에서 볼 수 있는데, 그의 말을 들어보면 다음과 같다.

　　상은 이때나 그 후에나 예술 외의 다른 세태사에는 무관심이었다. 당시 사회주의 사상의 영향으로 프롤레타리아 문인들이 그들의 월간지까지 발간하며 갑론을박 논란을 펴고 작품 발표도 했으나 그는 거들떠보지도 않았다. 일본에서 열렸던 프롤레타리아 미술전람회의 화집을 보았을 때 "이게 간판이면 간판이었지 미술이며 예술야?" 하고 코웃음을 쳤다.

　상에게서는 민족이나 국가를 운운하는 모습도 볼 수 없었다. 다만 그는 인류라는 명제를 되풀이해 말하였다. 그가 말년에 동경으로 떠날 때 휴머니즘을 외쳤다는 설이 있는데 사실이라면 이것과 일맥 상통한다고 하겠다.[35]

　여기서 문종혁의 표현을 액면 그대로 받아들인다면 이상은 예술지상주의자처럼 보인다. 하지만 이 표현들은 좀 더 심도 있게 고구해 볼 필요가 있다. '프로 문인들의 작품 발표를 거들떠보지도 않았다'는 말은 아예 보지 않았다는 것이 아니라 긍정적으로 생각하지 않았다는 말일 것이다. 그리고 '세태사에 무관심'이라는 말 역시 '세태사'를 무엇으로 보느냐에 따라 그 의미하는 바가 달라진다. 이상은 모든 세태사에 무관심했던 것이 아니라 문종혁이 뒤에 덧붙이고 있는 것처럼 '민족이나 국가를 운운'하는 것에 크게 동요되지 않았던 것으로 보아야 한다. 문종혁의 말에서 '인류라는 명제를 되풀이해 말하였다'는 표현이 보이는데, 이상은 문학을 통해 좀 더 큰 그림을 그릴 수 있는 것으로 생각했던 것이리라.[36] 그래서 그는 문학이 정치적 목적과 곧바로 연결되어 선전문학으로 수단화되는 것을 반기지 않았던 것이다. 그것은 이상이 남긴 「문학과 정치」라는 글을 보아도 알 수 있다.

35　문종혁, 「몇 가지 이의異議」(『문학사상』, 1974.4), 김유중 · 김주현 편, 『그리운 그 이름, 이상』, 지식산업사, 2004, 132～133쪽에서 재인용.
36　이상이 문학에 담아내고자 했던 것이 무엇이었는가는 제3장에서 좀 더 상세하게 언급할 것이다.

누구나 現實에있고 現實을갖인다. 밤이나낮이나 이것만 떠벌리고 자랑〻
거리로까지하는 어떤 一群에 限한일이아니다.

頭腦勞動者를 有益하게 利用 한다는것은 무슨, 文學者를갖어다가 바로 그냥
政治家를만든다는意味는아니리라.

(…중략…)

文學者가 政治에參見한다거나 政治를先行식히는文學運動 들이犯한 誤謬의
理論이 뭐 適確히指摘되였다고할수는 아즉없겠지, 그렇나 政治가目的으로삼
아지는文學을 文學의第一義로 넉이는習慣이 제법 안流行하게되여가는 感이
있는것을 否定하기 어려우리라.

— 「文學과 政治」

이 글은 『사해공론』이라는 잡지의 1938년 7월호에 발표된 글이다.
즉 이상의 사후死後에 발표되었다는 말이다. 생전에 미발표였던 이 원고
속에는 '문학과 정치를 곧바로 연결시키는 행태'나 '정치를 목적으로
삼는 문학'에 대해 기왕에 발표한 「문학을 버리고 문화를 상상할 수 없
다」는 글에서보다 좀 더 직설적인 비판을 하고 있는 것을 볼 수 있다. 인
용문 첫 줄에 나오는, '어떤 一群'이라는 것은 카프 단체를 중심으로 한
프로문학자들을 겨냥한 표현일 것이다. 이들을 향해 '떠벌리고' 등의 비
하하는 듯한 표현을 하는 데에는 그만큼 이상이 이들의 작품과 이론을
대수롭지 않게 여겼다는 것을 말해 준다. 많지 않은 나이에, 문학 작품
뿐만 아니라, 미술, 음악 등을 두루 섭렵하며 심미안을 길러온 이상에게
는 내용과 형식의 조화 없이 정치적 목적의식만이 전면에 부각되어 있
는 프로문학 계열의 작품들이 성에 차지는 않았을 것이다. 그리고 이는

비단 이상만 그렇게 느끼는 것이 아니었음을 위 인용문 마지막 문장을 통해 알 수 있다. '정치를 목적으로 삼는 문학을 문학의 제일로 여기는 풍토가 유행하지 않게 되어가는 감'이 있다는 것은 바꿔 말하면 한때 유행했었다는 말이고, 그 유행이 이제 사그라들고 있다는 말이다.

1930년대 당시 초현실주의 문학의 기치를 내걸고 창간되었던 『삼사문학』은 당시 프로문학에 대한 반감에서 시작되었다고도 할 수 있다. 『삼사문학』 동인의 핵심 멤버이자 처음으로 'Surrealisme'의 소개글을 발표하기도 했던 이시우가 같은 잡지 3집에 쓴 「절연하는 논리」라는 글에 이러한 정황이 드러난다.

朝鮮에 있어서의 自由詩의 全盛時代는, 이미 自由詩의 頹廢時代를 懷胎하였고 所謂 民衆詩 「프롤레타리아」 詩에 依하여 低下된 詩가, 그 純粹性을 喪失한 代身에 그 商品價値를 獲得한 時代이기도 하였다. 卽 詩의 方法과는 다른 思惟의 方法으로의 結果的 産出인 「思想」이란 意味의 內容의 發展만을 探求하였고, 形式은 언제까지든지 固定된 「카메라」와 한가지 發展치를 못하였던 까닭이다. 民衆詩가 「프롤레타리아」詩로 變化한 것을 우리는 詩의 進步라고 부를 수 있을까. 思想으로서의 進步는 必然的으로 文學의 現實性을 排棄하고, 思想의 現實性으로 나아간다. 思想의 現實性으로 나아가는 運動은, 文學의 現實性인 超現實主義를 否定하고, 自由詩를 拒絶하고 發生的인 「노래부를 수 있는 詩」에까지 退化하는 運動이다. 요즈음 朝鮮 프롤레타리아詩의 沒落에 간신이 그 存在를 얻은 朝鮮民衆詩運動이 「노래부를 수 있는 시」를 主唱하고 있는 것은 매우 興味있는 現象이다.

變化하지 않는 詩人을 進步치 않는 詩人과 한가지 우리들은 認定할 수 없다.[37]

이 글 속에는 당시 프롤레타리아 운동이 다른 문학들을 위축시키고 있었다는 것과 프롤레타리아 문학 역시 정체되고 있었다는 것을 보여주고 있다. 여기서 특히 주목할 부분은, 당시 경향이 내용의 발전만을 추구하면서 고정된 형식을 취하고 있다는 것이다. 그것은 문학의 현실성을 배격하게 되고 오히려 문학적으로 퇴화하는 결과를 초래하게 되었다고 인식하고 있다. 그리고 당시 젊은 문인들로 구성된『삼사문학』동인들은 그러한 문학을 인정치 않겠다는 선언을 포함하고 있다.

프로문학 계열에서 1930년대 창작방법 논쟁이 일었던 배경에는 정치적 압력도 일정 부분 작용했지만, 당대 흐름에서 프로문학이 도외시되고 있었던 이러한 사정도 어느 정도 영향을 미쳤다고 볼 수 있다. 더욱이 1920년대 후반에 들어서면, 비록 2호 발간으로 종간되었지만『해외문학』이라는 잡지가 발간될 정도로 외국문학에 대한 관심도가 높아가는 때였다. 또한 유학생들이 많아지면서 문인들이 당시 서구의 문예 흐름을 민감하게 읽어내고 있었다.

1930년대에 들어서면 당시 젊은 문인들을 주축으로 자신들이 접한 서구의 문예 사조를 소개하는 한편, 작품 창작에 접목하려는 시도를 한다. 『삼사문학』에 실린 초현실주의적 경향의 시들이 그러한 사례이다. 여기에는 새로운 것에 대한 호기심도 일정 정도 작용을 했겠지만, 기존의 계몽주의적 문학, 정치의식이 전면화된 문학에 대한 거부감과 그 문학 작품들의 상투적 방법들에 대한 회의가 한몫을 담당했다고 볼 수 있다.

이상은 프로 경향의 문학 작품만 비판적으로 본 것이 아니라 일부 서

---

37 이시우, 「絶緣하는 論理」,『三四文學』 3, 1935.

정시들에 대해서도 그리 호의적이지는 않았던 것으로 보인다. "한篇의 敍情詩가 서로달착지근하면서 砂糖의分子式 硏究만 못해보일적이 꽤많으니"[38]라는 언급은 그것을 단적으로 보여 준다. 이러한 비판적인 시각이 직접적 언술에서 그친 것이 아니라 그의 작품에서 전 시대의 경향과 다른 방법을 모색하는 방향으로 나아갔다. 그래서 이상은, 이시우의 표현을 빌리자면 "새로운 詩의 이야기가 나오면 조선에서는 곧 李箱이를 끄집어"[39]낼 정도로 회자되는, 새로운 경향의 첨단을 걸었던 것이다.

3) '환상' 담론의 증가와 변화

'환상幻想'이라는 단어는 1910년대까지 공적인 담론장에서 쉽게 발견되는 단어가 아니었다.[40] 이때는 '환상'을 대신하여 '괴이怪異'[41] '전기傳奇'[42] 등의 단어가 더 보편적으로 사용되었다. 1920년대에 들어서면 신문에 '환상'이라는 단어가 표제어로 간간 등장한다. 『매일신보』에는 연주회 광고를 포함하여 2회, 『동아일보』에 1회, 『조선일보』에 6회 등이다. 1930년대에 들어서면 표제어에 '환상'이 등장하는 경우가 『매일

---

38 이상, 「문학을 버리고 문화를 상상할 수 없다」, 『조선중앙일보朝鮮中央日報』, 1935.1.6.
39 이시우, 「SURREALISME」, 『三四文學』 5, 1936.10.
40 지금까지 조사한 바로는 『한성순보漢城旬報』 1884년 1월 18일의 논설 「전보설電報說」에 언급된 것이 유일하다. 공적 담론장은 아니지만 1905년 11월 27일 작성된 문서인 「(八)「スチーヴン」顧問ヨリ伊藤大使宛書翰 譯文」에 등장하는 '幻想的保護'라는 문구가 보이는 것(『주한일본공사관기록駐韓日本公使館記錄』 25 참고)이 전부이다.
41 1910년대까지 『황성신문皇城新聞』에 157회, 『대한매일신보大韓每日申報』 국한문판에 37회, 『매일신보每日申報』에 3회, 중국 상해에서 발행된 『독립신문獨立新聞』에 4회 보임.
42 1910년대까지 『황성신문皇城新聞』에 11회 보임.

신보』27회, 『동아일보』12회, 『조선일보』16회 등으로 대폭 늘어난다. 『동아일보』의 경우 기사의 본문까지 확인해 보면 1920년대에는 70회였던 것이 1930년대에에는 189회로 늘어난다.

1930년대에 '환상'이라는 단어의 등장 횟수도 늘어나지만 더욱 주목해야 할 것은 '환상'이 쓰이는 맥락에 변화가 있다는 점이다. 『매일신보』의 경우, 기사 본문까지 포함하면 1920년대에 3회 '환상'이 등장하는데, 음악연주회의 연주곡명으로 '환상곡幻想曲'이 언급된 것이 2회이고 남은 1회는 '피고의 얼굴에 환상적 기분이 떠돌아'라고 언급된 것이 전부이기 때문에 그리 참고할 만한 언급은 없다. '환상'과 관련해서는 『동아일보』에 게재된 내용을 참고해 볼 필요가 있는데, 1920년대 표제어로 등장한 것은 1회에 불과하지만 내용에서 '환상'이 70회 정도 언급된다. 그중에는 다음과 같이 괴테의 『파우스트』라는 작품을 표현한 외국 화가의 그림을 게재하는 면모도 보인다.

〈그림 2〉는 근대 이전 시기에 '괴이'나 '전기' 등으로 포함되던 개념들이 '환상'이라는 단어 속에 포함되어 가는 과정을 보여주고 있기 때문에 주목해 볼 필요가 있다. 무엇보다 괴테의 『파우스트』는 현대에도 그렇지만 당시 사람들에게 걸작으로 인정되던 작품인데 이런 그림을 신문에 게재하면서 그 속에 담긴 '환상성'을 독자로 하여금 긍정적으로 수용하게 하는 역할도 일정 정도는 했을 것으로 짐작된다.

『동아일보』에서 문예 관련 '환상'이라는 단어가 가장 먼저 언급되는 것은 1920년 7월 23일 자에 여시관如是觀에 의해 번역되어 게재된 「전쟁문예에 표현되는 사상적 불안」이라는 글이다. 7월 24일 자 속편까지 이어지는 이 평론의 소제목에서 '전쟁의 幻想과 現實'이라는 표현이 등

| 1925.12.3. 3면 | 1925.12.4. 3면 | 1925.12.5. 3면 |

〈그림 2〉 1925년도에 『동아일보』에 게재된 하리 클라크의 〈괴테 파우스트 환상화(幻想畵)〉

장한다. 이때에는 '현실'과 대비되는 표지 즉 현실 속에서 이루어지기

힘든 소망 등의 표현으로 '환상'이 쓰인 것이다. '환상'이라는 단어가 쓰

이는 초기에는 이러한 의미를 내포하고 있는 경우가 대다수였다.[43] 문예

관련해서만이 아니라 이 의미로 폭넓게 1920년대 기사에 쓰이곤 했다.

　문예 관련 글에서 '환상'에 또 다른 의미가 담기는 것은 『동아일보』

1927년 1월 4일 자에 현상당선문으로 올라온 김성근의 「조선현대문예

개관」이라는 글에서이다. 이 글에서 이상화의 시를 논평하면서 '환상'

이라는 단어가 쓰인다. 그 글을 보면 다음과 같다.

43　일례를 보면 다음과 같다. "남들은 깨여 일할 때 우리는 幻想에 도취하였었다. 살아가는
　　그들은 군세고 힘 있다. 우리의 배마른 四肢를 희랍의 그 조각같이 하지 않으면 안 된다.
　　우리의 할 일, 우리의 살 길은 힘과 뜻이다. 이것으로 우리의 선척적인 모든 病弊와, 오랫
　　동안의 가정의 專制, 학교의 불만, 군경의 禁斷에서 높이 초월하자!" 이정기, 「幻夢과 沈
　　漫에서 탈출하자」, 『동아일보』, 1924.5.24, 1면.

幻想과 槪念의 境域에서 못 벗어나리만큼 그의 詩는 알기 어렵다. 그러나 近 作에서 그는 分明히 이 境域에서 벗어나려는 努力을 뵈이고 있다. 그의 詩想 은 大槪 感傷的이며 리듬은 좋다. 말도 漸漸 洗鍊되어간다. 프로詩壇에서 活躍 하는 모양이나 우리는 그의 詩에서 프로的 獨特한 色彩를 볼 수 없음은 疑問 으로 생각하는 바이다.[44]

이 글 속에서 '환상'은 '구체적 실체가 보이지 않는 추상적인 것'이라 는 의미가 맥락 속에 녹아 있다. 무엇보다 이 글 속에는 그것을 탈피해 야 하는 것으로 상정하고 있는 점이 주목되는데 그 배경에는 당시 프로 경향이 강했던 문단의 분위기와 무관하지 않다. 말미에 '프로적 색채를 볼 수 없다'는 내용은 이를 뒷받침하고 있다. 당시 프로 문인들에게 '환 상'은 비판적 언술에서 주로 보이곤 했는데 한설야가 김화산의 문예론 을 논박하며 쓴 다음과 같은 글도 그 하나의 예이다.

爲先 나는 그것이 統一整理되어가는 우리 無産階級藝術論에 對한 喫驚에서 나온 反動的 無正體의 幽靈文藝論 展開(라니보다 虛構的 陳列)라고 본다. 卽 그 것은 辨證的 唯物論에 基調를 둔 藝術의 展開를 論한 것이 아니고 또 그 밖의 何等 方法論的 基礎를 말치 아니하고 다만 아닌밤中에 홍두깨 내밀 듯한 不動 的 夢遊病的 藝術論이다. 함으로 그것은 幻想이나 空華를 現實에 내세우랴는 촉루의 代言이라고밖에 볼 수 없다.[45]

---

44 김성근, 「조선현대문예개관 (四)」, 『동아일보』, 1927.1.4, 6면.
45 韓雪野, 「無産文藝家의 立場에서 金華山君의 虛構文藝論─觀念的 當爲論을 駁함 (─)」, 『동아 일보』, 1927.4.15, 3면.

이 글 속에서 '환상'이라는 단어는 '몽유병적', '공화空華' 등과 함께 어울려 부정적인 의미를 내포하는 언술로 사용된다. 이와 같은 예는 이 외에도 많다. 장일성의 글 속에 보이는 "××的 民族運動 앞에서는 一文의 價値가 없는 幻想에 不過한 것"[46]은 그 예이다. 심지어 이 장일성의 글을 논박하는 글[47]에서도 '환상'은 '편견', '약점', '과오' 등과 동일하게 취급되며 '폭로투쟁'해야 하는 대상으로 여겨진다. 1920년대 문학 평론들을 주도했던 프로 계열의 문인들에게 '환상'은 비판의 표지이자 대상이었던 것이다.

하지만 1920년대 말경에 가면, '환상'에 대해 비판적이던 당시의 분위기와는 사뭇 다른 경향의 글이 보인다. 1928년 4월 15일 자『동아일보』에 염상섭이 쓴 「조선과 문예 문예와 민중」이라는 글이 그에 해당한다.

過去의 體驗은 現實의 意識을 料理하고 未來를 豫想하는 데에 有助하고 追憶의 情緒는 生活內容을 豊富潤澤케 하여준다. 그리고 未來에 對한 幻想은 無制限으로 自由奔放한 想像力에 맡기어 얼마든지 美化하고 誇大하는 故로 過去의 體驗과 追憶이 그 幻想美를 合理性과 可有性으로 拘束調節하여 現實性을 가진 內面生活의 內容이 되게 하여준다. 사람은 밥을 먹지 않고는 살 수 없는 것이나 同時에 感情的 社會的 生活―即 人間對人間의 生活을 營爲하는 것이기 때문에 追憶의 美感과 情味 없이는 人生이 沙漠 같은 것이요 未來에 對한 幻想의 美와 憧憬이 없으면 一步도 前進할 氣力이 없고 生命은 萎縮하여 自滅하는 수밖에

---

46 張日星, 「民族問題 (四)」, 『동아일보』, 1927.12.15, 3면.
47 GH生, 「'階級標幟撤去'자의 '當面의 諸問題'―東京 張日星氏를 駁함 (十二)」, 『동아일보』, 1927.12.16, 1면.

없는 것이다. 實로 이 두 가지에 生活의 土臺와 文藝의 「엘레멘트」가 있는 것이다.[48]

이 글에서는 당시 프로 문인들에게 비판의 표지이자 타개의 대상이었던 '환상'이 추구해야 할 '美'의 경지로 승격하고 있다. 추억의 미감과 더불어 '환상미'는 필수적인 '생활의 토대'이자 '문예의 요소'라고 인정하고 있는 것이다. 그래서 같은 글에서 '환상' 앞에 '아름다운'이라는 수식어가 따라붙기도 한다. 이런 인식의 변화는 문예면에서 속속 발견이 되는데, 이후 수필처럼 쓰여진 문예면의 글들 속에서 '환상'이라는 말이 자주 언급된다. 게다가 이전 수필에서처럼 극복해야 할 대상이 아니라 '자의적으로 일으키는 상념'[49]으로 혹은 오히려 '기쁘게 받아들여야 하는 대상'[50]으로 표현되기도 한다. 이와 함께 시들 속에도 '환상'이라는 단어가 빈번하게 등장한다.

프로 문인들에게는 여전히 비판의 언술 속에서 더 자주 언급되고, 타개해야 할 대상으로 표현되지만, 분명한 것은 '환상'에 대한 관점의 변화가 시작되었다는 점이다. 또한 근대 이전에 '환상'이라는 말이 쓰이지 않고 '괴이', '전기' 등으로 포함되던 속성들이 '환상'이라는 단어 속에 포함되거나 그 단어들이 병기되고 있고 더 나아가서는 그 단어들이 '환상'으로 자리바꿈하고 있었다.[51]

---

48 廉想涉, 「朝鮮과 文藝 文藝와 民衆 (六)」, 『동아일보』, 1928.4.15, 3면.
49 抱石, 「잠못이루던 밤 (一)」, 『동아일보』, 1928.6.14, 3면.
50 春園, 「病窓語(1) ─ 여름 밤달」, 『동아일보』, 1928.10.5, 3면.
51 김태준金台俊이 이 당시 『동아일보』에 게재한 「조선소설사」를 보면 처음에는 '怪異', '傳奇' 등과 함께 '환상'을 사용하지만, 점점 더 '환상'이라는 말로 대체되고 있는 것을 볼 수 있다.

1930년대에 이르면 공적 담론장인 신문에 '환상'이 더욱 빈번하게 쓰인다. 특히 서구 문예 이론들을 소개하는 속에서 '환상'의 함의가 더욱 확장되고, 나아가 그것을 수용하고 인정하는 단계로 나아간다. 『동아일보』 1930년 11월 2일 자에 이하윤이 쓴 「현대시인연구 '영길리편'」은 그 초기 단계를 보여 준다.[52] 이하윤은 이 글에서 영국과 프랑스 등의 시인과 사조를 소개하고 설명하면서, 20세기에 대두된 시적 경향 중 하나를 '인공낙원에 기괴한 꿈을 꾸어오던 사람들도 그 꿈에서 생겨나는 희푸른 환상 속에 몽롱하나마 비현실적 세계의 그림자를 만지고 교착된 상징적 정조에 따라 환기되는 꿈의 신비계에 이르려하게 되었다'[53]고 언급하며 소개한다. 이후 계속해서 이어지는 글들 속에서 '청신한 환상의 시인', '환상을 바로 운문을 만들어', '환상을 기록' 등의 언급 속에서 연달아 '환상'의 경향을 소개하고 그 내포의 의미를 확장해 가고 있는 것을 볼 수 있다.

이러한 '환상' 영역의 확장과 변화는 비단 문학에 한정된 것만은 아니었다. 미술, 연극, 영화 등 예술 분야의 전방위적으로 확산되는 경향을 보인다. 1930년대에 이렇게 '환상'이라는 단어와 이에 대한 담론이 증가하는 것은 『동아일보』에 국한된 것만도 아니었다. 1931년 1월 7일부터 18일까지 10회에 걸쳐 「유행환상곡」이라는 제호로 시평을 올리기도 했던 『매일신보』에는 이후 '환상'이라는 표제어를 단 시나 수필 등이 게재된다. 『조선일보』 역시 '환상'이라는 표제어를 활용한 작품들이 심심

---

52 이보다 앞서 『조선일보』 1928년 4월 26일 자 석간 2면에 「환상의 시인 예이츠」라는 글이 게재되기도 하지만 이하윤의 이 글들이 훨씬 더 '환상'에 대한 의미를 폭넓게 담지하고 있다.

53 이하윤, 「現代詩人研究 '英吉利篇(1)」, 『동아일보』, 1930.11.2, 4면.

찮게 올라왔으며, 1930년대에 창간되었다 폐간된 『조선중앙일보』도 그런 작품이 게재되었다. 기존 작가들만이 아니라 '현상문예입선소설' 이라는 난에도 '환상'이라는 표제어를 단 작품이 등재[54]되는 것을 보면 '환상'이라는 표상이 보편화되고 있었다는 것을 알 수 있다.

'환상'의 담론이 이렇게 확장되어 가고 그 의미가 수긍되는 분위기는 이상 문학의 환상성을 태동시키는 데 일정 정도 영향을 미쳤다고 볼 수 있다. 이상이 '환상'에 대해 관심을 가졌다는 것을 알 수 있는 증거는, 그가 가장 처음 세상에 발표했던 소설 『십이월십이일』 속에서 벌써 '환상'이라는 어휘가 언급되는 것 속에도 담겨 있다.

> 업의것잡을수도업는공상은천마(天馬)가공중을가는것과갓치 자유롭게구사(驅使)되여왔든 것이다.
>
> 『함렛트』의 「유령(幽靈)」 『오리一브』의 「감람수의방향」 『쌋로一드외이』의 「경종」 『맘모一톨』의 「리一젤」 『오페라』좌의 「화문천정一」 이럿케 허영! 그것들은 뒤가뒤를물고환상에저즌 그의머리를슨치지안이하고는 나가는것이엿다 방종(放縱)허영(虛榮)타락 이것은령리한두뇌의소유자인 업이라도 반드시거러야만할과정이안일까
>
> ——『十二月十二日』

특히 여기서 주목해서 봐야 할 것은 환상이 진행되는 과정이다. 이를 보면 마치 자유 연상과도 같은 효과를 보이면서 '뒤가 뒤를 물고' 이어지

---

54 光輪, 「토정나루幻想」, 『매일신보』, 1934.1.20~30. 6회 연재.

고 있는 환상이다. 이는 이상의 문학 속에서 빈번하게 출현하고 있는 표현 기법과도 맞물리는 지점이다. 『십이월십이일』 이외에도 '환상'과 관련된 어휘는 빈번하게 등장한다. 대표적인 예들을 몇 개 제시하면 다음과 같다.

이렇게 말하는 幻像 속에 나오는 나, 映像은 아주 반지르르한 루바시카를 입은 몹시 頹廢的인 모습이다.

—「첫번째 放浪」

어떻게야만좋을까 까지 發展한 幻術이 뚝 天井을새여떠러지는 물한방울에 와르르 믓어저버렸다.

—「幸福」

실로 나는 울창한 森林속을 진종일 헤매고 끝끝내 한나무의 印象을 훔처오지못한 幻覺의人 이다.

—「童骸」

'환상', '幻像', '夢想', '幻覺' 등의 어휘가 곳곳에 산재되어 있다. 이뿐만 아니라 소설 제목을 '幻視記'라고 한 작품도 있다. 이상에게 '환상'은 낯설거나 이질적인 것이 아니었으며, 그것은 친숙한 것일 뿐만 아니라 하나의 즐거움이었다는 사실을 "夢想하기란 유쾌한 일이다"(「무제」)라는 문장을 보면 알 수 있다. 요컨대 이상이 문학 속에 환상성을 담지할 수 있었던 배경에는 이처럼 당대에 '환상'에 대한 담론이 확산되고 수긍되는 분위기가 내재해 있었던 것도 영향을 미쳤다고 볼 수 있는 것이다.

2. '이상李箱'이라는 작가의 기질과 당대 문화의 만남

1) 이상의 성장 배경 속에 노정된 이중적 표현의 욕망

이상의 문학에서 환상성이 발현된 것은 당대 창작방법론에 대한 관심이 증폭되고 '환상' 담론이 증가한 것에도 영향을 받았지만, 이상의 성장 환경에서 그 원초적 씨앗이 배태되고 있었다. 직접적 표현이 아니라 감추고 은폐하고 돌려 말하는 환상성 등을 문학 기법으로 도입하면서 그렇게 난해하게 작품을 썼던 것에는 그의 성향과 기질을 추동한 개인적 성장 환경이 어느 정도 영향을 미쳤다고 보아야 한다. 이상의 유년 시절에 영향을 미친 결정적 요인 중 하나를 단적으로 표현한다면 '연속과 단절의 경계가 모호한 가계'라고 할 수 있다.

이상은 양자적 체험을 가진 유년을 보내야 했다. 1910년생인 이상은 1913년에 백부 김연필의 집으로 옮겨 그곳에서 성장했다. 완전 남은 아니었으나, 어쨌든 이상은 친부모의 곁을 떠나 백부, 백모의 슬하에서 자라야 했던 것이다. 더욱이 백모 김영숙에게는 문경이라는 친아들이 있었다.[55] 또한 이상은 친부모와의 관계가 완전하게 끊어진 것이 아니고, 대면과 왕래가 가능한 경우였다. 이런 상황에서 이상은 어떤 생각을 하면서 자랐을까, 이에 대해 쉽게 단정할 수는 없다. 하지만 이상이 꽤 복

---

[55] '문경'의 존재에 대해서는, 고은의 『이상 평전』에는 김영숙이 데리고 들어온 전부 소생으로 되어 있는 데 반해, 권영민인 편한 전집에는 김연필과 김영숙 둘 사이에서 태어난 것으로 되어 있다. 이에 대한 정확한 사실 규명이 필요하다.

잡한 심경의 유년을 보냈을 것이라는 것만은 짐작할 수 있다. 즉 이상은 연속과 단절의 경계가 모호한 가계와 성장 배경을 지니고 있었고, 평범하게 자라는 다른 아이들과는 분명 다른 심적 파동이 그 배경 속에서 일고 있었다는 것이다.

고은의 『이상 평전』에는 두 개의 증언[56]이 나온다.

"오빠는 세 살 때 웃는 큰어머니를 보고 무서워했대요. 그렇다고 울거나 하는 일은 없고 슬금슬금 문밖으로 숨었대요."

—누이 옥희의 증언

"그애는 핏기가 없고 몸은 어려서부터 이날 이때까지 허약했지요. 그러나 잔병치레는 하지 않았어요. 똑똑했지요. 똑똑했어. 공부밖에는 몰랐지요. 그러나 자라나면서 점점 성질이 팔딱팔딱했고 고약해진 일도 있었어요."

—83세 백모 김영숙의 증언

누이의 증언에서 보이는 이상은 무척 소심하게 보이는 반면, 백모의 증언에 보이는 이상은 꽤나 괄괄하고 반항적인 기질도 엿보인다. 누구의 증언이 더 정확한 것일까, 아니면 이 둘 다 맞는 것일까, 자라면서 성정이 변한 것일까 등 여러 의구심이 남는 이 증언들 속에서 한 가지 확실하게 알 수 있는 것은 이상을 바라보는 주변인들의 시선을 통해 보면 이상은 한결같은 모습은 아니었다는 점이다.

---

56 고은, 『이상 평전』, 향연, 2003, 41쪽.

이상이 몸 담았던 구인회의 멤버이기도 했던 박태원이 이상 사후 채 열흘도 지나도 않아 『조광』에 남긴 「이상의 편모片貌」라는 글[57]은 이상의 이러한 모습을 단적으로 잘 드러내준다.

이상은 사람과 때와 경우를 따라 마치 카멜레온과 같이 변한다. 그것은 천성에보다도 환경에 의한 것이다. 그의 교우권交友圈이라 할 것은 제법 넓은 것이어서 물론 그 친소親疎와 심천深淺의 정도는 다르지만 한번 거리에 나설 때 그는 거의 온갖 계급의 사람과 알은 체하지 않으면 안 된다. 그러한 모든 사람에게 자기의 감정과 생각을 그대로 내어 보여주는 것은 무릇 어리석은 일이다. 그래 그는 '우울'이라든지 그러한 몽롱한 것 말고 희로애락과 같은 일체의 감정을 솔직하게 표현하지 않는 것에 어느 틈엔가 익숙하여졌다.[58]

박태원의 회고 속에서 이상은 '사람과 때와 경우에 따라 카멜레온처럼 변하는 인물'로 드러나 있으며, '일체의 감정을 솔직하게 표현하지 않는 사람'이면서도 '온갖 사람들과 아는 체하는 사교적이었던 사람'으로 회고된다. 박태원의 말을 신뢰한다면 이상은 사람들과 친숙하고 싶으면서도 자신의 속내를 표출하지 않는 사람, 그것이 바로 이상이었던 셈이다. 다른 여러 회고들 속에 드러나는 이상의 모습도 별반 다르지 않다. 어느 때는 지나치게 냉소적인 모습을 보이는가 하면 어느 때는 또 그 누구보다 열정적으로 떠들어대는 모습을 보이기도 했다고 한다. 이렇게 극

---

57 이상이 1937년 4월 17일 죽었는데, 박태원이 이 글을 쓴 것은 4월 26일 자로 나와 있다.
58 박태원, 「이상의 편모片貌」(『조광』, 1937.6), 김유중·김주현 편, 『그리운 그 이름, 이상』, 지식산업사, 2004, 23쪽에서 재인용.

과 극을 오가는 모습은 다른 이를 향해서만이 아니라 이상 자신에게도 향했다. 이상은 그의 작품 곳곳에서 이런 양가적 심정을 드러낸다.

보산은고인의말대로 보산이얼마나음양에관한리치를잘리해하야정신수양을하고잇는것인가를 다른사람들은하나도몰으는것이섭섭하기도하얏스며 쏘는통쾌하기도하얏다. 보산은보산의정신상태가 얼마나훌륭히수양되여잇는것인가 모른다는것을마음속에굿게 미더오고잇는것이엇다. 양의성한째를잠자며 음의성한째를깨워잇서 학문하는것이얼마나리치에맛는일인가 세상사람들아외몰으느냐 도탄에무친현대도시의시민들이 완전히구조되기에는 그들이쌔저잇는불행의깁히가너무나깁허버리고만것이로구나 보산은가엽시녁인다. 낡든책을덥흐며 그는조회를내여노하시를쓴다.

세상에서쌍바닥에달나부터쓰더먹고사는 천하인간들의쓰는시와는운소로차가나는훌륭한시를 보산은몃편이나몃편이나써놋는것이건만 그대신세상사람들은 그의시를리해하야줄리가업는과대망상으로밧게는볼수업는것이엿다. 이것을보산혼자만이설어하고잇스니 누가보산이이것을설어하고잇다는것조차알아줄이가잇슬가.
　　　　　　　　　　　　　　　　　　　　　　　—「休業과事情」

나는 몃篇의小說과몃줄의詩를써서 내 衰亡해가는 心身우에 恥辱을倍加하얏다. 以上 내가 이땅에서의生存을 계속하기가자못어려울지경에까지이르렀다. 나는 如何間 허울좋게 말하자면 亡命해야겠다.

어디로갈까. 나는 맞나는 사람마다 東京으로가겠다고 豪言했다.
　　　　　　　　　　　　　　　　　　　　　　　—「逢別記」

사람들은 나를보고 짐짓 奇異하기도해서그러는지 驚天動地의 육중한 經綸을
품은 사람인가보다 고들 속는다 그러니까 고렇게하는것이 내 시시한 姿勢나
마 維持식킬수있는 唯一無二의秘訣이었다. 즉 나는 남들 좀 보라고 낮에 잔다.
—「終生記」

　「휴업과 사정」의 필명은 '보산'인데[59] 서사 속 인물 역시 '보산'이다.
즉 이상을 지칭하는 것으로도 읽을 수 있는 이 서사 속 주인물 '보산'은
다른 사람들이 자신을 몰라주는 것에 대해 한편으로 섭섭해하기도 하며
한편으로는 통쾌해하기도 한다. 그런가 하면 보산 자신이 보통 사람들
과 낮밤이 뒤바뀐 삶을 살고 있는데, 이것이 오히려 이치에 맞는 삶이라
고 자위하고 있고, 또한 자신이 세상 사람들과 달리 훌륭한 시를 쓰고
있다고 우월감에 빠져 있다. 하지만 「봉별기」와 「종생기」 속에 드러나
는 '나'를 보면 이러한 우월감이 열등감으로 표출된다. 「봉별기」에서는
글을 쓴 것이 '치욕을 배가'한 일이 되었고, 「종생기」에서는 시시한 자
신의 자세를 유지시킬 수 있는 비결이어서 낮에 잔다는 것이다. 하지만
「휴업과 사정」에서도, 「종생기」에서도 최종적으로 드러나는 모습은 타

59　이 「휴업과 사정」을 이상의 작품으로 처음 언급한 것은 『문학사상』(1977.5)이었다. 문
　학사상 자료실은 이 작품을 이상의 작품으로 본 이유를 다음과 같이 서술하고 있다. 첫
　째, 산문임에도 불구하고 띄어쓰기를 하지 않은 점. 둘째, 작중 인물의 이름을 작자의 이
　름을 따서 적은 점. 셋째, 소설의 구성이 줄거리가 아닌 에세이식이고, 심리적인 내적 독
　백으로 되어 있는 점. 넷째, 강박관념을 나타내는 주인공의 성격과 행동이 비슷하게 나
　타나는 점. 다섯째, 소설 속에 한문 문구를 집어넣고 있는 점(문학사상 자료실, 「인간실
　존의 고독을 그려낸 단편소설」, 『문학사상』, 1977.5, 161쪽 참고). 이상문학전집을 엮
　어낸 김주현 역시 이 작품은 이상의 작품이 확실한 것으로 보고 있는데, 작품 내용 가운
　데 들어있는 서술이 이상의 「오감도 작자의 말」과 거의 같은 내용이라는 근거를 더 첨가
　하고 있다. 김주현, 「이상 문학 연구의 문제점 (2)」, 『이상 소설 연구』, 소명출판, 1999,
　396쪽 참고.

인에게 인정받고 싶어하는 것이다. 자신의 훌륭함을 사람들이 몰라주는 것에 대해 서러워하는가 하면, 자신의 시시한 모습을 남들에게 들키지 않기 위해 애쓰는, 인정 욕구에 시달리는 모습으로 표출되고 있다.

그런데 이런 극과 극의 양면적 모습은 바로 양자 체험과 무관하지 않을 수 있다. 이상이 백부의 집으로 옮겨간 시기는 3세 정도인데, 프로이트의 이론에 따르면 이 시기부터 이드, 에고, 슈퍼에고가 역동적으로 작용하기 시작하는 시기이다. 이성의 부모에게 성적 관심을 갖고 남아男兒가 어머니를 애정의 대상으로 느끼면서 아버지에 대해서는 강한 적대감을 느끼는 시기이기도 해서 이것을 오이디푸스 콤플렉스로 명명하기도 했다. 이 과정에서 아버지가 자신을 거세할지도 모른다는 두려움을 느끼고 아버지에 대한 적대감을 억압한다. 이를 통해 오이디푸스 콤플렉스를 극복하게 되고 슈퍼에고가 확립된다고 한다. 하지만 이상은 친부모와의 생이별로 인해 이 단계를 비정상적으로 경험하게 된다. 애정을 쏟아붓는 백부와 거리감을 두는 백모 사이에서 이른바 온탕과 냉탕을 오가는 경험을 이른 시기부터 하게 된 것이다. 이상의 작품 「공포의 기록」에 들어있는 「불행한 계승」에는 제목에서 유추할 수 있듯, 애정과 증오의, 드러냄과 은폐가 공존했던 가족 구성원의 모습이 잘 그려져 있다.

나는 勿論 이래서는 안된다고생각한다. 자근어머니얼골을 암만봐도 미워할데가어더디잇느냐. (…중략…) 勿論 이래서는 못쓴다. 이것은 분명히 내 病이다. 오래오래 사람을실혀하는버릇이 살피고살펴서 及其也에 이모양이되고만것에 틀님업다 그럿타고 내肉親까지를 미워하기시작하다가는 나는 참 이세상에 의지할곳이 도모지업서지는것이아니냐. 참안됏다.

이런 공연한妄想들이 벌서 나흘수도잇섯슬 내病을 작구 덧들니게하는것일것이다. 나는 마음을 조용히 쏘 순하게먹어야할것이라고 여러번 괴로워하는데 그러케 괴로워하는것은 도리혀 쏘 겹겹이짐되는것도가타서 나는 차라리放心狀態를 꾸미고 방안에서는 天井만처다보거나 나오면 虛空만처다보거나 하재도 역시 나를싸고도는 온갓것에대한憎惡의念이 무럭무럭 구름일듯 하는것을 영 막을길이업다

(…중략…)

혹 나는 마음으로 자근어머니께 사과하려든것인지도 모른다. 그런데 쏘 이것은 왜 그러나 — 자근어머니는 나를 보드니 얼른 안으로 드러가버린다. 저러기쌔문에안된다는것이다.

— 「恐怖의記錄」 중 「不幸한繼承」

이 작품 속의 '나'는, '작은어머니'에 대해 미워하는 마음이 들자 그래서는 안 된다고 자신을 다독이며 괴로워하고, 그 괴로움이 더욱 짐이 되는 것 같아서 마음을 편안히 가지려 하지만 그것이 쉽지 않은 상황임을 토로한다. 그런 상황을 타개하고자 '작은어머니'에게 사과를 하려 하지만, '작은어머니'는 또 '나'를 외면한다. 이 작품에서는 '작은어머니'로 표현되어 있지만, 이 작품을 수필로 보든 자전적 소설로 보든[60] 그 대상이 '큰어머니'를 빗대고 있는 것을 알 수 있다. 즉 이 작품에는 이상과 백모의 사이에 흐르던 찬 기류와, 그것에 대해서 죄책감을 느끼는 이상

---

60 이 작품은 임종국과 이어령, 권영민이 엮은 전집에서는 수필로 분류되어 있고, 김윤식과 김주현이 엮은 전집에서는 소설로 분류되어 있다. 하지만 김주현은 이 작품을 소설로 분류하면서도 이상의 소설들이 자전적이라는 점을 짚고 있다.

의 모습이 아주 여실하게 그려져 있는 것이다. 더욱이 친자가 이미 있는 백모와의 사이에서 발생하는 애증의 관계는 이상의 성격 형성에 지대한 영향을 미쳤다고 볼 수 있다.

연속과 단절이 모호한 가계 속에서 성장한 이상은 유아기부터 애정을 받고자 하는 욕망과 은연중 그 욕망이 차단되는 현실, 그리고 그 차단된 현실에 대해 느끼는 감정과 그 감정마저 터부시되는 현실을 경험해야 했다. 프로이트는 "충족되지 못한 욕망은 몽상을 움직이는 힘이고, 모든 몽상은 욕망의 완결이며 동시에 만족을 주지 못하는 현실에 대한 보정補整"[61]이라고 말한다. 이 관점으로 보면, 평범하지 않은 가계 구조의 욕망이 차단된 현실 속에서 자란 이상의 유년은 환상으로 나아가는 이상의 기질을 키워가는 데 영향을 미친 셈이다. 그리고 자라면서, 일본 식민치하라는 정세 속에서, 조선인이면서 일본의 지배체제에서 살아야 했던 정체성의 혼란은 이상 문학의 환상성을 태동시킨 유년의 기질을 더욱 키워가는 잠재요소가 되었다. 또한 프로문학의 전개 과정을 보면서 직접적 말하기가 독자에게 미치는 한계를 느끼고, 이러한 과정 속에서 본질에 대한 통찰과 표현의 한계에서 부딪치는 모순은 이후 문학의 환상성을 태동시키는 밑거름으로 작용했다.

---

61 지그문트 프로이트, 정장진 역, 『창조적인 작가와 몽상』, 열린책들, 1996, 86쪽.

2) 이상의 미술에 대한 관심과 건축 전공의 문학적 현시

이상이 미술에 대해 지대한 관심이 있었다는 것은 주지의 사실이다. 관심 정도가 아니라 실제로 그림을 그려 여러 공모전 등에 참가하여 입상하기도 했다. 일찍이 보성고보 시절에 그린 〈풍경〉이 교내 미술전람회에서 1등에 당선되기도 했다.[62] 『조선과 건축』의 '1930년도잡지표지현상도안'에 1등과 3등으로 당선되었으며, 같은 잡지의 '1932년도현상모집'에서 가작 4석[63]에 이름을 올리기도 했다. 또한 1931년에는 제10회 조선미술전람회에서 서양화 〈자상自像〉이 입선[64]하기도 했다.

실제 그림을 그려 공모전 등에 참여했을 뿐만 아니라 서양 미술사 등에 대해서도 남달리 조예가 깊었다고 한다. 이상이 여러 방면에 박식했다는 것은 지인들의 회고담 등을 통해 누차 반복되는 것이기도 한데, 그 중에서도 문종혁의 회고담은 그 구체적 면모를 좀 더 드러내고 있다. 조금 길지만 인용해 보면 다음과 같다.

> 그의 서양화사西洋畵史는 일가를 이루고 있다. 실로 미술학교의 강사의 자격을 지니고 있다. 작가의 이름, 작품의 명제, 연대와 시대의 가치성, 실로 전문가의 식견이다.

---

62 심사는 고희동이 했다고 한다. 고은, 『이상평전』, 청하, 1992, 61쪽 참고.
63 김주현 주해본의 사진 설명에 4등으로 표시된 것은 오기. 1930년도의 당선자 명단에서는 3등까지 당선자가 있고 선외가작이 6석까지 있었으나, 1932년도 표지 도안 현상모집에서는 당선자가 1인이고 선외가작으로 5석까지 나와 있는데, 이상 김해경은 제4석에 이름이 올라 있다. 「소화7년도표지현상모집도안심사보고」, 『조선과 건축』 11-1, 1932.1, 2쪽 참고.
64 「美展第二回 發表」, 『매일신보』, 1931.5.20, 2면. 여기서 '二回'는 미전이 2회가 아니라 10회의 2번째 발표를 말한다.

특히 인상파 이후의 화파와 가치성에 이르면 그의 청산유수 같은 찬사는 내용만이 아니라 명강名講義다.

마티스의 색채와 제작 과정, 피카소의 입체주의에 이르면 그의 찬사는 절정에 이른다.

그것만이 아니다. 그 당시의 물감(에노구) 목록에 의하면 150종 내지 200종 정도였다고 회상된다. 그것을 드르르 외는 것이다.

그것만이 아니다 불란서의 어느 작가의 파레트의 물감 배열 순서는 어떻고, 또 어느 작가의 물감 배열 순서는 어떻고…… 등등.

그 당시 이 땅에서의 미술에 관한 모든 용어는 영명英名이었다. 수요가도, 판매상도 그러하고, 화가끼리도 그러했다.

그런데 그는 불명佛名으로도 알고 있는 것이다.

그 당시 미술학교는커녕 연구소 하나 없었다. 그런데 그는 어디서 그렇게 알았는지 지금도 알 수가 없다.

20세 미만의 그가 그렇게 정통하고 박식일 수가 있을까.[65]

여기에서 주목해 볼 수 있는 것은 우선 서양화사에 대해 일가견이 있었다는 것, 그리고 단순히 호불호 정도만이 아니라 연대와 시대의 가치성에 대해서 논했다는 것, 특히 인상파 이후의 화파의 가치성을 높이 평가했다는 것이다. 즉 그는 미술 사조들에 대해서도 지대한 관심이 있었다는 걸 알 수 있다. 문종혁의 말이 과히 틀리지 않다는 것은 이상의 작품을 통해서 언급되는 지식들을 보아도 알 수 있다.

---

65 문종혁, 「심심산천에 묻어주오」,(『여원』, 1969.4), 김유중·김주현 편, 『그리운 그 이름, 이상』, 지식산업사, 2004, 96쪽에서 재인용.

좋도록말해서 라파엘前派 一員같이 그렇게 淸楚한 白面書生이라고도 보아 줄수있지 하고 실없이 제얼골을 美男子거니 固執하고 싶어하는 구주레한욕심을 內心 嘆息하였다

—「終生記」

위 문장에서 보이는 '라파엘전파'는 1840년대 말 런던에서 시작되어 10여 년에 불과한 짧은 기간 동안 지속된, 그리 널리 알려지지 않은 미술운동이다.[66] 이상은 이렇게 잘 알려지지 않은 유파의 운동까지 꿰뚫고 있었다는 말이다. 그냥 이름 정도만 알고 있었던 것이 아니라 그 운동의 특성을 간파했다는 것을 뒤에 이어지는 문장은 말해 준다. 이 운동은 인간과 자연의 아름다움을 소박하게 묘사하는, 라파엘로 이전의 순수한 미술로 복귀할 것을 주장했는데, '청초한 백면서생'의 이미지와 부합시키고 있다. 그런가 하면 「종생기」에는 인상파에 영향을 미쳤던 화가 '코로'에 대한 언급도 등장한다. 또한 「실화」에는 "내가 어려서 帝展, 二科에 하가끼 注文하든 바로 게가 예다"[67]라는 문장이 나오는데, 이를 보면 일본의 미전 美展에도 지대한 관심이 있었으며, 1과보다 2과에 관심이 있었다는 것을 알 수 있다. 일본에서 매년 개최되던 제국미술전람회의 1과는 전통적인 서양화의 화풍을 중심으로 하는 반면에 2과는 비교적 자유롭고 진취적 경향의 화풍이 중심이었다.

특히 문종혁의 언급에서 인상파, 입체주의 등에 찬사를 보냈다는 내용은 더욱 눈여겨볼 필요가 있다. 인상파의 특징은 빛과 함께 시시각각

---

66 권영민 편, 『이상 전집』 2, 뿔, 2009, 318쪽, 각주 625번 참고.
67 「실화」, 『文章』, 1939.3, 54쪽.

으로 움직이는 색채의 변화 속에서 자연을 묘사하고, 색채나 색조의 순간적 효과를 이용하여 눈에 보이는 세계를 정확하고 객관적으로 기록하려 하였다는 것이다. 인상주의 화가들은 빛에 따라 시시각각 변하는 사물의 모습을 표현하기 위해, 색채 표현에 있어서 시각적인 착시효과를 이용한 색채분할법을 사용하기도 했다. 인상파에서 빛의 중요성을 강조하고 있다는 사실을 우리는 유념해볼 필요가 있다. '빛'은 이상 문학을 구축하는 데 중요한 역할을 하는 한 축이기 때문이다. 『조선과 건축』에 발표된 연작시 「삼차각설계도」는 소제목들이 '線에關한覺書'와 일련번호로 구성되어 있다. 이 소제목에 쓰인 '線'은 여러 의미로 해석될 수 있지만, 그중 하나는 '光線' 즉 '빛'이다. 그리고 이 시들은 다른 작품들과 연계되면서 다양한 관계망을 그려내고 있다.

인상파가 빛의 중요성을 강조했다면, 입체주의는 거기에서 한걸음 더 나아가 빛과 연결된 시간과 공간에 대한 탐구라고 할 수 있다. 입체주의는 복수 시점, 복수 기준축, 복수 광원과 같은 서로 일치되지 않는 여러 회화 요소들을 한 화면에 도입하면서, 원근법과 3차원적 공간 표현에서 벗어난 새로운 유형의 리얼리티를 제시하려 했다. 3차원적 표현 방식을 통한 단순한 모방 대신에 대상의 형태 및 공간 속에 그것이 놓여 있는 상태를 '다시 제시'함으로써 닫혀진 형태를 펼쳐 보이려 한 것이다. 이상이 관심을 기울였던 입체주의의 이러한 특성은 이상이 그린 삽화들에도 그 흔적이 남아 있다. 복수 시점, 복수 기준축, 복수 광원 등을 유념하여 입체주의 화가들의 그림과 이상의 그림을 비교해 보면 놀라울 정도로 유사성이 있다는 것을 알 수 있다. 대표적으로 여기서는 입체주의 화가 중 피카소와, 그리스의 두 작품과, 이상이 『조선중앙일보』에 연

Pablo Picasso, 〈Still-Life〉, 1918   Juan Gris, 〈Teacups〉, 1914

『조선중앙일보』, 1934.8.15, 석간   『조선중앙일보』, 1934.9.12, 석간

〈그림 3〉 입체파 화가들의 그림(위)과 이상이 박태원의 『소설가 구보씨의 일일』에 그린 삽화(아래)

재된 박태원의 소설 『소설가 구보씨의 일일』에 그린 삽화[68] 중 두 개만
을 보면 〈그림 3〉과 같다.

위 아래 그림 모두 하나의 단일한 시점 즉 원근법이 파괴되고 있는 것
을 볼 수 있다. 여러 가지 사물이 제각각의 복수 시점으로 콜라주되면서
추상적 이미지를 형성하고 있다. 여기에 옮겨온 이 두 삽화만 이러한 추
상화가 아니라 대부분의 삽화들이 추상적으로 표현되어 있다. 당시 이
런 삽화가 보편적으로 그려진 것이 아니라는 것을, 같은 날에 삽입된 소

---

68 박태원의 『소설가 구보씨의 일일』은 『조선중앙일보』 석간 1934년 8월 1일부터 9월 19
일까지 30회에 걸쳐 연재된 작품이다. 이 소설에 이상은 '河戎'이라는 호로 삽화를 게재
했다.

『조선중앙일보』, 1934.8.15, 조간

『조선중앙일보』, 1934.9.12, 조간

『조선중앙일보』, 1934.8.15, 석간

『조선중앙일보』, 1934.9.12, 석간

〈그림 4〉『소설가 구보씨의 일일』과 함께 연재되던 작품들의 삽화

설 속 삽화를 비교하면 알 수 있다.

〈그림 4〉의 삽화들은 박태원의 『소설가 구보씨의 일일』이 연재될 당시 함께 연재되던 작품들의 삽화[69]이다. 조간과 석간 모두 심산 노수현에 의해 그려졌기에 동일한 화풍을 보일 수밖에 없었지만, 그 당시 대부분의 삽화들이 이와 다르지 않았다. 소설 속에 삽화가 들어간다 할지라도 추상적인 그림보다 구체적인 그림들이 주로 그려졌다. 하지만 이상

---

69 조간에는 심훈의 『직녀성』이라는 작품에 노심산盧心汕이, 석간에는 이태준의 『불멸의 함성』이라는 작품에 노수현盧壽鉉이 삽화를 그린 것으로 되어 있는데, 노심산과 노수현은 동일인이다. 심산 노수현(1899~1978)은 '근대 한국화의 거장'으로 회자된다.

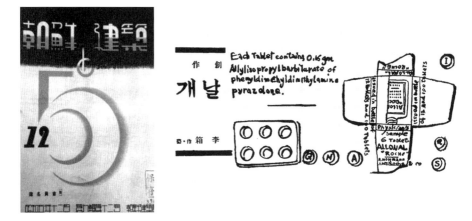

〈그림 5〉『조선과 건축』표지(왼쪽)와 「날개」의 삽화(오른쪽)

은 이러한 분위기 속에서 과감하게 단일한 초점에 의해 그려진 구상화가 아닌 원근법을 무시[70]하고 복수 시점으로 포착된 대상들을 추상화적으로 그려넣은 것이었다.

입체파 화가들은 또한 한 화면에 추상적·재현적 요소를 모두 삽입하면서 신문 문구들과 같은 2차원 요소들이 나타내는 의미를 되새겨 보게 했다. 또한 그 활자체는 회화의 구성 요소가 되기도 하여 다른 회화 영역들이나 곡선형의 모티프에 상응하는 평면적인 회화 요소의 기능을 할 수 있었다. 그림 속에 글자를 삽입하는 것은 입체파 회화가 전통적인 원근법에 따르는 회화에서처럼 그림의 주제를 화면 안으로 후퇴하면서 전달하기보다는 화면의 표면에 나타내고 있다는 것을 강력하게 암시했다. 또한 캔버스의 모양을 변형시킨 것(예를 들어 타원형)은 입체파 회화에서는 캔버스 자체가 진정한 회화 공간이라는 사실을 강조한 것이었

---

70 이상의 작품 「환시기」에는 "내 가장 인색한 원근법"이라는 표현이 거듭 출현하기도 한다.

다. 그런데 그림과 글자를 혼합하는 방식은 이상의 작품에서도 빈번하게 나타났다.

왼쪽은『조선과 건축』표지 도안 공모에 당선된 이상의 작품이며, 오른쪽은 날개가 게재될 때 그 위의 삽화인데 이 역시 이상이 그렸다고 나와 있다. 표지 도안은 글씨 자체를 그림으로 형상화하고 있으며, 날개의 삽화는 화폭 안에 글씨를 삽입시키고 있다.

그런데 문자와 그림의 결합이 그림에서만이 아니라 이상의 문학에서 흔하게 찾아볼 수 있는 요소라는 것을 주목해 보아야 한다. 시 안에 사각형의 한 선이 구부러져 내부로 향하는 그림을 넣은 시(「이십이년」)는 그림을 그 자체로 활용한 예이지만, 그것만이 전부가 아니라, 시 안에 △, □ 등의 기호들을 활용하는 것은 물론이고 숫자를 활용해 도형을 그려내기도 했다. 그리고 이러한 요소들은 독자들로 하여금 환상적 감응을 유발하는 요인으로 작동하기도 하였다. 일례를 보면 다음과 같다.

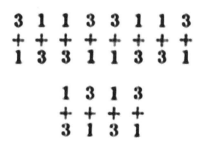

〈그림 6〉「선에관한각서2」의 일부

이는「삼차각설계도」의 한 편인「선에관한각서2」의 일부인데 이 형태가 앞과 뒤(괄호 앞)에 두 번에 걸쳐 나온다. 이 수식처럼 보이는 시행들은 그 배열 형태를 눈여겨 볼 필요가 있는데, 이 구절 뒤에 나오는 '凸렌즈'라는 것과 연결되기 때문이다. 즉 볼록렌즈를 숫자로 도형화한 것으로 볼 수 있다. 마치 지면을 화폭처럼 글자들을 활용하여 그림을 그리고 있는 것이다. 이러한 방식은 시에서만이 아니라 소설에도 이어지고 있다. 시에서는 직접 숫자나 기호들을 활용해 그림을 그리는데, 소설에서는 파편화된 이미지를 활용해 추상화를 그려가는 방식으로 표현되고 있다.

이상이 인상파나 입체주의의 미학 이론과 표현에 찬사를 보낼 수 있었던 것은 그가 가진 지식과도 무관하지 않았다. 이상이 건축학을 전공했다는 것은 주지의 사실인데, 건축학도여서 공간에 대한 파악 능력과 관찰력이 보통 사람들보다는 더 세심했을 것이라는 것은 미루어 짐작할 수 있다. 이상이 건축학 전공 지식을 그의 문학에 반영했다는 것은 몇몇 작품만 보아도 쉽게 짐작할 수 있다. 또한 그의 미적 감수성은 전통적인 것보다 현대적인 것들에 더 강하게 반응하였다.

> 걸핏하면 喫茶店에 가안저서 무슨맛인지 알수업는茶를, 마시고 쏘 우리傳統에서는, 무던히 먼 音樂을듯고 그리고 언제까지라도 우둑허니, 머물러잇는趣味를 업수녁이리라. 그러나 電氣機關車의밉근한線, 鋼鐵과유리建物 構成, 銳角, 이러한데서 美를 發見할줄아는 世紀의人에게잇어서는 茶房의 一憩가 新鮮한道樂이오 優雅한禮儀아닐수업다.
>
> —「秋燈雜筆」 중 「禮儀」

『매일신보』 1936년 10월에 연재된 수필 중 하나[71]인데 여기서 '미'를 발견하는 것들 속에 현대 건축물의 구성이 들어 있다. 경성고공에서 건축학을 전공할 때 이상은 특히 신경향의 건축 사조에 대해 관심이 많았다. 건축사를 가르쳤던 후지시마 가이지로 교수가 『조선과 건축』에 소개하기도 했던 바우하우스와 표현주의 건축, 그리고 '르 코르뷔지에'에 대한 관심[72]은 미술에서 입체파 등에 기울었던 관심의 영역과 일맥상통하는 바가 있다.

건축학을 전공하는 동안 건축과 관련된 수학, 물리학 지식들 역시 그에게 영감을 자극하는 요소들로 작동했다. 특히 이 시대에 20세기를 뒤흔든 새로운 과학적 발견들이 쏟아져 나오고 그에 대한 관심이 증폭되던 시대였다. 아인슈타인의 상대성 이론, 양자역학과 하이젠베르크의 불확정성 원리 등이 대표적이다. 이상의 문학 작품에서 수학적, 물리학적 용어들이 빈번하게 보이는 것은 그의 전공 관련 지식과 무관하지 않다. 더욱이 기존에 하나의 패러다임으로 존재하던 것들을 뒤엎는 새로운 지식들은 그에게 더욱 커다란 반향을 남겼다.

미술에 대한 관심과 건축 전공을 하면서 터득한 그의 지식은 그의 문학 속에 수렴된다. 작품들의 제목들만 보아도 그 일단을 엿볼 수 있다. 그가 세상에 처음 발표했던 시의 제목은 「이상한 가역반응」이었다. 그 시의 본문에서 역시 수학적 물리학적 지식의 투영이 이루어져 있다. 「삼차각설계도」, 「건축무한육면각체」, 「조감도」, 「오감도」, 「지도의 암실」, 「선에관한각서」, 「열하약도」 등 건축, 미술과 관련된 제목들이 즐비하다. 뿐만 아니라, 기호, 그림 등을 어휘처럼 활용하는가 하면, 지면

---

71 『매일신보』 1936년 10월 21일 자에 게재된 원문 회차에는 (四)로 표시되어 있지만, 소제목으로는 3에 해당한다. 1회 「秋夕揷話」가 2일에 걸쳐 연재되었다.
72 이에 대해서는 김민수의 『이상평전』(그린비, 2012)에 자세하게 소개되어 있다.

을 하나의 화폭으로 인식하여 마치 그림을 그리듯이 이미지를 추상적으로 콜라주해 나가기도 한다.

3) 영화라는 예술 장르의 대중화와 이상의 호응

영화의 시초라고 할 만한 '활동사진'이 한국에 처음 유입된 것은 1897년이었다고 한다. 진고개의 남산정에 있었던 '본정좌本町座'에서 일본인 거류민들을 위해 상영한 것이 활동사진 유입의 시초였던 것이다. 이후 몇 년 간 외국인들에 의해 드문드문 활동사진이 유입되어 상영되기도 했는데, 이때 매일 밤 대만원을 이룰 정도로 호응이 대단했다고 한다.[73] 『황성신문』 1901년 9월 14일 자 논설을 보면 활동사진에 대한 당시 사람들의 반응이 어땠는지 짐작할 수 있다.

이 논설을 보면 '활동사진을 보고 기이함에 마음이 기울어 입을 다물지 못하고 그 묘함을 찬탄했다는 것', 그리고 '이런 신기한 것은 듣도 보도 못한 것인데 우리나라 사람들은 언제 이런 신묘한 기술을 배울 수 있을지 모르겠다'는 반응이 있었다는 내용이 나온다. 즉 20세기 초 대중들에게 활동사진은 그만큼 낯선 것이었으며, 놀라움으로 다가왔다. 또한 이런 것을 만들어내는 것은 까마득하게 여겨지기도 했다. 하지만 1910년대 후반에 이르면 자체 제작을 하기에 이른다.

1920년대, 1930년대에 들어서면 활동사진(영화)의 영역 및 담론은

---

[73] 심훈, 「조선영화총관─최초 수입당시부터 최근에 제작된 작품까지의 총결산」, 『조선일보』, 1929.1.1~4.

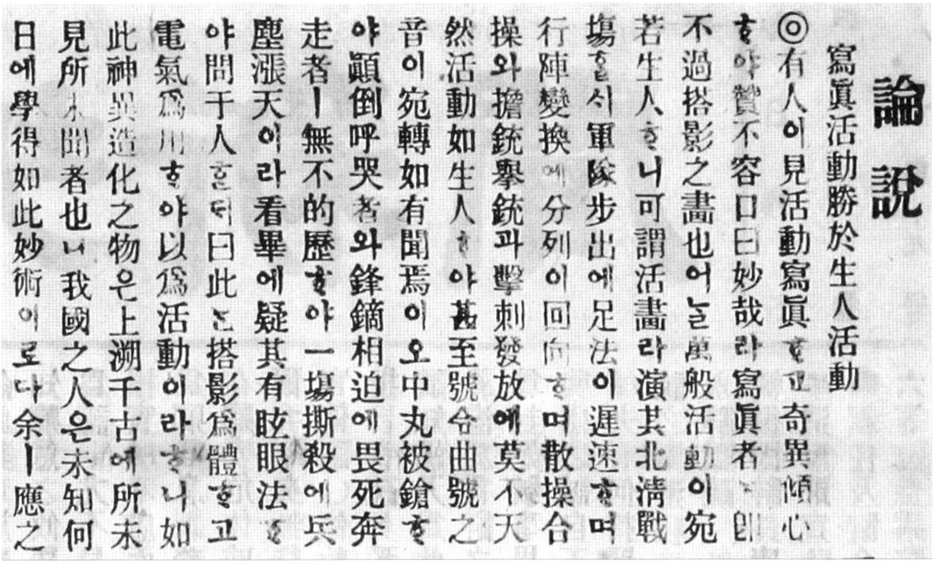

論說

寫眞活動勝於生人活動
◎有人이見活動寫眞ᄒᆞ고奇異傾心
ᄒᆞ야贊不容口曰妙哉라寫眞者ᄂᆞᆫ則
不過搭影之畵也어ᄂᆞᆯ萬般活動이宛
若生人ᄒᆞ니可謂活畵라演其北淸戰
場ᄒᆞᆯ식軍隊步出에足法이遲速ᄒᆞ며
行陣變換에分列이回向ᄒᆞ며散操合
操와擔銃擧銃과擊刺發放에莫不天
然活動如生人ᄒᆞ야甚至號令曲號之
音이宛轉如有聞焉이오中丸被鎗ᄒᆞ
야顚倒呼哭者와鋒鏑相迫에畏死奔
走者ㅣ無不的歷ᄒᆞ야一場撕殺에兵
塵漲天이라看畢에疑其有眩眼法ᄒᆞ
야問于人ᄒᆞᆫᄃᆡ曰此ᄂᆞᆫ搭影爲體ᄒᆞ고
電氣爲用ᄒᆞ야以爲活動이라ᄒᆞ니如
此神異造化之物은上溯千古에所未
見所未聞者也니我國之人은未知何
日에學得如此妙術이로다余ㅣ應之

〈그림 7〉 1901년 9월 14일 자 『황성신문』 논설

급격하게 확대된다. '활동사진'이라고 명명하던 호칭을 '영화'라고 부르기 시작하는 것도 1920년대에 들어서이다.[74] '활동사진', '활동영화', '영화'가 혼용되어 쓰이던 매체에서의 명칭이 1920년대 중후반을 넘어가면 점차 '영화'로 굳어져 간다. 더불어 영화 기사도 대폭 늘어난다. 1920년대 초반까지만 해도 영화 개봉 소식, 검열 문제 등에 치우쳐 있던 기사가 이제 영화계 소식들, 영화가 만들어지는 곳에 대한 탐방 기사 등으로 확대된다.[75] 1925년 정도를 넘어서면 신문지상에 영화계 이야기가 게재되지 않는 날이 드물 정도였다. 1930년대에 이르면 '조선영

---

74 '영화映畵'라는 명칭이 처음 신문매체의 표제어로 등장하는 것은 『매일신보』 1915년 9월 22일 자의 연예관 활동사진 교체 소식을 알리는 난을 통해서이다.

75 「영화도시 하리우드」, 『동아일보』, 1925.11.11~17; 「미국의 촬영소」, 『동아일보』, 1925.12.23~26.

화사'를 정리할 만큼 조선영화계는 양적으로 누적되어 있었다.[76] 이렇게 양적 팽창이 이루어졌다는 것은 그만큼 대중의 호응이 있었다는 것을 방증한다.

영화가 대중에게 인기를 끌면서 문학계에도 이 영향이 미친다. '영화소설'이라는 표제어를 단 소설이 신문매체에 실린다.[77] 『동아일보』에서는 기성 작가에게 청탁하는 영화소설을 게재하는 것에 그치지 않고 1936년도에는 아예 '현상공모'를 통해 영화소설을 모집하기도 한다. 이미 신춘문예에서 시나리오를 모집한 바 있는 이 신문사는 영화소설 현상공모를 따로 진행한다. 10월까지 응모 기한을 두고 7월부터 대대적인 홍보를 하는데, 이 홍보 문구를 주목해 볼 필요가 있다.

映畵는 現代的인 新藝術로서 자못長足的인 進勢로 獨特한 文化를 形成하여가는 途程에 잇다. 그 大衆과의 接觸面이 넓은만치 이에對한 一般의 關心이 나날이 커감을 본다. 그러고 이를 適宜히 奬勵함으로써 그敎化的乃至文化的 成果

---

76 손위무, 「조선영화사」, 『조선일보』, 1933.5.28; 백아생, 「조선영화 15년」, 『조선일보』, 1936.2.21~3.1; 안종화, 「조선영화 발달의 소고」, 『조선일보』, 1938.11.20~27; 임화, 「조선영화발달 소사」, 『삼천리』, 1941.6.

77 『매일신보』 1926년 4월 4일부터 5월 16일까지 연재된 김일영의 「삼림森林에 섭언囁言」을 시작으로 『동아일보』 1926년 11월 9일부터 12월 16일까지 34회에 걸쳐 연재된 심훈의 「탈춤」, 『조선일보』 1927년 1월부터 70회에 걸쳐 연재된 이경손의 「白衣人」, 『중외일보』에 1928년 1월 5일부터 25일까지 20회에 걸쳐 연재된 이종명의 「유랑」 등이 그것이다. 『동아일보』는 심훈의 「탈춤」 연재가 끝난 다음날인 12월 17일, 이 영화가 머지않아 대대적 규모로 촬영에 들어간다는 기사를 싣는다. 『조선일보』 1927년 7월 23일 자에 심훈의 영화소설 「탈춤」의 각색 작업이 끝나서 영화로 제작하기 위해 배우를 선정 중이라는 기사를 싣는 것을 보면 이 작품이 실제로 영화 제작 준비에 들어갔던 것으로 보인다. 그러나 개봉 여부에 대한 정보는 남아 있지 않다. 이종명의 「유랑」은 연재 1회부터 "영화예술협회촬영중"이라는 타이틀을 걸고 시작한다. 그것을 입증이라도 하듯 1928년 4월 1일 단성사에서 개봉한다.

가 적지안흘것을 느끼는바이다. (…중략…)

「一種의 映畵小說」이라 하는것은 從來의 所謂 「映畵小說」이 아니오 映畵와 文學과의 有機的綜合이 可能함을 具體的으로 보여주는 새로운形式의 讀物을 意味함이니 이를 紙上에 揭載하면 「읽는映畵」가 되고 多少의 씨나리오的 脚色을 더하면 撮影臺本이 될수잇는 것임을 要한다.[78]

"藝術의 新境地를 開拓하라"는 자못 도발적인 타이틀을 내건 '영화소설 현상공모'의 이 홍보 문구는 여러 가지 시사점을 던져준다. 당대 지식인들이었던 편집진들이 영화를 '현대적인 신예술'로 인식하고 있었고, 영화가 '독특한 문화를 형성해가는 중'이라는 것, '대중과의 접점이 넓다'고 보고 있었다는 것을 말해 준다. 또한 기존의 영화소설이 문학과의 유기적 종합을 이루고 있지 못한 것으로 보고 있다는 것 또한 알려준다. 그런데 이 홍보 문구 뒤에 응모작에 요구하는 내용에 덧붙인 말을 보면, 로맨스와 유머러스함을 섞어달라는 요구를 하고 있는데, 이는 대중적 흥미를 끌 만한 요소에 대한 주문으로 그만큼 대중의 관심을 중요시함을 보여주고 있는 대목이기도 하다.

『매일신보』 역시 1938년에 경영독립기념사업으로 문예작품현상모집을 하는데 이때 응모 분야가 '장편소설', '영화소설', '국민가요'였다. 하지만 시나리오가 따로 창작되고 있는 시점에서 소설과의 변별점을 찾기 힘든 '영화소설'이라는 명칭은 그리 오래 지속되지 않았다. 하지만 분명한 것은, 소설 앞에 따로 '영화'라는 수식어를 붙여서 소설을 게재

---

78 「영화소설현상공모」, 『동아일보』, 1936.7.28.

하고 또 현상공모까지 했다는 사실은 그만큼 당대에 영화의 파급력이 컸다는 것을 보여 준다는 점이다.

영화의 대중적 인기를 대변하듯 많은 문학인들이 영화소설, 혹은 시나리오를 쓰기도 했으며, 작품 속에 빈번하게 영화 이야기를 담아내기도 했다. 이상 역시 그중 한 작가였다. 이상은 활동사진 상설 상영관이 설립되었던 1910년에 태어나, 조선영화계가 한창 번창 일로에 있던 1920~1930년대 영화를 접하는 세대였으니, 조선영화계와 함께 이상이 성장한 셈이다. 그걸 증명하듯 그의 작품 속에서 영화 이야기가 빈번하게 출현하고 있으며, 이상 사후에 나온 지인들의 술회 속에서도 이상에 얽힌 영화 이야기가 보인다. 다음은 이상의 「산촌여정」이라는 수필에 나오는 대목인데, 활동사진 즉 영화라는 장르에 대해 이상이 어떻게 인식하고 있었는가를 단적으로 잘 보여 준다.

活動寫眞? 世紀의寵兒 ― 온갖 藝術우에 君臨하는 「넘버」第八藝術의勝利. 그 高踏的이고도 蕩兒的인魅力을무엇에다 比하겟습닛가.[79]

이 짧은 문구에서 이상이 얼마나 영화를 높게 평가하고 있었는지를 여실히 볼 수 있다. 이상은 영화를 '세기의 총아', '온갖 예술 위에 군림하는 예술'로 평가하고 있는데, 특히 그 매력을 표현한 '고답적이고도 탕아적인 매력'이라는 구절이 눈길을 끈다. 이 문구에서 '고답적'과 '탕아적'이라는 어휘는 일면 상충하는 어휘이다. 범속함에서 벗어나 고상

___

79 이상, 「산촌여정」, 『매일신보』, 1935.10.10.

함을 추구하려는 고답적 경향과, 비속함 속으로 한없이 빠져드는 탕아적 경향, 이 둘은 극과 극처럼 보이기 때문이다. 하지만 이 두 세계의 공통점은, 실제적이고도 견실한 현실에서 얼마간 벗어나는 경향을 보인다는 점이다. 견실한 현실의 틀에서 약간 비껴 있는 이 두 극과 극 지점을 아우르는 것으로 영화의 매력을 표현한 문구 속에서 이상이 추구하고자한 문학적 경향을 읽어낼 수도 있다.

이상이 이렇게 영화에 대해서 높이 평가하고 있었기에 관심도 지대했다. 『영화시대』라는 잡지에서 이상에게 영화소설 집필 요청을 해왔던 것(「김기림에게 쓴 편지 4」 참고)은 이상의 영화에 대한 관심을 알았기때문일 것이다.

그런데 이상의 작품에서 언급되는 영화나, 이상 관련 영화 이야기는 대부분 외국영화 혹은 외국영화 감독, 또는 외국 배우에 관한 것이었다. 언급된 영화 관련 목록을 보면 다음과 같다.

〈Love Parade〉: 「지도의 암실」

〈ADVENTURE IN MANHATTAN〉: 「실화」

〈晚春(The Flame within)〉: 「동해」

〈사치한 계집애〉: 「종생기」

〈지킬박사와 하이드〉: 「혈서삼태」

〈죄와벌〉: 「조춘점묘3－차생윤회」

〈후랑켄슈타인〉: 「조춘점묘3－차생윤회」

〈薔薇新房〉: 「김기림에게 쓴 편지」

〈유령은 서쪽으로 간다〉: 「김기림에게 쓴 편지」

〈홍길동전〉:「김기림에게 쓴 편지」

아르놀트 팡크 감독:「김기림에게 쓴 편지」

르네 클레르 감독:「김기림에게 쓴 편지」

레이먼드 해튼 배우:「공포의 기록」

　위의 목록을 보면 조선영화는 〈홍길동전〉 단 한 편이 언급되어 있을 뿐이다. 이것도 질적으로 비하하는 문구에서 언급되고 있다. 이는 당대의 사정과 무관하지 않다. 당시 조선의 영화계가 양적 팽창을 했다고는 하나, 외국영화와 견주기에 조선영화는 아직 걸음마 단계에 있었다. 조선영화가 많이 제작되고는 있었지만 외국영화의 상영이 압도적 비율을 차지하고 있었다. 일본영화와 비교를 해도 서양영화의 비율이 더 높았다.[80] 조선영화는 양적으로도 외국영화와 비교할 바가 못 되었지만 질적으로도 당대 예술인이나 지식인들의 성에 차지는 않았던 듯하다. 작가들이 작품 속에서 모티프로 삼거나 언급하고 있는 대상 대부분이 외국영화라는 것도 그 증거가 되겠지만, 설문 형식의 조사에서 그러한 면모는 단적으로 드러난다. 1938년 8월에 발간된 잡지 『삼천리』에는 「문사가 말하는 명 영화」라는 글이 게재되어 있다. 문인들에게 다음의 세 가지 질문을 던지고 그에 대한 대답을 얻는 형식이었다.

　1. 조선 영화 속에 가장 우수한 작품과 名優

80　『동아일보』, 1926년 3월 5일 자 기사에 따르면 1926년 2월 경기도 경찰부 보안과에서 검열한 통계를 보면 서양 영화가 249권 215,307척 일본 영화가 신파와 구극을 합해 220권 119,824척이었다. 권수에서는 비슷해 보일지라도 필름의 길이에서 큰 차이를 보이고 있다. 이러한 통계는 1930년대에도 마찬가지였다.

2. 서양 영화 속에 가장 나혼 작품과 名優

3. 우리 文人 작품으로 영화화하고 싶은 것

　이 설문에 참여한 작가는 이효석, 정지용, 백철, 안회남, 박태원 등 모두 11명이었다. 이 중 1번 물음에 답하지 않은 이가 4명, 2번 물음에 답하지 않은 이가 1명이었다. 게다가 2번 물음에는 28개의 아주 다양한 영화가 언급된 것에 반해 1번 답에는 고작 3개가 반복될 뿐이었다. 이것은 당대 문인들이 얼마나 서양영화에 심취되어 있었는가를 잘 드러내주는 하나의 예라고 할 수 있다.

　외국영화의 범람 현상 속에서도 미국영화가 압도적이었다. 1925년 1월 1일 자『동아일보』에 실린 이구영의 글[81]을 참고하면 수입영화 중 95%가 미국영화였고, 나머지 5%가 독일과 이탈리아영화였다고 한다. 이후 신감각파로 분류되던 프랑스영화가 수입되기도 하지만 그럼에도 미국영화의 수입 비중은 훨씬 높았다. 이상이 작품에서 언급하고 있는 영화 목록을 보아도 미국영화가 많은 것을 보면 그만큼 많이 보았다는 것을 의미한다.

　이상은 이 범람하는 미국영화들을 즐겨 보긴 했지만, 유럽영화를 더 선호한 것으로 보인다. 지인들의 회고글들 중 김기림, 윤태영의 글들[82] 속에서 공통적으로 언급되는 감독이 있는데, 바로 프랑스 감독이었던 '르네 클레르'였다. 조용만 역시 그의 실명 소설[83]에서 이상이 르네 클

81　이구영, 「영화계 단편－과거 1년간의 회고」, 『동아일보』, 1925.1.1.
82　김기림, 『이상선집』 서문, 백양당, 1949.3.15; 윤태영, 「자신이 건담가라던 이상」, 『현대문학』, 1962.12.
83　조용만, 「이상 시대, 젊은 예술가들의 초상」, 『문학사상』 174~176, 1987.4~6.

레르의 영화를 보고 싶어했다는 사실을 언급하고 있다.

이 르네 클레르 감독은 이상의 작품 속에서도 언급되고 있다.

> 「幽靈西へ行く」는 名作「洪吉童傳」과 함께 映畵史上 屈指의 ガラワタ입니다. ルネ-クレ-ル・クソクラエ.
>
> ―「김기림에게 보낸 편지 4」

'「유령은 서쪽으로 간다」는 명작「홍길동전」과 함께 영화사상 굴지의 잡동사니입니다. 르네 클레르 똥이나 처먹어라'라는 말로 르네 클레르와 그의 영화를 비난하고 있다. 그런데 이 비난 문구를 액면 그대로 받아들이면 안 될 듯하다. 김기림과 윤태영의 언급을 통해 보면 이상은 이 감독을 많이 좋아했었다고 한다. 그렇다면 자신이 좋아하는 감독이었기 때문에 자신의 기대에 미치지 못하는 작품을 만들어낸 것을 보고 더더욱 실망한 것이라고도 해석할 수 있다.

이 르네 클레르와 함께 이상의 작품 속에서 여러 번 언급되고 있는 프랑스영화 감독이 있는데 장 콕토이다. 장 콕토는 문인이자 영화 감독이었다. 장 콕토는 1936년 세계일주 중 5월에 일본에 들렀는데, 당시『세르팡』이라는 일본잡지에서 7월호를 콕토의 특집으로 꾸밀 만큼 일본문학인들에게 인기를 끌었다고 한다.[84] 이상 역시 장 콕토에 대해 지대한 관심이 있었다는 것을 그의 인용 문구들이 대변해주고 있다.

---

84 송민호 역시 최근 저작에서 이상이 아방가르드 예술을 수용했음을 지적하면서 장 콕토와 이상의 연계성을 살피고 있다. 송민호,『'이상'이라는 현상』, 예옥, 2014. 참고.

才能업는 藝術家가 제貧苦를 利用해먹는다는 복또 우의한마데말은 末期自
然主義文學을 업수녁인듯 도시프나

— 「文學을 버리고 文化를想像할수업다」

抑揚도 아모것도없는 死語다. 그럴밖에. 이것은 즈앙꼭또우의 말인 것도.

— 「童骸」

여기는 東京이다. 나는 어쩔작정으로 여기왔나? 赤貧이如洗 — 콕토 — 가
그랬느니라 — 재조없는 藝術家야 부즐없이 네貧困을 내 세우지말라고 — 아
— 내게 貧困을 팔아먹는 재조外에 무슨 技能이 남아있누.

— 「失花」

이상이 관심을 가지고 있었던 이 르네 클레르와 장 콕토는 프랑스의
대표적 아방가르드 계열의 감독이었다. 세계영화사를 보면 유럽과 미국
에서 아방가르드, 혹은 '예술영화'에 대한 개념은 대중영화에 반대하는
수많은 분파들을 연계시켰다. 예술영화는 1909년부터 1920년 중반 사
이 미래주의, 구성주의, 다다이즘 그룹의 번성에 의해 더욱 힘을 얻었
다. 이 그룹들은 적어도 그 일부분은 1907년부터 1912년 사이 브라크
와 피카소가 개척한 입체주의에서 영향을 받았다. 이 당시 아방가르드
영화들은 '움직이는 회화'라는 기본 개념에 기초를 두고, 모순과 불연속
을 환기하는 것이 효과적이라고 여기는 경우에는 질서를 '강제'하는 시
도들을 거부했다. 이들은 몽타주 편집을 지향하면서 전지적 시점을 위
한 매끄러운 수단으로서의 편집을 기피했다.[85]

이상이 활발하게 문학활동을 할 당시 영화 이론의 소개 등도 신문지상을 통해 활발하게 이루어졌다. 그중에도 영화 기법, 영화 이론이 어떤 식으로 예술 일반, 그리고 문학에 영향을 미치는가를 언급하는 칼럼 등이 쓰여지기도 했는데 그 일례를 보면 다음과 같다.

> 영화 "몽타주" 문제가 널리 일반의 흥미를 끌고 "영화예술의 기초는 몽타주이다"라 하는 문구를 중심으로 영화기술문제가 다시금 새로운 관점에서 재출발하여 논의된 것은 이것만에 한하여서도 이의 깊은 일이지만 기타 예술일반이 그 新形式探求의 계기를 "몽타주"이론에서 획득한 바 심대함은 숙지의 사실이다. (…중략…) 소비에트문학계에서는 최근 "리토(문학)몽타주"의 연구가 생겼다 한다. (…중략…) 在來의 소설, 시, 희곡 기타의 凡百문학적요소를 적당히 편집하여서 일개의 작품을 창작하는 것이라 한다.[86]

이 칼럼은 몽타주의 개념부터, 몽타주 이론이 어떻게 전개되었는가, 몽타주의 장래성 등등을 전반적으로 설명하고 있다. 여기에서 몽타주 이론이 영화에만 한정되는 것이 아니라 예술 일반에 영향을 미치고 있으며 새로운 형식 탐구의 계기를 마련해 주었다고 언급하는 이 칼럼은 소비에트의 예를 들면서 문학 분야에서 몽타주 연구도 생겨난 사실을 전하고 있다. 특히 이 칼럼에서 문학 몽타주의 특징을 언급한 위 인용문의 마지막 문장을 눈여겨볼 필요가 있다. '기존에 존재하는 여러 장르의 문학적 요소를 적당히 편집해서 작품을 창작'하는 방법은 이상의 작품

---

85 제프리 노웰-스미스 편, 이순호 외역, 『옥스퍼드 세계 영화사』, 열린책들, 2005 참고.
86 오덕순, 「영화 몽타주론」, 『동아일보』, 1931.10.1.

에서 빈번하게 보이는 창작 방법이기 때문이다.

　　活動寫眞을 보고난다음에 맛보는淡白한虛無 — 莊周의 胡蝶夢이 이러하얏
슬것입니다. 나의 동글납작한 머리가 그대로 「카메라」가되여疲困한 「싸불
랜즈」로나마 멧번이나 이옥수々 무르녁어가는 初秋의情景을撮影하얏스며映
寫하얏든가 — 「흐래슈백」으로 흐르는 열븐哀愁 — 都會에 남아잇는 멧孤獨
한 「팬」에게보내는 斷腸의「스틸」이외다.
— 「山村餘情」

'호접몽'으로도 비유되는 영화 감상 뒤의 느낌을 서술하고 있는 이
서술은 이상이 얼마나 영화에 심취해 있었는가를 잘 보여 준다. 특히 시
간의 역행을 가능하게 하는 플래시백flashback 같은 영화 기법 등은 서
사에 접목될 때 순차적 서사의 흐름을 방해하면서 환상성을 야기하는
이상의 서사 구성 등에 활용되었다.

　요컨대 이상은 미술, 그중에서도 20세기 예술의 경향을 새롭게 일군
입체파에 대한 관심이 있었고, 이는 건축계의 바우하우스, 표현주의, 미
래파 등에 대한 관심으로 연결되고, 그로 인해 촉발되고 부흥을 일군 아
방가르드 영화에 심취하면서 그 자양분들을 문학의 자장에 끌어들였다
고 할 수 있다. 즉 서사에서도 시간 순으로 스토리를 따라가는 것이 아니
라 다양한 시점으로 다양하게 해석해낼 수 있도록 만들면서, 문학을, 읽
는 것을 넘어 화폭과 스크린처럼 보는 것으로도 만들어갔던 것이다. 그
바탕에는 기존 패러다임을 뒤엎은 새로운 과학적 발견들에 대한 지식이
뒷받침되었다. 즉 이상은 당대 예술과 과학적 발견 및 흐름들을 반영하

여 일면 카오스적으로 보이는 속에 질서가 있고, 질서가 있는 듯하면서도 불확정적인 경지로 넘어가는 환상성을 발현시킬 수 있었던 것이다.

제3장

이상 문학의 중층적 환상성

　　매체의 변화가 있었던 근대 초기에서 1920년대까지 문학의 환상성
은 고전문학의 환상적 틀을 활용하면서 거기에서 조금씩 변화를 보여가
던 과도기적 형태를 전형적으로 보이고 있었다. 계몽의 방향성에 따라
이전과는 다른 방향으로 한발 더 나아가기도 하고, 그 이전 형태로 회귀
하기도 하면서, 1920년대에 들어서면 서사에서 새로운 형태의 환상성
이 조금씩 선보이기도 했다. 이 시기에는 문학의 창작 영역에서만이 아
니라 담론 차원에서도 변화의 징후가 드러나고 있었다. 그런 배경 속에
서, 이상은 자신의 성장 과정에서 지니게 된 기질과, 학문적 바탕, 예술
에 대한 감응 등을 토대로 문학의 새로운 환상성을 발현시켰다.

　　이상 문학에서 발현되는 환상성은 전대 발현되던 환상성과는 상당히
이질적이다. 우선 고전 서사에서 발현되던 환상성은 주로 각성 상태에
서 일반적 상식으로 구체적 실체를 지각하거나 인식하기 어려운 것에
대한 상념으로 이루어지는 환상에 기대고 있는 측면이 강했다. 그중에

서도 이계異界나, 그 이계의 존재를 끌어들이는 방식으로 환상적 세계를 만들어냈다. 그런데 이상 문학의 환상성에는 고전 서사에서 발현되던 환상성의 특질을 찾아보기가 쉽지 않다. 각성 상태에서 지각하거나 인식하기 어려운 것에 대한 상념보다는 환각이나, 합리성이 결여된 인식과 상념에 토대를 둔 환상성이 더욱 두드러지게 나타난다. 각성 상태에서 지각하거나 인식하기 어려운 것에 대한 상념에 기댄 환상성이 발현될 때에도 전통 서사에서 주로 활용되던 이계의 존재보다는 현실에 존재하지만 인간의 지각 범위를 벗어나기 때문에 환상적 감응을 일으키는 상념들이 주로 나타난다.

이전까지의 환상적 서사에서는 환상성을 짚어내는 것이 그리 어려운 일이 아니었다. 정도의 차이는 있지만, 비교적 쉽게 짚어낼 수 있는 환상적 요소가 복잡하지 않은 구조로 삽입되어 있었기 때문이다. 반면에 이상 문학의 환상성은, 대단히 복잡하고 중층적인 겹으로 이루어져 있다는 특징을 지닌다. '겹'으로 표현한다고 해서 위, 아래 혹은 안, 밖의 상태가 명확히 구분되는 것은 아니다. 하나의 자리에 고정되어 있지는 않다는 말이다. 이 겹들은 겹들마다 독자적으로 존재하는 것이 아니라 겹들 사이에 다시 직조와 교차가 이루어진다. 그리고 이 직조와 교차를 어떤 관점에서 바라보느냐에 따라 위상의 전이가 이루어지기도 한다. 그래서 환상성의 면모를 구체적으로 짚어내기가 쉽지 않다.

그렇다면 지금부터 환상성의 겹들을 들추어보도록 하자. 환상성의 겹을 들춘다고 해서 의미의 구체적 실체가 쉽게 밝혀지는 것은 아니다. 여기서 하고자 하는 작업은 어떤 식으로 환상성이 발현되고 있는가를 고찰하는 것이다. 겹겹이 에워싸인 환상성의 면모를 살피기 위해 여기서는 이상 문학의 환상성 그 맨 앞 겹을 형성하고 있는 위트와 패러독스의 층위를 살펴보는 일부터 시작하려 한다.

1. 환상성 1겹−판 흔들기

1) 위트와 패러독스의 심연

나는 윗트와 파라독스를 바둑 布石처럼 느러놓ㅅ오. 可恐할常識의病이오.

윗트와파라독스와…………

—「날개」

파라독스에의한復讐에 착수한다.

—「童骸」

위에 제시한 말들은 이상의 작품 속에서 추출한 말들이다. 이 말대로 이상은 작품 속에 위트와 패러독스[1]를 바둑의 포석처럼 깔았다. 위트와 패러독스는 이상이 문학을 통해 '우주의 철리를 묘파'하려는 목표에 도달하기 위한 하나의 선택적 방법이기도 했고, 자신의 작업을 인정하지

---

1   '위트'와 '패러독스'를 나누지 않는다. 그것은 같은 예시라도 보는 독자에 따라 위트로, 혹은 패러독스로 볼 수 있기 때문이다.

않았던 독자들에 대한 복수이기도 했다. 그런데 이상 생전의 독자도 그러했고, 이상 사후 현대에 이르기까지 이상의 문학을 접한 수많은 독자들은 이상이 문학을 통해 추구하고자 한 목표점에 도달하기는커녕 이 위트와 패러독스의 그물에 걸려 허둥대고 있다고 해도 과언이 아니다. 이상 문학의 환상성은 여기에서 출발한다. 이상이 문학을 통해 추구하고 도달하고 싶어했던 세계에 근접하는 것조차 쉽게 허락하지 않는 위트와 패러독스의 심연, 바로 여기서부터. 이상이 추구하고자 한 목표가 무엇인지 파악한다고 해서 그 실체가 구체적으로 드러나는 것은 아니다. 하지만 그렇다고 해서 그 지점에 도달하기 위해 노력하는 것조차 회피해서는 안 된다. 그것은 이상이 「종생기」를 비롯해서 그의 작품 곳곳에서 쏟아놓은 '불통'으로 인한 절망적인 '절규'를 외면하는 일이며, 이는 이상이라는 한 인간의 불행에 그치는 것이 아니라, 무한정의 해석이 나올 수 있는 문학적 자산을 유실함으로써 한국의 문학사에도 손실이 되기 때문이다.

이상 문학에 발현된 위트와 패러독스는 다음과 같이 몇 개의 층위로 구분된다.

- 하나의 기호나 어휘 차원에서 이루어지는 위트와 패러독스
  · 전위에 의해 이루어지는 위트와 패러독스
  · 창출에 의해 이루어지는 위트와 패러독스
- 두 개 이상의 기호나 어휘가 병치되면서 이루어지는 위트와 패러독스
- 문장의 통사 구조적 위트와 패러독스
- 문맥의 차원에서 이루어지는 위트와 패러독스

■ 구조적 차원에서 이루어지는 위트와 패러독스

■ 작품들 사이에서 이루어지는 위트와 패러독스

이들은 단일하게 발휘될 때도 있지만, 대부분은 몇 층위씩 겹쳐 이루어진다. 단독으로 있어도 해석하기가 쉽지 않은데, 해석하기 쉽지 않은 위트와 패러독스가 더욱 난해하게 겹쳐지면서 의미 찾는 골을 더욱 깊게 한다. 예시들을 통해 위트와 패러독스의 면모를 살펴보도록 하자.

(1) 하나의 기호나 어휘 차원에서 이루어지는 위트와 패러독스

하나의 기호, 하나의 어휘 차원에서 이루어지는 위트와 패러독스는 자리바꿈 즉 전위로 이루어지는 위트와 패러독스, 어휘 창출로 이루어지는 위트와 패러독스로 구분된다. 전위에 따른 위트와 패러독스의 예들부터 보면 다음과 같다.

· 기호 : △, ▽, □, ●, ⊔⊔, ⊓⊓, ∴, +, -, =······

· 숫자 : 0, 1, 2, 3, 4, 5, 6, 7, 8, 9

· 영문 알파벳 : A, B, C, D, E ······ n

기호, 숫자, 영문 알파벳 등이 전위의 위트와 패러독스가 되는 이유는 평소 다른 분야에서는 익숙하지만 문학 작품 속에서는 낯선 것을 작품 속에 끌어들였기 때문이다. 일종의 초현실주의의 '오브제'와 같은 개념이다. '오브제'는, 초현실주의 작품들에 예술과 무관하다고 여겼던 일상생활 용품이나 자연물 등이 불쑥 등장했던 것을 지칭한 용어이다. 이상의 작품에서 발견되는 기호나 숫자들은 그의 작품 속에 들어오는 순간 그 본래적 의미를 상실한다. 물론 어떤 어휘든 문학의 자장 안에 들어오면 지시적 의미만으로 제한되지는 않는다. 하지만 기호나 숫자들은 그 간극이 너무나 커서 일반인들에게 낯섦을 증폭시킨다는 점에서 위트와 패러독스가 된다. 영문 알파벳들 역시 마찬가지이다. 특히 이상의 작품 속에 쓰인 알파벳은 당대의 지식층에게 통용되었을 영어가 아니라 프랑스어, 혹은 다른 언어로 쓰였다는 점에서 더더욱 의미의 해독을 어렵게 한 위트, 혹은 불합리한 활용에 해당된다. 기호, 숫자, 알파벳들이 오브제로 활용되어 작품 속에 들어올 때 얼마나 그 실체를 감추며 환상적 감응을 불러일으키는지 일례를 보자.

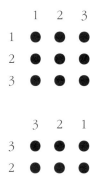

$$\therefore {}_nP_n = n(n-1)(n-2) \cdots\cdots (n-n+1)$$

(腦髓는부채의모양으로圓까지펴졌다. 그리고完全히廻轉했다)[2]

---

2   원문은 "腦髓は扇子の樣に圓迄開した. そして完全に廻轉した"이며, 전집들에는 "腦髓는부채

이렇게 환상성의 포석이 된 기호, 숫자, 알파벳들은 단순히 이 오브제
들이 놓였던 자리에서만이 아니라 이 작품을 본 독자가 다른 작품을 볼
경우, 거기에 비슷한 것이 오게 되면 그 안에서도 환상적 감응을 불러일
으킨다. 그래서 그 실체를 규명하고자 애쓰게 된다. 일례로 이상의 소설
「날개」의 "三十三번지 十八가구"로 표현된 부분에서 33과 18의 숫자 의
미를 읽어내려고 애쓰고, 또 많은 이들이 이에 대해 언급한 바 있다는
것은 널리 알려진 바이다.

다음은 어휘 창출에 의한 위트와 패러독스의 예들이다.

三次角, 六面角體, 鳥瞰圖, 나들ナ등 등

이 단어들은 사전에는 존재하지 않는 단어들로 이상이 만들어낸 것
들이다. 「삼차각설계도」에서 '삼차각'은 수학 용어로서는 부정확한 말
이다. 수학에서 말하는 '각角'이라는 것은 한 점에서 그은 두 개의 반직
선半直線에 의하여 이루어지는 도형이다. 공간도형에서는 직선과 평면,
평면과 평면이 만나 각을 이룰 수 있다. 즉 수학에서 '각'은 이차원 평면
에서 이루어지는 개념이다. 이상은 그 상식을 뛰어넘어 차원을 높인
'각'을 설정한 것이다. '삼차각' 뒤에 '설계도'라는 말이 붙어 있는데,
그렇다면 삼차각은 이상의 주 전공이기도 했던 건축학에서 활용되는 말

와같이圓에까지展開되었다. 그리고完全히廻轉하였다"(임종국 편본, 김주현 주해본), "뇌
수는부채와같이원에까지펴졌다. 그리고완전히회전하였다"(권영민 편본)로 되어 있다.

인가? 그렇지는 않다. 건축 용어에서는 '삼각측량', '삼각점' 등에서 '삼각'이 쓰이곤 한다. '삼각측량'이라는 것은 서로 멀리 떨어진 각각의 지점에서 각도를 관측하여 각각의 위치관계를 수치적数値的으로 정하는 하나의 측량 방법이다. 각 지점을 꼭짓점으로 하는 한 개 또는 여러 개의 삼각점을 정하고, 이것들의 각 꼭짓점을 관측하여 삼각법에 의해 각각角과 각 변의 관계를 구하는 것에서 이런 이름이 붙었으며, 각 꼭짓점을 특히 삼각점이라 한다. 이상은 건축학 전공자로서 이러한 용어들에 익숙했을 터인데, 그 용어를 살짝 바꾸어 기존 상식으로 쉽게 이해되지 않는 단어의 조합을 만들어낸 것이다. 「건축무한육면각체」라는 시의 제목에 쓰인 '육면각체'도 존재하지 않는 말로, 역시 이와 같은 연장선에 있는 어휘이다.

'오감도烏瞰圖'는, 높은 곳에서 내려다 본 상태의 그림이나 지도를 일컫는 '조감도鳥瞰圖'에서 이상이 첫 글자를 임의로 치환하여 창출한 단어이다. 이상은 '오감도'를 사용하기 이전에 '조감도'라는 단어도 시의 제목으로 사용한 바 있어 왜 이 글자가 바뀌었을까에 대한 궁금증을 자아내기도 했고, 구구한 해석을 낳기도 했다.

'나들'이라는 말은 1인칭 대명사 '나'에 '들'이라는 복수접미사를 붙여 만들어낸 단어이다. '나'라는 것은 개별자적 존재이기 때문에 복수접미사가 붙을 수 없는 단어임에도 이상은 그 상식의 틀을 깬 단어를 만들어내는 방식으로 그의 작품 세계의 의미를 직조해 갔다.

(2) 두 개 이상의 기호나 어휘가 병치되면서 이루어지는 위트와 패러독스

하나의 단어만 떼어놓고 보면 특이점을 찾을 수 없는 단어이지만, 이 평범한 단어들이 병치될 때 불합리한 진술이 되는 경우이다. 예들을 보자.

- 제목에서 추출한 예 : 「地圖의暗室」, 「神經質的으로肥滿한三角形」 등
- 본문에서 추출한 예

  ⓐ 直線은圓을殺害하였는가(「異常한可逆反應」)

  ⓑ 太陽이땀에젖은등짝을내려쪼였을때

     그림자는등짝의前方에있었다(「異常한可逆反應」)

  ⓒ 아아루카아뽀네는橄欖山의그대로납치해갔다.(「鳥瞰圖」, 「二人····1··
     ··」)

이상이 소설 제목으로 쓴 '지도의 암실'이라는 문구부터 살펴 보자. '지도'는 말 그대로 지구 표면의 상태를 일정한 비율로 줄여, 이를 약속된 기호로 평면에 나타낸 그림을 뜻하는 것으로 위치 등을 좀 더 명확하게 알거나 찾기 위해 필요한 존재이다. 그런데 여기에 빛이 들어오지 않는 방을 뜻하는 '암실'이라는 말을 덧붙여 역설을 이룬다. 이 '지도의 암실'은 두 단어가 결합되면서 '의' 조사가 쓰임으로써 그 상징의 해석 방향을 더욱 모호하게 만들기도 한다. '암실'이 지도 위에 있다는 의미로도 해석될 수 있고, '지도'라는 존재 자체가 위치를 알게 해주거나 찾게 해주는 존재가 아니라 대상을 더욱 알 수 없게 만드는 존재라는 것을 상징하는 것으로 해석될 수도 있다. 소설 내용을 통해 그 의미를 더욱 분명하게 알 수 있기를 바라는 것은 무의미하다. 소설 내용조차 그 의미를

명확하게 짚어낼 수 없을 만큼 다양한 환상성으로 점철되어 있기 때문이다. '신경질적으로 비만한 삼각형'은 일문시 「조감도」 연작시 중 한 편의 제목이다. 무생물이고 단지 도형인 '삼각형'에 살이 쪄서 몸이 뚱뚱한 것을 일컫는 '비만'이라는 수식어를 붙여놓은 것부터 역설적이다. 그런데 이 앞에 '신경질적으로'라는 수식어가 하나 더 붙어서 그 역설의 상징적 해석 영역을 더욱 모호하게 만들고 있다. 이 시에는 '▽은나의 AMOUREUSE이다'라는 부제가 붙어 있는데, 이를 통해 삼각형이 여자를 비유한 어휘처럼 유추해들어갈 수도 있지만, 시의 내용에 들어가면 이러한 의미해석은 또 다시 모호한 문장들의 열거로 다시 미궁에 들어간다. 즉 제목에서 위트와 패러독스를 사용하였을 경우 그 내용에서 상징적 의미를 유추할 수 있는 단서를 남겨놓는 것이 일반적인 경향이라면 이상 작품 제목에서 보이는 위트와 패러독스는 그러한 의미 추적이 무색하게 본문의 내용마저 여러 겹의 환상성으로 무장하고 있다.

본문에서 추출한 예시 ⓐ에서 '직선'은 무생물적 주어이므로 '살해하다'라는 서술어와 결합되는 것은 어법상 부적절하다. '원'도 마찬가지로 '살해'당할 수 있는 목적어로 부적절한 어휘 사용이다. 예시 ⓑ에서는 태양이 등을 비추었다면 그림자는 배의 전방에 있어야 하는데 그림자가 등의 전방에 있었다고 표현하고 있으므로 이 역시 일상의 평범에서 벗어나는 현상을 표현한 것이다. 예 ⓒ에서 활용한 '산'은 움직이는 존재가 아니므로 납치를 할 수 없는 대상인데 납치를 해갔다고 표현함으로써 일상의 현실에서는 볼 수 없는 시적 허용의 범주에 속하는 표현이다. 여기에서는 위의 몇 가지 예만을 제시하였지만, 이상의 작품 속에서 이와 같은 용례들은 그 수를 헤아리기 어려울 만큼 많다.

(3) 문장의 통사 구조적 위트와 패러독스

문장의 통사 구조 차원에서 이루어지는 위트와 패러독스는 문장 성분의 배열을 흐트러뜨리거나, 필수 문장 성분을 빠뜨리거나, 필요치 않은 문장 성분을 과도하게 삽입함으로써 문장의 질서를 어지럽히는 방식이다. 특히 그는 마침표를 찍지 않고 하나의 문장을 무작정 늘이는 방식으로 긴 문장을 쓰는 것이 특징인데, 다음과 같은 예는 그 극치를 보여 준다. 문장 늘임의 특징을 보기 위해 길지만 한 문단을 인용하면 다음과 같다.

보산은적을 물니치기준비에착수하얏다. 잉크와펜 원고지에적히는첫자가 오자로생겨먹고마는것을 화를내이는것잡히지안는보산의마음에매여달려 데룽데룽하는보산의손이조희를싀기싀기구겨서는 마당한가운데에홱내여 던진다는것이공교스러히도 SS가오늘아츰에배앗허노혼춤에서 대단히갓가운범위안에떨어지고만것이 보산을불유쾌하게하야서보산은얼는거러 마당으로나려가서는그구긴조희를다시집어서는보산이인제이만하면 적당하겟지 생각하는자리에갓다썩노코나서생각하야보니 그것은버린것이안이라 갓다가노혼것이라 보산의이조희에대한본의를투철치못한위반된것이분명함으로 그러면이것을방안으로가지고돌아가서 다시한번버려보는수밧게업다하야 그러케이번에야하고하야보니너무나 공교스러운일에 공교스러운일이게속되는것은 이것도공교스러운일인지안인지자세히몰으는것갓흔것쯤은그대로내여버려두어도 관게치안코 위선이것을내가적당하다고인정할째까지고처하는것이 업는시간에 급선무라하야작고해도마찬가지고 고처해도마찬가지엿다 하다가는 흥분한정신에멧번이나해앳는지 도모지몰으는동안에 일이성공이되고보니 상쾌하지안혼지 그것도도모지보산자신으로서는 판

단하기어려운일이엿는데 그러타면단할사람이라고는 아모도업지안이하냐
고하지만 위선편지부터써야하지안켓느냐 생각나닛가보산은 편지부터써서
이번에는그런고생은안하리라하고 정신을차려썻다는것이 겨우다음과갓흔
것이엿다.

—「休業과事情」

이 문단은 단 두 문장으로 이루어져 있는데, 이 두 문장이 극과 극을
이룬다. 첫 문장은 띄어쓰기 포함, 마침표까지 모두 합해서 19자로, 군
더더기 하나 없이 간결명료하다. 하지만 두 번째 문장은 무려 602자에
이를 만큼 길다. 첫 문장의 30배가 넘는 글자수가 한 문장인 것이다. 게
다가 끊어질 듯 끊어지지 않고 이어지는 문장은 문장 성분을 과도하게
삽입하였을 뿐만 아니라 같은 말도 말을 늘여서 하고 있는 방식으로 문
장을 늘어빼고 있다. 첫 문장과 비교해 보면 이상이 짧은 문장을 쓸 수
없어 이런 방식으로 쓴 것이 아니라는 것을 알 수 있다. 즉 그는 말을 의
도적으로 비틀고, 늘였다 줄였다 하면서 글자를 가지고 노는 것이다. 다
음 예시는 문장의 통사 구조적 위트와 패러독스에 해당하기도 하지만,
말놀음을 하고 있는 이상 자신의 습관을 드러내 보여주기도 한다.

앙샆을르에봉투를 씨워서그감소된빗은 어듸로갓는가에대하야도 그는한
번도생각하야본일은업시 그는이러한준비와장소에대하야 관대하니라생각
하야본일도업다면 그는속히잠들지아니할가 누구라도생각지는아마안는다
인류가아즉만들지아니한글자가 그자리에서이랫다 저랫다하니무슨암시 이
냐가무슨까닭에 한번늙어지나가면 도무소용인인글자의고정된기술방법을

채용하는 흡족지안은버릇을쓰기를버리지안을까를그는생각한다 글자를저
것처럼가지고그하나만이 이랫다저랫다하면 쏘생각하는것은 사람하나 생각
둘말 글자 셋 넷 다섯 쏘다섯 쏘쏘다섯 쏘쏘쏘다섯그는결국에시간이라는것의
무서운힘을 밋지아니할수는업다한번지나간것이 하나도쓸데업는것을알면
서도 하나를버리는묵은즛을그도역시거절치안는지그는그에게물어보고십
지안타 지금생각나는것이나 지금가지는글자가잇다가가즐것하 하나 하나 하
나에서모도식못쓸것 인줄알앗는데외지금가지느냐안가지면 고만이지하야
도 벌서가저버렷구나 벌서가저버렷구나 벌서가젓구나 버렷구나 쏘가젓구나.

— 「地圖의暗室」

글자 하나를 이랬다저랬다 하기도 하고, 지금 쓰는 글자를 이따가 쓰
지 않고 왜 지금 쓰는 것인가에 대해서 고민도 하고, 이미 쓴 것에 대해
서 쓰여진 것을 여러 번 되짚어 보기도 하는 그런 상황, 생각이 꼬리에
꼬리를 물고 이어지는 그런 상태를 문장으로 표현하고 있다. 문장의 통
사 구조를 비틀면서 위트와 패러독스를 양산하는 이러한 문체는 일단
문장을 지배하는 문법이나, 독자가 문장을 읽을 때 무의식적으로 기대
하는 질서 정연함을 뛰어넘어 혼란을 야기한다.

(4) 문맥의 차원에서 이루어지는 위트와 패러독스

문맥의 차원이라 함은 한 문장 안에서가 아니라 앞뒤 문맥을 살펴볼
때 위트와 패러독스가 이루어지는 경우이다. 이 경우 문장 자체에서도
위트와 패러독스가 이루어지는 경우가 많기 때문에 두 개 이상의 기호나

어휘가 병치될 때 나타나는 위트·패러독스, 또는 문장의 통사 구조적 위트·패러독스와 혼동될 수 있지만, 그 안에서만이 아니라 앞뒤 문맥을 볼 때 불합리하거나 역설이 이루어지는 경우를 말한다. 예시를 보자.

얼마잇으면보산의오정이친다.

— 「休業과事情」

이 문장 앞뒤의 문맥에서 보면 이 '오정'은 '자정'에 해당하는 시간이다. 그것을 '오정'으로 표현한 것은 불합리한 진술이다. 이 문장은 문맥상 위트와 패러독스에 해당하면서 아울러 앞서 제시했던 유형들이 함께 보인다. 즉 '오정'이라는 무형적 단어가 '치다'라는 능동적 주어를 필요로 하는 서술어와 결합되어 있으므로 문법상 비문이며, 그 자체로 역설이 된다.

여자의입은작기때문에여자는溺死하지아니하면아니되지만여자는물과같
이때때로미쳐서소란해질때가있다.

— 「鳥瞰圖」 중 「狂女의告白」

이 예시는 'A 때문에 B이지만 C이다'의 문장 구조를 취하고 있다. 하지만 A와 B의 인과관계, AB와 C의 상반관계가 성립하기 어려운 비논리적인 진술이다. 이처럼 문장 성분의 형식상으로는 제대로 된 진술처럼 보이지만, 문맥상 그 내용이 합리성에서 벗어나면서 위트와 패러독스를 만들어내는 경우도 이상의 작품에서는 흔하게 볼 수 있는 유형이다.

(5) 구조적 차원에서 이루어지는 위트와 패러독스

시의 반복 순환 패턴, 서사의 시간적 진행이 아니라 겹침과 반복, 돌출적으로 삽입되는 에피소드 등으로 이루어지는 위트와 패러독스에 해당한다. 반복은 이상 문학에서 빈번하게 이루어지는 표현적 특징이다. 단순한 반복뿐만 아니라 조금씩 변화를 준 반복까지 다양하게 이루어진다. 다음은 이상이 즐겨 활용한 반복 기법들이다.

- 기호 반복
- 숫자 반복
- 시 행의 시어수 반복
- 어휘 반복
- 문장 반복
- 문장 패턴 반복
- 구문 반복
- 행위 반복
- 시 자체를 반복 발표

이처럼 유형화를 할 정도로 많은 반복이 이루어지는데, 그중 하나의 예를 살펴보자면, 「실화」에서는 같은 내용의 문장이 반복된다. 이 작품은 9개의 장으로 나뉘어 있는데 이 소설은 다음과 같이 시작한다.

> 사람이
> 秘密이 없다는것은 財産없는것처럼 가난하고 허전한 일이다.
>
> ―「失花」

「실화」는 화자인 '이상'이 동경에 머물면서 동경에서의 장면과 동경으로 떠나기 전 경성에서의 과거 일을 회상하는 내용이 계속 중첩되면서 전개되는 내용이다. 그런데 이 작품의 첫 부분을 위와 같은 문장으로 시작하고 있으며, 위에 제시한 문장이 1장의 전문이다. 이 문장은 이후 4장에서 두 번, 마지막 9장의 마지막 부분에서 한 번 다음과 같이 반복된다.

사람이 ―
秘密이 없다는것은 財産없는것처럼 가난하고 허전한 일이다.
―「失花」

그렇나 불상한 李箱先生님에게는 이 복잡한 交通을 향하야 빈정거릴 아모런 秘密의材料도 없으니 내가 財産없는 것보다도 더 가난하고 승겁다.
―「失花」

사람이 ― 秘密하나도 없다는것이 참 財産없는것 보다도 더 가난하외다그려! 나를 좀 보시지오?
―「失花」

4장에서 앞에 반복되는 문장을 보면 '사람이'라는 문장 뒤에 ' ―'가 삽입된 것과 그 다음 문장에서 들여쓰기를 한 것 말고는 문장 그대로 반복된다. 4장의 뒤에 반복되는 문장은 '사람이' 대신에 '이상'이라는 개별적 대상으로 좁혀지고, 문장 내용 역시 조금의 구체성이 확보된다. 이 작품의 끝 부분인 9장의 마지막에는 앞서 두 내용을 합쳐 반복한다. 그런데 이 반복되는 내용이 이 작품의 중심 서사와 어떤 관련성이 있는지 쉽게 단정지을 수 없다. 9장에서 마지막 위 문장 앞에 "그렇면 당신께서는 또 무슨방석과 결상의秘密을 그 濃化粧그늘에 지니고 게시나이까?"라는 문장이 나오는데, 위의 예시와 같은 내용은 아니지만 '비밀'이라는 단어가 쓰였다는 점에서 계속 반복된 예시 문장을 해석할 수 있는 하나의 단서로 작동하긴 한다. 하지만 그마저 이어지는 문맥이 인용과 비유를 통해서 점철되기 때문에 쉽게 단정지을 수는 없다. 이 작품에서는 이 문장만이 아니라 "꿈 ― 꿈이면 좋겠다"라는 문장 역시 2장의 맨 첫 문장과 마지막 문장, 그리고 3장의 중간 부분에 그대로 반복된다. 이 표현은 글자 하나 변형 없이 그대로 반복되지만, 왜 '꿈'이기를 원하는지, 그 안에 내포된 소망까지 같은 것은 아니다. 이처럼 이상은 표현의 단순 반복에서도 내용의 변화를 꾀하면서 그 의미 해석을 쉽게 허용하지 않는 방식으로 위트와 패러독스를 형성하면서 구조적 차원에서도 환상성을 창출해낸다.[3]

(6) 작품들 사이에서 이루어지는 위트와 패러독스

이상의 작품에는 자신의 텍스트 안에서만이 아니라 그 외의 텍스트들에서까지 수많은 인용이 이루어져 있다. 그런데 인용을 하면서 의도적으로 글자를 바꾸거나, 자리를 치환하면서 비틀기를 한다. 예시를 보면 다음과 같다.

---

3   이 반복 기법에 대해서는 제3장 3절인 '환상성 3겹 ― 반복과 순환의 프랙탈적 세계'에서 조금 더 면밀하게 살펴볼 것이다.

「一切誓ふな」「一切を信じないと誓へ」의 두마디 말이 發揮하는 多彩한 파라독스를 弄絡하면서 혼자 微苦笑를 하여 보오.

—「김기림에게 보낸 편지 1」

部遺珊瑚 — 요 다섯 字 동안에 나는 두 字 以上의 誤字를 犯했는가싶다. 이것은 나스스로 하늘을 우러러 부끄러워할일이겠으나 人智가 발달해가는 面目이 실로 躍如하다.

李太白. 이 前後萬古의 으리으리한「華族」나는 李太白을 닮기도 해야한다. 그렇기 위하야 五言絶句 한줄에서도 한 字 가량의 泰然自若한 失手를 犯해야만 한다.

—「終生記」

예문에서 보듯 이상은 자신이 오류를 범하는 것을 스스로 알면서 오류를 범하고 있다. 무엇보다 '이태백을 닮기 위해서 그의 오언절구 한 줄에서 한 자가량을 태연자약하게 실수를 범해야 한다'는 문장에 이르면 인용을 할 때, 그는 이미 원작자, 혹은 독자와의 줄다리기를 하고 있는 것이다.

그렇다면 왜 이상은 이러한 위트와 패러독스로 독자와의 줄다리기를 하고 있는 것일까. 이상이 그의 글쓰기 내력의 편린을 드러낸「종생기」[4]

---

4 「종생기」에 대해 권영민의 전집본에서는 "이소설은 '나'라는 주인공이「소년행少年行」의 시구 그대로 한 여인을 희롱하는 봄날의 정경을 그려내게 됨을 암시한다"고 말하고 있지만, 이 소설은 오히려 이상이 자신의 글쓰기 행위를 되짚어 반추하고 있는 것으로 이해할 수 있다. 이는 이상의 문학 작품 속에서 '여인'을 그냥 단순히 사람의 남녀의 한

를 통해 그 단서를 짚어볼 수 있다. 그는 이 작품에서 다음과 같이 말하고 있다.

美文, 美文, 曖呀! 美文.

美文이라는것은 저윽이 措處하기 危險한 수작이니라

(…중략…)

美文에 견줄만큼 위태위태한것이 絶勝에酷似한 風景이다. 絶勝에 酷似한風景을 美文으로 飜案模寫해 놓았다면 자칫 失足 溺死하기쉬운 웅뎅이나 다름없는것이니 僉位는 아예 가까이 닥아서서는안된다.

—「終生記」

여기에서 보이는 '첨위僉位'는 글을 읽는 독자를 일컫는다. 아울러, 이 문장 뒤에 이어지는 도스토예프스키나 고리끼 등을 예로 들어 설명하는 것을 보면 글을 쓰고자 하는 이를 포함한다고 볼 수 있다. 이상이 보기에 '미문'은 위험한 것으로, 실족시키고 익사시키는 웅덩이나 다름없는 것으로 파악한다. 그렇다면 '미문'이 아닌 것으로 지키고 싶어하는 것은 무엇인가.

왜 나는 미끈하게솟아있는 近代建築의 偉容을보면서 먼저 鐵筋鐵骨, 세멘트 와 細沙, 이것부터 선뜩하니 感應하느냐는 말이다. 씻어버릴수없는 宿命의號哭, 몽고레안푸렉게蒙古痕 오뚝이처럼 씰어져도 일어나고 씰어져도 일어

_____

쪽인 여자로만 볼 것인가의 문제와 연결지어 생각해 볼 수 있는 지점이다.

나고 하니 썰어지나섰으나 마찬가지 의지할 얇한한 蹕한조각 없는孤獨, 枯稿, 獨介, 楚楚.

— 「終生記」

이상이 어떤 대상을 바라볼 때, 그에게는 대상의 형상이 아니라 그 형상을 구축하고 있는 본질적 구성 요소가 보였던 것이고, 이상은 문학을 통해 그 본질적 요소들을 보여주고자 하였다. 그런데 '아름다운 글'과 '아름다운 풍경'으로는 그 본질적 요소들을 보여줄 수 없었다. 본질적 요소들을 보여주기 위해서는 질서정연하게 구축해 놓은 형상을 무너뜨려야 했기 때문이다. 언어의 질서를 무너뜨려야만 규범적 언어가 보여주지 못한 언어의 이면과, 아름다운 언어로 포장된 대상의 형상 속에 놓인 본질을 꿰뚫어 볼 수 있었던 것이다.

이상의 문학에서 표출된 위트와 패러독스는 그간 견고하게 구축된 언어의 규범을 파괴하면서 그 언어로 표상되는 대상의 단일한 의미의 실체를 무너뜨린다. 이상의 작품은 이 위트와 패러독스라는 환상성이 작품 전반에 걸쳐 활용되지 않는 작품이 없을 뿐만 아니라, 활용 빈도수가 너무 많아서 그 예들을 다 끄집어내기로 하면 작품 전체를 거의 옮겨 놓아야 할 정도이다. 위트와 패러독스의 빈도수가 많은 이상의 문학 작품은 따라서 구체적 의미의 실체가 그만큼 깊이 감추어지고 있다. 이상 문학에 표현된 위트와 패러독스는 보편적 상식의 판을 흔드는 역할을 하면서 그 자체로 환상적 감응을 불러일으키지만, 더 나아가 이상 문학에 포진된 수많은 여타의 환상성을 발현시키는 데 결정적 기여를 한다.

그러나 이러한 방식은 대중이 요구하는 지점과는 유리된 것이었다.

이상은 끊임없이 독자에게 다가가려 하지만, 그가 표출하는 방식과 세계를 일상적 형상과 말하기 방식에 익숙했던 독자들은 이해하지 못했다. 그래서 이상은 외로울 수밖에 없었다. 누구나 다 보는 외양을 아름다운 말로 드러내는 것이 아니라, 투시벽을 타고나서 본질을 꿰뚫어보는 소양을 지녔음에도 대중과의 접점에서 괴리될 수밖에 없는 자신의 숙명을 이상은 "박제가 되어버린 천재"(「날개」)로 묘사한다.

2) 이미지의 추상화적 몽타주

이상의 문학은 위트와 패러독스만이 아니라 파편적인 이미지를 이어붙이는 방식으로 환상성을 구현해낸다. 1920년대 초 전영택이 「독약을 마시는 여인」에서 단편적으로 시도한 바가 있긴 하지만 이상은 그보다 훨씬 더 조각조각 파편화된 이미지들의 모음과 패러독스가 결합된 이미지를 훨씬 더 빈번하게 이용함으로써 추상적이고 몽환적인 분위기를 형성한다. 이는 서사에서만이 아니라 초기 일문시를 게재할 때부터 이미 나타나고 있는데 일례를 보면 다음과 같다.

나는하는수없이울었다

電燈이煙草를피웠다
▽은1/W이다
　　　×

▽이여! 나는괴롭다

나는논다

▽의슬립퍼어는과자와같지않다

어떻게나는울어야할것인가

       ×

쓸쓸한들판을품고[5]

쓸쓸한눈나리는날을품고

나의피부를생각하지않는다

記憶에對하여나는剛體이다

정말로

「같이노래부르세요」

하면서나의무릎을때렸을터인일에對하여

▽은나의꿈이다.

스틱크! 자네는쓸쓸하며유명하다

---

5 원문에는 첫 번째 행과 두 번째 행에는 '懷'이 쓰이고, 세 번째 행만 '思'로 되어 있다. 전
집들에서는 이것을 구별하지 않고 모두 '생각하다'로 번역하였는데, 여기서는 원문의
글자 다름을 드러내기 위해 '懷'를 '품다'로 번역하였다. 이상은 반복 기법을 유난히 많
이 활용하기에, 세 번째 행의 글자를 바꾸었다는 것은, 일반적으로 반복을 피하기 위해
서 글자를 바꿔쓰는 것과는 다르다고 생각한다.

어찌할것인가

　　　　×

마침내▽을埋葬한雪景이었다

　　　　1931.6.5.

—「破片의景致」전문

　　『조선과 건축』이라는 잡지에 맨 처음 발표한 시들 중 한 편인 이 시는 「파편의 경치」라는 제목 아래 '△은나의AMOUREUSE이다'라는 부제가 붙어 있기도 한 시이다. 즉 고도의 은유가 사용되고 있다는 것을 제목에서부터 느끼게 한다. 시에 들어가면 '△'은 한 번도 나오지 않고 '▽' 형태로 뒤집어진 채 출현한다. 은유와 상징의 연속으로 시가 쓰여져 있는 것이다. 시에서 은유를 사용하는 것은 일반적인 일이다. 은유를 활용하되 보통은 그것을 유추하여 원관념을 파악할 수 있는 단서를 남겨놓아 의미 추적에 도움이 되도록 한다. 특히 1930년대 이전까지는 더욱 그러했다. 그런데 이 시는 많은 은유가 보이는데, 의미를 유추할 수 있는 연결고리가 잘 보이지 않는다. 그래서 제시된 단편적 이미지들이 파편적으로 이어지면서 해독이 쉽지 않은 시가 되고 만다. 혹자는 이 시의 제목 자체가 「파편의 경치」인 만큼 그렇게 파편화된 이미지 제시 자체가 목적이었고, 그것으로 충분하지 않느냐고 반문할 수 있다. 맞는 말이다. 그런데 문제는 제목과 연결지어도 그 의미가 좀체로 이해되지 않는 시들이 있다는 것이다. 있는 정도가 아니라 많다. 다음의 예시를 보자.

前後左右를除하는唯一의痕迹에있어서

翼殷不逝　目大不覩

胖矮小形의神의眼前에나는落傷한故事를두었다.[6]

(臟腑 그것은浸水된畜舍와는다른것인가)

— 「建築無限六面角體」 중 「二十二年」 전문

　　심지어 도형까지 활용한 이 시는 많은 이들이 해석의 난해함을 호소
하는 작품 중 하나이다. 이 시는 『조선과 건축』에 일문시로 발표한 작품
인데 이후 『조선중앙일보』에 발표한 「오감도」 중 한 편으로 어휘를 살
짝만 바꾸어 다시 발표한다. 그만큼 이상이 중요하게 생각한 작품 중 하
나로 여길 수 있다. 그런데 각각 제시한 행들의 의미, 행들 간의 연결고
리 등을 쉽게 찾아낼 수 없다. 각각 제시한 어휘로 만들어지는 이미지들
만 병치될 뿐이다. 바로 이렇게 의미의 연결고리를 찾아갈 수 없는 단편
적인 이미지의 나열들로 인해 당시 '기지는 시가 아니다'라는 말로 비판
을 받았던 것이리라.

　　시는 서사보다 압축과 함축이 훨씬 더 폭넓게 용인되는 장르인데도

6　기존 전집 번역의 오류를 바로잡았다. 이 문장의 원문을 보면 "胖矮小形の神の眼前に我は
落傷故事を有つ"로 되어 있다. 기존 전집에는 이것을 "胖矮小形의神의眼前에서내가落傷
한故事가있다"로 번역하고 있는데 "故事가 있는 것"과 "故事를 두는 것"은 의미상의 차이
가 있다. 특히 이 시는 『조선중앙일보』에 발표한 「오감도」의 「시제5호」로 살짝만 변형
된 채 다시 쓰이고 있는데 여기에서도 "故事를"로 표현하고 "有함"으로 쓰고 있다. 따라
서 여기에서는 '있다'가 아니라 '있게 했다'나 '두었다'로 해석하는 것이 더욱 타당하지
않을까 사료된다.

불구하고 이상의 시는 종잡기 어려운 이미지의 나열로 인해 의미 체계에 접근을 불허하는 환상적 감응을 불러일으킨다. 서사는 어느 정도 스토리를 기대하는 장르이기에 서사에서마저 이렇게 파편화된 이미지의 이어붙이기가 지속된다면 시보다 훨씬 더 환상적 감응을 일으키게 된다. 이상은 시만이 아니라 소설에서도 파편화된 이미지의 이어붙이기를 지속한다.

> 그의뒤는그의천문학이다 이렇케작정되여버린채 그는별에갓가운산우에서 태양이보내는멧줄의볏을압정으로 콱꼿자노코 그압헤안저그는놀고잇섯다 모래가만타 그것은모도풀이엿다 그의산은평지보다나즌곳에 처어저서그쌘만안이라 움푹오므로들어잇섯다 그가요술가라고하자별들이구경을온다고하자 오리온의좌석은 조기라고하자 두고보자 사실그의생활이 그로하야금움즉이게하는줏들의여러가지라도는 무슨모읍쓸흉내이거나 별들에게나구경식힐 요술이거나이지이쪽으로오지안는다.
>
> —「地圖의暗室」

'별에 가까운 산'이라는 부분에서 독자들은 이미 높은 산의 이미지를 형성한다. '태양이 보내는 몇 줄의 볏'이라는 문장에 오면 햇볕이 내리쬐는 산의 이미지가 그려진다. 여기까지는 보편적으로 형성되는 이미지이고, 이는 독자들에게 아무런 거부감 없이 받아들여진다. 그러나 그 다음의 '볏을 압정으로 꼭 꽂아놓고'라는 부분을 읽으면 무난하게 형성되었던 친숙한 이미지가 일그러지게 된다. '볏'이라는 것은 '압정'으로 꽂을 수 없다는 것을 독자들은 알고 있고, 이 문장은 그 상식을 깨뜨리는 위트와 패러독스가 활용된 것이기 때문이다. 그 다음에 '모래가 많다'라는 문장에 오면 나무나 풀이 없는 사막 같은 둔덕의 이미지가 그려진다. 하지만 '그것은 모두 풀이었다'는 문장은 바로 이전에 독자들이 형성한 이미지에 타격을 가한다. 독자들은 일순간 사막을 풀밭의 이미지로 변화시켜야 한다. 하지만 이미 형성된 이미지는 그리 쉽게 가시지 않는다.[7] 독자들의 기억에 남은 사막의 이미지와 새로 형성된 풀밭의 이미지는 병치되거나 둘의 이미지가 간섭하면서, 하나의 구체적인 풍경이 아니라 마치 추상화처럼 파편화되는 이미지의 형상이 남게 된다. 평범한 독자들은 글을 읽을 때 자신의 상식이나 경험을 통해 습득된 것들을 동원하여 새로 이입되는 정보를 질서화시키고 정돈하기 마련이다. 그래서 주어진 정보를 받아들이기 위해 병치된 이미지나 파편화된 이미지를 애써 정돈시키려 한다. 하지만 이 뒤에 이어지는 '산이 평지보다 낮은 곳에 위치하고, 움푹 오무라들어있다'는 부분에 오면 기존에 형성했던 이미지에 또 다시 변형을 일으켜야 한다. 그런데 '산이 평지보다 낮다'는 이 명제 또한 보편적 상식과 충돌을 일으키는 진술이다. 여기서 독자는 혼란이 가중된다. 위에서 인용한 작품 「지도의 암실」은 처음부터 끝까지 이러한 패러독스가 가득한 파편화된 이미지들로 구사되어 있어서 환상적 감응을 더한다.

그럼에도 많은 이들은 이 이미지들의 추상적 몽타주로 이루어진 이

---

7   레지스 드브레의 다음과 같은 말은 이미지가 얼마나 강력한 구성력을 지니고 있는지를 보여 준다. "한 점의 그림, 한 장의 사진, 하나의 화면은 그것들의 대립의 게임을 통해 의미를 띨 수 있는 단편들로 해체되거나 혹은 단어와 소리에 비교할 수 있는 토막들이나 모습들로 해체되지는 않는다." 레지스 드브레, 정진국 역, 『이미지의 삶과 죽음』, 시각과언어, 1994, 64쪽.

상 작품들의 의미를 추적하고 있다. 하나의 예를 들자면, 앞서 인용했던 「이십이년」 혹은 「시제5호」에 대해 권영민 편본 전집에서는 제목에 표기된 '이십이년'이 폐결핵을 처음 진단받은 나이임을 강조하면서, 이 작품이 "시인의 나이 22세에 폐결핵을 진단받고 그 병환이 심각한 상태에 있음을 알게 된 순간의 절망감"[8]을 그려낸 것으로 해석한다. 한편 박현수는 '흔적'이라는 단어의 중요성을 부각하면서 "본질이라는 개념이 전제하는 이성중심주의의 형이상학을 부정하고 있는 것"[9]이라고 보고 있다. 그런가하면 김학은은 "이것은 시리우스A의 짝별, 곧 伴星인 시리우스B의 이야기다"[10]라고 단언한다. 이 외에도 숱한 해석이 나오고 있는 실정이며 이것은 비단 이 작품에만 국한된 현상도 아니다. 이상의 많은 작품들은 해석자에 따라 그 해석의 수가 나올 만큼 해석이 다양하며, 그 중에는 극과 극의 해석까지도 나오고 있다. 물론 문학 작품의 해석은 단일하지 않다. 하지만 이상의 문학 작품 해석은 편차가 커도 너무 크다는 것에 있으며, 그럼에도 그 해석들이 각기 다 나름대로의 설득력을 가진다는 특징을 지닌다. 그만큼 이상 문학은 모든 해석을 수렴해 버릴 수 있는 열린 텍스트인 것이다. 의미망이 오히려 촘촘하지 않기에 가능한 일이다. 바슐라르는 다음과 같이 말한다.

(인간의) 정신심리는 여타 다른 작용 속에서와 마찬가지로 문학[이라는] 능동적 언어 속에서도 변화와 안정을 서로 연결지으려 한다. 그것은 자기를

---

8 권영민 편, 『이상 전집』 1, 뿔, 2009, 333쪽 참고.
9 박현수, 『모더니즘과 포스트모더니즘의 수사학』, 소명출판, 2003, 203쪽 참고.
10 김학은, 『이상의 시 괴델의 수』, 보고사, 2014, 141쪽.

돕기도 하고 또 가둬버리기도 해버리는 인식습관 ― 개념들 ― 을 조직한다. 바로 이런 것이 安定, 한심한 안정(을 추구하는 인간의 정신심리의 한 단면) 이다. 그러나, 인간의 정신심리는 한편으로는 이미지를 새롭게 하기도 하는데, 변화가 창출되는 것은 바로 이러한 이미지에 의해서이다.

(…중략…)

언어가 제 고유의 위치에, 즉 인간 진보의 최첨봉에 놓이게 되는 즉시 언어는 자기가 지닌 이중적 탁월성을 드러내 보이는데, 즉 언어는 우리 속에 자신이 가진 명료함의 미덕과 꿈의 힘을 불어넣어 주는 것이다.[11]

바슐라르는 언어가 한편으로 명료함을 추구하지만, 한편으로는 오히려 새로운 이미지를 창출해내며 꿈의 힘을 불어넣을 수 있음을 짚어주고 있다. 이상의 작품 속에 쓰인 언어는 바슐라르가 짚고 있는 바로 이와 같은 역할을 충실히 수행하고 있다고 할 수 있다.

이미지의 파편화와 문맥의 허방은 단일하고 구체적인 의미체계를 형성하지 않고 각각의 이미지와 문맥들이 추상화처럼 이어붙여짐으로써 이상의 작품을 열린 텍스트가 되게 하는 것에 기여한다. 이미지가 구체적인 의미를 구성하지 않기에 텍스트를 보는 독자들은 자신들의 시각과 지각에 잡히는 이미지와 문맥을 포착하여 나름대로 의미를 형성하게 된다. 이로써 이상의 문학 작품은 마치 심리 검사에 활용되는 로샤Rorschach 검사 카드[12]와 같은 역할을 하게 되는 것이다. 보는 사람의 경험, 심리,

---

11 가스통 바슐라르, 정영란 역, 『공기와 꿈』, 민음사, 1993, 531~533쪽.
12 로샤 검사는 1921년 스위스 정신과 의사인 로르샤 흐(Herman Rorschach)에 의해 개발된 투사적 성격 검사로, 추상적 비구성적인 잉크반점을 조직하고 구조화하는 방식이 근본적으로 그 사람의 심리적 기능을 반영한다고 보고 시행하는 검사이다.

선입견, 관점에 따라서 텍스트는 얼마든지 다른 의미로 읽혀질 수 있다. 즉 이미지의 추상적 몽타주로 일어나는 환상성은 독자로 하여금 다양한 심리 투사를 가능하게 하고, 이 가능성은 이상의 문학이 1930년대라는 시대에 국한되지 않고 현대에 이르기까지 현재적으로 읽히며 다양한 해석을 양산하게 하는 역할까지 하고 있는 것이다.

3) 의식과 무의식 사이의 표류

이상의 작품 중에는 이상 사후死後 발표된 작품들이 있다. 그 작품들에는 언제 쓰여졌는지 알 수 있는 단서가 있는 작품들이 있는데, 「병상이후」라는 산문 역시 그러한 작품 중 하나이다. 이 「병상이후」는 『청색지』 1939년 5월 자에 발표되었는데, 작품의 말미에 "(義州通工事場에서)"라는 문구가 부기되어 있다. 이상은 경성고등공업학교를 졸업한 후 조선총독부 내무국 건축과 기수로 취직하여 1930년 4월부터 7월 사이 의주통 전매청 청사 설계 준공의 일을 맡은 것으로 알려져 있다.[13] 이상은 이 시기에 그의 첫 소설이자 유일한 장편소설인 『십이월십이일』을 써서 발표하기도 했다. 『십이월십이일』은 『조선』에 1930년 2월부터 12월호까지 연재되었던 작품이다. 또한 이 작품 속에는 「병상이후」에서와 같이 쓰여진 장소를 알려주는 '의주통공사장'이라는 표지가 세 차례에 걸쳐 나오는데 여기에는 이 표기와 함께 날짜가 병기된 것이 두 번

---

13 김주현 주해, 『정본 이상문학전집』(증보) 3, 소명출판, 2009, 144쪽, 각주 631번 참고.

이다. 이 표기를 보면 다음과 같다.

①— 一九三〇, 四, 二十六, 於義州通工事場 —
②— (一九三〇, 五, 於義州通工事場) —
③ 於義州通工事場 —

이 표기들과 연결지어 보면 「병상이후」라는 작품도, 이상이 처음 세상에 발표한 장편 『십이월십이일』이 쓰여졌던 때쯤 쓰여졌다는 것을 알 수 있다. 따라서 이 작품에 드러난 의식과 무의식의 관계를 어떻게 바라보느냐의 관점에 따라 이상 문학 전체를 바라보는 시각이 변화될 수 있다. 내용의 중점 분석을 위해 조금 길게 인용한 부분을 보면 다음과 같다.

　얼마동안이나 그의意識은 分明하였다. 貧弱한燈光밑헤 한쪽으로 기우러저가며 담벼락에 기대여있는 그의友人의「夢國風景」의 不運한作品을 물끄럼이 바라다보았다. 不素같으면 그 畵面이몹시눈이부시여서 (밤에만) 이렇게오랜동안을 繼續하야 바라볼수 없을것을 그만하야도 그의視覺은 刺戟에對하야 沒感覺이되였었다. 朦朧히 떠올나오는 그동안 數個月의 記憶이 (더욱이) 그를다시 夢現往來의昏睡狀態로 잇끌었다. 그 乱意識가운데서도 그는搖가왔다. —이것을나는 根本的인줄만알았다. 그때에 나는 果然 한때의 慘酷한乞人이였다. 그러나 오늘까지의거즛을버리고 참에서살아갈수있는「人間」이되었다— 나는 이렇게만 믿었다. 그러나, 그것도事實에있어서는 根本的은 아니였다. 感情으로만 살아나가는 가엽슨 한昆蟲의 內的波紋에지나지 안었든것을 나는 發見하였다. 나는 또한 나로서도 또 나의 周圍의 —모든것에게 對하야도또한무엇을

分明히創作(?)하였는데 그것이무슨모양인지 무엇인지等은 도모지記憶할길
이없는것은 當然한일이다.―

　그동안數個月―그는 極度의絶望속에살아왔다. (이런말이잇을수잇다면 그
는「죽어왔다」는것이더適確하겠다) 及其也 그가病床에씰어지지 아니하면아
니되였을瞬間―그는「죽엄은果然自然的으로왔라」를늣겼다. 그러나 하로 잇
흘 누어있는동안 生理的으로죽엄에갓가히까지에빠진 그는 타오르는듯한 希
望과 野慾을 가슴가득히채웠든것이다. 意識이自己로恢復되는 사히사히 그는
이오래간만에맛보는 새힘에 졸니웠다 (보채워졌다) 나날이말너들어가는
그의體軀가 그에게는 마치 鋼鐵로마든것으로만 決코 죽거나할것이아닌것으
로만自信되였다.

×

　그가 씰어지든 그날밤 (그前부터 그는두누었었다. 그러나意識을 일키始作
하기는 그날밤이 첫밤이였다) 그는 그의 友人에게서 길고긴편지를받었다.
그것은 글로서拙劣한것이였다하겠으나, 한純한人間의悲痛을 招한 人間記錄
이였다. 그는 그것을다읽는동안에 무서운 原始性의힘을 늣기였다. 그의가슴
속에는 보는동안에 캄캄한구름이 前後를가릴수도없이가득히 엉키워들었
다.「참을갖이고 나를對하야주는 이純한人間에게對하야 어째나는거즛을갖
이고 만박게는 對할수없는것은 이무슨슬퍼할만한일이냐」그는 그대로 배를
방바닥에대인채 업드리었다. 그의 앞흔몸과함께 그의마음도차즘차즘압하
들이왓다. 그는 더참을수는없었라. 原稿紙틈에 끙기워있는 3030用紙를끄내
여 한두자쓰기를 始作하였다.「그렇다 나는 確實히 거즛에살아왔다.―그때
에 나에게는 體驗을 伴侶한 무서운 動搖가왔다 ―이것을 나는根本的인줄만알
았다. 그때에 나는 果然 한때의 慘酷한乞人이였다 그러나 오늘까지의 거즛을버

리고 참에서살아갈수있는 「人間」이되였다―나는 이렇게만믿었다. 그러나 그
것도 事實에있어서는 根本的은 아니였다. 感情으로만 살아나가는 가엽슨한昆
蟲의 內波紋에지나지 안었든것을 나는 發見하였다. 나는또 한나로서도또 나의
周回의모―든것에게對면야서도, 차라리 여지껏以上의거즛에서 살지아니하하
아니되였다…云云」 이러한文句를 늘어놓는동안에 그는또한 몇절의짧은詩를
쓴것도記憶할수도있었다. 펜이 無聊히 조회우를滑走하는 동안에 그의 意識
은 차츰차츰朦朧하야드러갔다. 어느때 어느句節에서 무슨말을쓰다가펜을떠
러트리였는지 그의記憶에서는 全然알아내일길이없다. 그가 펜을든채로그대
로意識을잃고말아버린것만은 事實이다.

×

醫師도단여가고 몇일後, 醫師에게對한 그의 憤怒도식고 그의意識에 明朗한
時間이 次次로 많아졌을때 어느時間 그는벌서 아지못할根據 希望에 애태우는
人間으로 낳아났다. 「내가 이러나기만하면…」그에것는 「단테」의 新曲도 「다
빈치」의 「모나리자」도 아모것도 그의 마음대로 나올것만같었다. 그러나 오
즉 그의몸이 不健康한것이 한탓으로만녁여졌다. 그는 그友人의 길다란 편지
를 다시끄내여들었을때 前날의 어둔구름을 代力身야無限히 굳세인 「동지」라
는힘을 느꼇다. 「××氏! 아모쪼록 光明을 보시요!」그의눈은 이러한 句節의
쓰인곳에까지 다달았다. 그는 모르는사이에 입밖에 이런 부르지즘을 내이
기까지하였다. 「오냐 지금 나는 光明을보고있다」고. (義州通工事場에서)

― 「病床以後」(밑줄은 인용자)

이 작품은 인용된 부분 중 '×'를 기점으로 윗부분과 아랫부분의 내
용이 반복되고 있다. 반복은 반복이되 동일한 구문 반복이 아니라 비슷

한 내용을 조금씩 바꾸어가면서 반복하고 있다. 의식이 분명하지 않은 상태에서 글을 썼던 것을 기억한다는 것이 중심 줄기인데 밑줄 그은 부분이 혼몽한 의식 상태에서 썼다는 부분이다. 이 내용대로라면, 이 작품이 쓰여진 것이 이상 문학이 시작된 초기이기 때문에, 이후 발표된 작품들의 대다수가 이 범위에서 자유롭지 않다. 이는, 문법의 파괴라든가 여러 파편화된 이미지들의 몽타주 등이 어쩌면 의식적이고, 의도적인 기법으로서 활용한 것이 아니라 무의식 상태에서 쓴 글이기 때문인 것으로 생각할 수도 있다.

그런데 이 산문은 사실 그대로를 옮기고 있는 것이 아니다. 의식을 잃기 전 상황을 보면, 앞글에서는 친구로부터 그림을 받았었다. 그것을 보는 중 이진 몇 개월의 기억이 떠오르고 그로부터 '봉현왕래의 혼수상태'로 끌려들어간다. 그 속에서 밑줄 그은 부분을 쓰고 또 '무언가 굉장한 것을 창작' 했다는 사실을 떠올린다. 하지만 뒷글에 와서는 친구로부터 받은 것이 그림이 아니라 편지로 바뀌어 있다. 그리고 그 친구와의 관계를 생각하면서 마음이 아파 글을 쓰기 시작한다. 또한 글을 쓰기 시작하는 동기와 상태 역시 다르게 표현되어 있다. 지난 기억을 떠올리다 서서히 혼수상태로 끌려들어가는 와중에 글을 쓰기 시작하는 것이 아니라, 뒷글에서는 친구를 대하는 자신을 자책하며 마음이 아파 글을 쓰기 시작한 것이고 또한 '亂意識 가운데'라는 표현도 사라진다. 뒷글에서는 글을 어떤 용지에 썼는가의 구체성도 부가된다. 쓴 작품도 무언가 알지 못하는 것에서 '시'로 분명해진다. 기억을 잃은 장면을 서술한 뒤에 이어지는 부분도 큰 차이를 보인다. 앞글에서는 수개월 동안의 극도의 절망 속에서 죽음이 가까웠다고 느낄 무렵 타오르는 듯한 희망과 야망을 느끼고 새로운 의욕을 가진다. 한편 뒷글에서는 이 상황이 반대가 된다. 오히려 의식이 명랑해질 때 희망이 솟고 의욕에 불타는데 건강하지 못해서 작품을 쓰지 못하고 있을 뿐이다. 친구의 편지는 이런 그에게 새로운 희망을 샘솟게 한다. 요컨대 앞글에서는 자신의 상태만이 부각되어 있는 반면에 뒷글에서는 친구와의 관계성이 부각되어 있으며, 또한 더욱 구체적으로 이야기를 풀어나가고 있음을 발견할 수 있다.

왜 이렇게 구체성을 부가하며 다시쓰기를 한 것일까. 여기서 중요하게 보아야 할 점은 다른 부분들은 다 달라지는데, 의식을 잃기 전 썼다는 글 부분은 크게 달라지지 않았다는 점이다. 끝부분에 조금 더 첨가가 이루어졌을 뿐이다. 그리고 이때 글로 쓰기 시작한 부분을 표시하는 'Γ'의 시작 부분을 보면 앞글에서는 회상하는 글을 쓰기 시작하는 단계의 동요로 표현되던 것이 뒷글에서는 그 단계가 한 번 더 서술되고 있음을 알수 있다. 오히려 의식과 무의식의 사이에 쓰여진 글의 경우 그 내용을 바꾸지도 않았다는 것은 이상이 이 내용만큼은 확고하게 독자들에게 전달하고 싶었던 것이며, 강조하고 싶었던 것이라고도 볼 수 있지 않을까.

이 작품은 이상 사후에 발표되었기 때문에 이상이 살아있을 때 발표했다면 어떻게 달라졌을지 모른다. 현 상태처럼 두 부분 다 들어 있을수도 있다. 실제 이상의 생전 발표 작품들에서 같은 문구를 반복적으로 사용하는 것을 발견하는 것은 어렵지 않다. 혹은 어느 한 부분이 삭제되었을 수도 있다. 이 경우 상황 자체가 뒤바뀌어 있다는 것은 반복이 아니라 고쳐쓰기였을 가능성이 있다. 어떻게 발표되었을지 쉽사리 단정지을 수는 없지만, 이상이 이렇게 하나의 상황에 대해 다시쓰기를 시도했다는 것은 중요한 점을 시사한다. 그 하나는 이상의 말놀음처럼 보이는 작품들 역시 철저하게 계산되고 의도된 문학 기법일 것이라는 점이다. 의식이 분명할 때 쓰여졌든, 무의식 중에 쓰여졌든, 혹은 그 사이를 표류하면서 쓰여졌든 발표를 한다는 것은 의식적인 행위이다. 또한 이상은 발표를 하면서 자신의 이전 발표 작품을 부분 부분 바꾸어 발표를 한 사실 속에서도 의식적 행위임을 뒷받침한다. 그럼에도 작품 속에서는 의식과 무의식 사이를 표류하는 행위 묘사가 빈번하다.

> 장주(壯周)의꿈과갓치 ― 눈을부비여보앗슬때 머리는무겁고 무엇인가어둡기가싹이업는것이엿다 그은쩗동안에지나간 그의반생의축도를 그는조름속에서도 피곤한날개로한번휘거처 날아보앗는지도몰낫다 꿈을기억할수는업섯스나 꿈을쭈엇는지도 그것까지도알수는업섯다 그는어데인가 풍경업는세계에가서 실컷울다그울음이다하기전에새워진것만갓튼모―든 그의사고(思考)의상태는 무겁고 어두운것이엿다.
>
> ―『十二月十二日』

> 한개의밤동안을잣는지 두개의밤동안을잣는지 보산에게는쪽々이나스지안앗슬만하니 시계가아홉시를가르치고잇드라는우연한일이다.
>
> ―「休業과事情」

> 꿈 ― 꿈이면 좋겠다. 그렇나 나는 자는것이아니다. 누은것도아니다. 앉어서 나는 듯는다.
>
> ―「失花」

첫 번째 인용문에서는 장주의 호접몽 일화까지 활용하면서 현실과 꿈의 경계를 표류하는 상태를 드러내고, 두 번째 인용문에서는 시간 감각을 잃어버릴 만큼 불분명한 의식 세계를 형상화하며, 「실화」에서는 인용문을 재삼 반복하면서 현실 속에서 꿈 꾸기를 희망하지만 꿈은 아니면서도 현실은 꿈보다 더 아득하게 멀어지는 상태를 형상화한다. 특히 장주의 호접몽은 이 작품만이 아니라 다른 작품에서도 활용이 되고 있고, 『장자』의 구절들이 여러 번 이상의 작품에 인용되면서 최근 장자의 세계관과 연결지어 이상의 작품을 해석하는 경향들도 있다. 하지만 이상의 세계관을 장자와 곧바로 연결짓는 것은 재고해 보아야 한다. 이상은 당시 프로이트가 발견한 '무의식', '잠재의식' 등에 대해서도 알고 있었음이 그의 작품 속에서 발견되기 때문이다.

이상이 실제로 「병상 이후」라는 작품에서처럼 의식과 무의식의 사이를 표류할 때 글쓰기를 했을 수 있다. 그리고 이것을 의식이 명료할 때 보면서 오히려 이상은 이 글쓰기에서 자신이 말하고자 하는 것이 더 적실하게 표출되고 있음을 보았을 수 있다. 환각에 대해 집중적으로 연구한 올리버 색스는 "환각의 현상학은 종종 그와 관련된 뇌 구조 및 메커니즘을 드러내며, 그래서 뇌 기능을 더 직접적으로 들여다볼 수 있는 창이 된다"[14]고 말하기도 한다. 이상 역시 그의 무의식 상태 혹은 전의식 상태에서 쓴 글들을 보면서 그러한 점을 발견했을 수도 있는 것이다. 그리고 오히려 그의 글쓰기에서 그 특질들을 더욱 살려 사유의 메커니즘과 세계관을 표현하는 기법을 활용했을 가능성을 완전히 배제하기 어렵

---

14 올리버 색스, 김한영 역, 『환각』, 알마, 2013.

다. 무엇보다 이러한 가능성의 여러 범위를 생각해 볼 수밖에 없게 한다는 점이 이상 문학이 지니는 특징이며, 그의 문학 작품들에서 의식과 무의식 사이를 표류하는 환상성이 지니는 특징이다. 이는 다음 절에서 살펴볼 경계의 무화無化를 가능케 하는 전조이자, 그 자체이기도 하다.

2. 환상성 2겹 – 경계의 무화無化

1) 실제와 허구의 교착交錯

이상의 문학 작품은 시, 수필, 소설 등의 특성이 뒤섞여 있는 작품들이 많아서 장르를 변별하는 것이 쉽지 않다. 시, 수필, 소설 등의 장르 분류 기준 자체에 생각해볼 여지들이 내포되어 있지만, 그럼에도 우리는 통상적으로 이 세 장르를 분류하는 데 익숙하다. 그 분류 기준에서 소설과 수필을 나누는 데에는 허구성과 플롯의 유무, 시로 분류하는 데에는 운율의 유무 등이 가장 범박하게 통용되는 준거이다. 그런데 이상의 문학 작품들은 이 기준에 부합되는 요소들을 가려내어 분류하기가 모호한 작품들이 대다수이다.

이로 인해 이상 문학 전집을 편찬하는 이들의 기준에 따라 전집들마다 장르 분류에서 차이를 보이기도 한다. 예를 들면, 「김유정」을 임종국의 태성사판에서는 수필로 분류했으나 이후 나온 전집들에서는 소설로 분류하고 있다. 이후 나온 전집들 역시 모든 작품들에 대해 분류의 통일성을 보이고 있지는 않다. 가장 최근에 나온 전집인 김주현 주해본과, 권영민 편본에서도 차이가 보인다. 이 두 전집은 원문을 입력하였기 때문에 최근 연구자들이 가장 많이 참고하는데, 그렇기에 이 두 전집의 장르 분류에서 차이를 보이는 작품이 어떤 것인가를 살펴볼 필요가 있다. 우선 「불행한 계승」과 「공포의 기록」의 경우, 김주현 주해본에서는 소설로 분류했는데, 권영민이 엮은 전집에서는 수필로 분류되어 있다. 「실락원」과 「최저 낙원」의 경우, 김주현 본에는 시로 분류, 권영민 본에는 수필로 분류되어 있다. 또한 1960년대 발굴 자료 중 대다수를 김주현 본에서는 시로 분류한 데 반해 권영민은 수필집 속에 '단상 또는 창작 노트'라는 명칭으로 분류하였다. 이 전에 이미 몇 차례 전집들이 출판되어 있음에도 새롭게 전집을 엮는 과정에서 장르 분류가 엮은이마다 달라지는 이유는 그만큼 이상의 문학 작품이 장르 분류를 하기 어렵다는 것을 방증한다.

전집들에서 동일한 분류를 하고 있는 작품이라고 해서 장르 분류의 논란거리가 완전히 사라지는 것은 아니다. 예를 들어 「지팡이역사」는 모든 전집들이 소설로 분류를 해 놓았지만, 이 작품의 문체는 모든 전집들이 수필로 분류해놓은 「산촌여정」이나 「슬픈 이야기」 등의 문체와 차이가 별로 없다.

　①대체로 이 黃海線이라는 철도의 「레일」 폭은 너무 좁아서 쪽 「튜럭크레일」 폭만한 것이 참 앙죽스럽습니다 그리로 굴너 단이는 기차 그 기차를 끌고 달니는 기관차야말로 가엽서 눈물이 날지경입니다

— 「집팽이 轢死」

②밤이 되엿슴니다. 초열흘갓가운달이 초저녁이 조곰지나면 나옵니다 마당에 멍석을펴고 傳說갓혼 市民이 모혀듭니다 蓄音機압헤서 고개를갸웃거리는北極 「펭귄」새들이나 무엇이 다르겟슴닛가.

— 「山村餘情」

③거기도 언젠가 한번은 왓다간일이있는 港口입니다. 날이 좀흐렸읍니다. 반찬도 맛이 없읍니다. 젊은 사람이 젊은女人을 곁에세우고 우체통에 편지를 넣슴니다. 찰삭—어둠은 물과같이 출넝출넝 하나봅니다.

— 「슬푼이야기」

①은 소설로 분류된 「지팡이역사」고, ②와 ③은 수필로 분류된 「산촌 여정」과 「슬픈 이야기」인데, 문장 표현과 묘사 등에서 거의 차이를 찾아볼 수 없다. 뿐만 아니라 이야기 구성 등도 전반적으로 큰 차이가 보이지 않는다. 단지 시간과 공간, 그리고 등장 인물만 다를 뿐이다. 그런데 어떤 것은 소설이 되고 어떤 것은 수필로 분류가 된 것이다. 모두 수필로 분류해 놓은 「산책의 가을」은 왜 수필인가. 『중앙』에 실린 「지비」와 비교를 해 보면 문체 등에서 크게 구별되지 않는다. 또한 모두 시로 분류하고 있는『카톨릭청년』의 「이런 시」는 왜 시로 분류해야 했나. 그 안에 자신이 썼다는 '시'가 인용되고는 있지만 「산책의 가을」을 수필로 분류한다면 「이런 시」 역시 수필로 분류되어도 무방한 듯하다.

이상의 작품에 대해 이렇듯 장르 분류를 하기 어렵다는 것은 일찍이 최재서에 의해서도 언급된 바 있다. 최재서는 1937년 5월 15일에 있었던 이상의 추도회에서 「고故 이상의 예술」[15]이라는 글을 낭독한 바 있는

데, 거기에서 이상의 소설은 소설의 전통적 요소를 가지고 있지 않은 "실험적 소설"이라고 규정한다.

이처럼 장르 분류를 힘들게 하는 원인은 여러 가지가 있겠지만 가장 뚜렷한 것 하나는, 줄글로 쓰인 이상의 전집으로 들어 있는 작품에서 실제와 허구의 구별이 분명하지 않다는 점에서 기인한다. 현재 소설로 분류된 많은 작품에서 이상은 실제 자신을 등장시켜 글을 썼다. 자기의 실제 이름 혹은 필명의 인물을 등장시킨 작품이 많으며, 그 외의 주변 인물도 확인 가능한 실명을 밝힌 작품이 있다. 「휴업과 사정」에서는 '보산'이라는 이름의 인물이 중심 인물로 등장하는데, 이 역시 작가 자신을 등장시킨 것이라 할 수 있다. 이 작품을 발표할 때 필명이 '보산'이었기 때문이다.

그런데 작품에서 작가의 이름이 그대로 표출될 때 독자는 일종의 '수기'처럼 받아들이기가 쉽다. 다시 말해 작품 안에 표현된 일들이 실제 일어났던 일이라고 독자는 믿게 되는 것이다. 등장 인물에서 주변 인물들의 이름은 특정 이름이 아니라 이니셜을 쓰는 경우가 많은데 이 경우 '실제'라는 믿음을 약화시키는 것이 아니라 오히려 강화시키는 것에 이바지한다. 자기 자신 이외의 인물들의 프라이버시를 지켜주기 위해서 이니셜로 표현하는 것처럼 생각하게 만들기 때문이다. 게다가 이렇게 작가가 반복해서 자기 자신을 그대로 노출하는 것처럼 글을 쓰게 되면 이후 실제 작가의 이름이나 필명이 작품 속에 등장하지 않더라도 '등장 인물=작가'로 연결해 생각하게 만든다. 이를 방증하듯 등장 인물의 이

---

15 이 글은 1938년 '인문사'에서 출판한 최재서의 평론집 『문학과 지성』에 수록되어 있다.

름을 실명으로 쓰지 않았는데도 실제 인물들을 모델로 했다는 주장이 주변인들의 증언과 후세대의 연구 과정에서 나오기도 했다.[16] 「날개」의 경우만 하더라도 작가의 필명이나 이름이 나오지 않는데도 이후 이상의 주변 인물부터 현대의 연구자들까지 작품 속 '나'를 '이상'과 동일시하여 바라보기도 했다.

　실제 인물을 모델로 하고, 실제 인물의 이름을 그대로 쓴 것만이 실제와 허구의 길항을 일으키고, 환상적 감응을 자아내는 것은 아니다. 많은 소설 작품들이 이렇게 쓰이기도 하지만, 그 요소들이 허구를 좀 더 현실감 있게 받아들이거나, 또는 실제를 좀 더 흥미진진하게 느끼게 하는 데 기여하는 것이 보편적이다. 이상의 작품에서 실제와 허구의 길항이 일어나고 그를 통해 환상적 감응을 불러일으키는 것은, 전지적 화자의 직접 개입이라든가, 시점의 교란, 또는 등장 인물의 분열과 중첩, 혹은 인물의 실제적 행위와 내면적 행위의 경계 없는 직조 등을 통해 더욱 강화된다.

　다음의 예시는 『십이월십이일』의 8회 말미에서 화자의 목소리가 직접 삽입되는 부분이다.

　　(모든사건이라는일홈붓틀만한것들은다 ― 끗낫다 오즉이제남은것은

---

16 문종혁은 「몇 가지 이의」라는 글을 통해, 이상의 작품 속 인물들이 누구인가를 말하고 있는데, 그에 따르면 이상의 작품 중 「병상이후」에 등장하는 벗은 자기 자신이라는 것, 「지주회시」는 자신과, 이상의 동거녀였던 금홍이 등장한다는 것, 「날개」와 「봉별기」에는 금홍이 등장을 하고, 「실화」, 「동해」, 「종생기」, 「환시기」 등은 변동림과의 일이 중심이 되어 있다는 것 등이다. 그러나 최근 이상이 최정희에게 보냈다는 편지가 발굴됨으로써, 「종생기」에 나오는 '정희'라는 인물의 모델이 바로 최정희가 아니겠느냐는 추측도 나오고 있다.

「그」라는인간의갈길을 그리하야갈곳을선택하며 지정하야주는일쑌이다 「그」라는한인간은 이제인간이인간에서넘어야만할고개이최후의첨편에저 립하고잇다 이제그는그자신을완성하기위하야 그리하야 인간의한단편으 로서의종식終熄을위하야 어늬길이고것지안이하면안이될단말이新太魔다.

　작자는「그」로하야금 인간세계에서구원밧게하야보기위하야 잇는대로긔 회와사건을주엇다 그러나 그는구조되지안앗다 각자는령혼을인정한다는것 이안이다 작자는아마누구보다도령혼을밋지안이하는자에속할는지도몰은 다 그러나그에게령혼이라는것을부여賦與치안이하고는 ― 즉다시하면 그를 구하는최후에남은한방책은 오즉 그에게령혼靈魂이라는것을부여하는것하나 가남엇다.) ―

―『十二月十二日』

　서사의 흐름과 어울리지 않는 화자의 목소리가 돌출하는 것도 낯설 지만, 괄호 친 부분에서 말하고 있듯이 모든 사건이라는 것이 끝나고 에 필로그처럼 덧붙이는 작가의 말이라고 보면 그것 정도는 그럴 수 있을 법하다고 여겨진다. 그런데 이 작가의 직접 개입은, 갑작스런 돌출보다 작가와 등장 인물 간의 관계 설정을 더욱 낯설게 만들고 있다는 것이 더 욱 주목된다. 등장 인물이 작가의 의지대로 움직이는 존재가 아니라 그 자체로 생명력을 가진 존재라는 것, 오히려 등장 인물로 인해 화자의 의 지와 행위가 변할 수도 있음을 드러내는 이 내용은 독자를 미궁으로 이 끈다. 이것은 허구 세계와 실제 세계 간의 경계를 모호하게 하고 있으면 서, 만들어진 세계임에도 그 만들어진 세계가 오히려 실제적 힘을 행사 하는 것만 같은 환상적 세계를 만들어낸다.

작가의 목소리가 표면에 등장하는 것은 『십이월십이일』에서만이 아니다. 이상은 여러 작품 속에 이상 자신의 분신 같은, 이야기를 상상하고 만들어내는 인물을 등장시킨다. 이 역시 이미 만들어진 세계 안의 존재라는 것을 감안한다면 실제와 허구의 교착이 끊임없이 일어나고 있는 것이다. 『십이월십이일』에서는 그나마 중심이 되는 서사의 흐름이 '작가'에 의해 만들어진 세계라는 것을 위에서처럼 분명하게 드러냈었다. 하지만 그의 단편 「동해」에서는 그 경계마저 모호해지면서 작품 속에 일어나는 사건들이, 등장 인물이 실제 경험하는 일인지, 그의 상상 속에서 일어나는 일인지를 구분하는 것마저 독자로 하여금 쉽지 않게 만든다.

「동해」는 전체 여섯 부분으로 나누어져 각기 소제목을 달고 있다. 소제목들은 순서대로 「촉각」, 「패배시작」, 「걸인반대」, 「명시」, 「TEXT」, 「전질」이다. 첫 번째 장인 「촉각」에서의 이야기 중심은 '나'가 '윤'하고 있다가 온 '임'이와 한 방에서 대화를 주고받는 것이다. 두 번째 장인 「패배시작」은 밖에 나갔다 들어온 '임'이와 대화를 주고받다가 '임'이 장을 보러나갔다 들어온 뒤 또 대화를 하는 것으로 이루어져 있다. 「걸인반대」는 '나'가 '임'이와 '윤'의 집을 갔는데 부재중이어서 못 만났다가 나중에 만나서 서로 대화를 주고받는 이야기가 펼쳐진다. 「명시」에서는 '윤'과 대화를 나누다 'T'를 만날 생각을 하면서 '임'이를 '윤'과 극장에 가라고 한다. 「TEXT」는 '임'이의 말에 '나'가 '評'을 다는 방식으로 서술되어 있다. 「전질」은 '나'가 'T'와 만나 술을 마시다 '윤'과 '임'이 간 극장으로 가 극장문앞에서 마주친 '윤'과 몇마디 대화를 나누다 '윤'과 '임'을 먼저 보낸 뒤 '나'는 'T'와 영화를 보고 텅 빈 객석에 앉아 상념에 빠지는 것으로 끝난다. 이렇게 각 장의 중심 서사를 서술하면, 「TEXT」 부분을 제외하고 스토리가 자연스럽게 이어지는 것처럼 보인다. 문제는 이 각 장에서 펼쳐지는 이야기를 이끌어내는 방식에 있다. 소제목을 달고 있는 처음 세 부분은 각기 다음과 같이 시작한다.

○ 觸覺

觸角이 이런 情景을 圖解한다.

悠久한 歲月에서 눈뜨니 보자, 나는 郊外 淨乾한 한방에 누어 自給自足하고 있다. 눈을 들어 방을 살피면 방은 追憶처럼 着席한다. 또 창이 어둑어둑 하다.

不遠間 나는 굳이지킬 한개 슈―트 케―스를 발견하고 놀라야한다. 계속하여 그 슈―트 케―스 곁에 花草처럼 놓여있는 한 젊은 女人도 발견한다.

나는 실없이 疑訝하기도해서 좀 처다보면 각시가 방긋이 웃는것이아니냐. 하하, 이것은 기억에있다

○ 敗北시작

이런 情景은 어떨까? 내가 理髮所에서 理髮을하는중에―

理髮師는 낯익은 칼 을 들고 내 수염 많이난 턱을 치켜든다.

「임자는 刺客입니까」

하고싶지만 이런소리를 여기 理髮師를보고도 막 한다는것은 어쩐지 아내라는 존재를 是認하기 시작한나로서 좀 良心에안된일이 아닐까 한다.

싹뚝, 싹뚝, 싹뚝, 싹뚝,

나쓰미캉 두개 外에는 또 무엇이 채용이 되었던가 암만해도 생각이 나지 않는다. 무엇일까.

○ 乞人反對

이런 情景 마저 불쑥 내어놓는날이면 이번 復讐行爲는 完璧으로호지부지 하리라. 적어도 完璧에 가깝기는하리라.

　이 세 부분의 시작 부분을 보면 이 부분들에서 제시한 이야기가 작품 속 인물인 '나'가 실제 경험한 이야기가 아니라 머릿속에서 상상한 이야기를 풀어놓은 것이라고 짐작하게 한다. 맨 처음 '촉각이 이런 정경을 도해한다'는 문구는, 감각으로 어떤 정경을 포착한다는 진술처럼 보이기도 하지만, 두 번째와 세 번째 시작 부분과 맞물리면서 그 역시 실제 감각이 아니라 머릿속에서 상상한 이야기를 풀어내 놓는 것을 말하는 것으로 해석된다. 이런 해석을 뒷받침하는 것은 그 뒤에 이어지는 서술에서 보여지는 '불원간 놀라야 한다'는 표현이다. 일어나지 않은 일을 가정해서 어찌해야 한다고 작정하는 것이다. 두 번째 소제목의 시작 부분에서 '이런 정경은 어떨까?'라고 묻는 것은 처음 정경에 이어 두 번째로 상상한 이야기를 풀어낸다는 것, 세 번째 소제목 시작 부분의 '이런 정경마저 도해한다면'이라는 서술은 이 각각의 이야기가 따로따로 상상하는 장면 연출임을 드러내는 것이다. 즉 중심 서사만 추려놓고 보면 스토리가 하나로 이어지는 것 같은 이야기가 실은 따로따로 상상해서 만들어낸 각각의 정경이 된다.

　이것이 만들어낸 허구라는 사실은 위의 「패배시작」 예시의 마지막 문장인 "나쓰미캉 두 개 外에는 또 무엇이 채용이 되었던가 암만해도 생각이 나지 않는다. 무엇일까"라는 부분에서 그 단서를 드러내기도 한다. 문맥상 갑작스럽게 돌출하는 이 문장은 앞과 뒤의 연결로 볼 때는 도대체 무슨 상념인지 종잡을 수 없다. 하지만 이 작품과 다른 작품을 비교해 보면 이게 무엇을 말하는지 아주 쉽게 그 단서를 찾을 수 있기도 하다. 이 「동해」라는 소설 작품은 이 작품보다 앞서 발표된 「I WED A TOY BRIDE」와 긴밀하게 연결되어 있는데, 그 작품에서 '밀감' 두 개가 소재로 활용되었다. 그리고 「동해」에서 이 작품을 확대하여 이야기를 구성하고 있음을 이렇게 드러내고 있다.

이 이야기가 서사 속 '나'에 의해 만들어진 허구라는 걸 좀 더 분명하게 드러내는 부분은 중심 서사의 중간에 불쑥 끼어드는 「TEXT」라는 소제목을 단 부분이다. 이 부분은 '임'이가 말을 하면 '나'가 그에 대해 '평'을 하는 방식으로 전개되는데, 중간에 제시되는 '평'에 다음과 같은 서술이 들어 있다.

評―나는 싫어도 요만큼 다가선位置에서 姫이를說論하려드는 대쉬의 姿勢를 취소해야 하겠다 (…중략…)

나 스스로도 不快할 에필로―그로 貴下들을引導하기위하여 다음과같은 薄氷을 밟는듯한 會話를 組織하마.

'귀하'는 독자들을 일컫는다. 그런데 그 독자들을 위하여 "박빙을 밟는 듯한 회화를 조직"하겠다는 것이다. 그리고 나서 '임'의 말에 '평'을 다는 방식의 서술방식을 바꾸어 '임'과 '나'의 대화로 이끌어간다. '나'라는 인물의 위와 같은 진술들로 인해, 인물에 의해 상상된 세계와 그 인물의 실제 세계가 착종되어 이 단편 속에서 일어나는 사건의 실체를 독자들이 명확하게 짚어내기 어렵게 만드는 환상성은, 또 하나의 장치인 의식과 무의식의 경계가 모호한 특징과 어우러지면서 환상성이 배가된다. 「동해」의 두 번째 소제목을 달고 있는 「패배시작」 부분은 위에 제시한 예문 뒤에 다음과 같은 장면이 전개된다.

> 그러다가 悠久한歲月에서 쫓겨나듯이 눈을 뜨면, 거기는 理髮所도 아무데도아니고 新房이다. 나는 엊저녁에 결혼 했단다.
>
> 창으로 기웃거리면서 참새가 그렇게 으젓스럽게 싹뚝거리는것이다. 내 수염은 조곰도 없어지진 않았고.
>
> 그러나 큰일난것이 하나 있다. 즉 내곁에 누워서 普通 아침잠을 자고있어야할 신부가 온데간데가 없다. 하하, 그럼 아까내가 理髮所걸상에 누워있든 것이 그쪽이 아마 생시드구나, 하다가도 또 이렇게까지 역력한 꿈 이라는 것도 없을줄 믿고싶다.

이 부분에서 이발소에 있던 것이 꿈이었는지, 생시였는지를 혼동하는 것은 예시문 뒤에 등장하는 '그러나'로 이어지는 신부의 등장으로 말미암아 '이발소에 있던 것이 꿈'이라는 것을 독자들이 알아차리게끔 만든다. 하지만 그렇게 인식하고 보는 순간, 이게 등장 인물이 실제 일어난 일을 말하는 것인지, 상상을 풀어내는 것인지 다시금 혼동할 수밖에 없다. 왜 그런지 이야기의 관계를 보기 위하여 의미상 연결되는 것끼리 기호로 표기하여 진술은 소문자 알파벳, 그 뒤에 일어나는 장면은 대문자로 정리해 보면 다음과 같다.

「촉각」   a1) A1)이 '나'의 상상임을 암시하는 진술

A1) '나'가 '임'이와 대화하는 장면

「패배시작」　　a2) B)가 '나'의 상상임을 암시하는 진술

B) '나'가 이발소에 있는 장면

b) B)가 '나'의 꿈이었음을 암시하는 진술

A2) '나'가 '임'이와 대화하는 장면

　「패배시작」에서 b)의 진술에 의해 B)가 꿈이고 A2)가 실제가 되었다. 그런데 A2)는 「촉각」의 A1)의 연장에 있는 이야기이다. A1)은 a1)의 진술에 의해 상상 속에서 만들어진 허구이다. 이렇게 되면 이야기의 구조는 몇 겹의 체계로 이루어진다.

　「동해」는 앞의 두 부분만을 놓고 보면 이렇게 몇 겹의 중층으로 이루어진 이야기 세계이다. 앞의 두 장을 읽으면서 간신히 여기까지 이야기 구조를 파악하여 실제와 허구의 세계가 어떻게 형성되어 있는지 감을 잡았다고 해도, 이 이야기 구조는 뒷부분에 가면 다시 혼란을 일으키게 된다. 세 번째 부분까지는 '정경을 도해한다'는 진술로 '나'가 만들어낸 허구의 세계임을 암시하지만 네 번째 부분에 가서는 「명시」라는 소제목을 달고 아무런 진술 없이 '임'이와의 일이 전개가 된다. 이 부분에서 다시 허구와 실제의 벽이 허물어진다. 하지만 또 그 뒤에 '임'이의 존재는 「TEXT」라는 소제목과 연결되어 다시 '나'의 허구의 세계로 미끄러져 들어간다.

　이렇게 이상은 실제와 이야기 공간의 허구 사이의 경계를 허무는가 하면, 이야기 세계 속에서마저 실제와 허구의 경계를 모호하게 하면서

```
┌─────────────────────────────────────────────────┐
│ ┌─────────────────────────────────────────────┐ │
│ │ ┌─────────────────────────────────────────┐ │ │
│ │ │ '나'의 상상(a2) 속 세계─이발소에 '나'가 앉아있는 세계 │ │ │
│ │ └─────────────────────────────────────────┘ │ │
│ │   '나'의 꿈속(b) 세계─상상하는 '나'가 존재하는 세계     │ │
│ │ ┌─────────────────────────────────────────────┐
│ │   '나'의 상상(al) 속에서 만들어진 세계               │ │
│ │       ─'임'이와 대화를 나누는 세계                  │ │
│ │ └─────────────────────────────────────────────┘
│   작가에 의해 만들어진 '나'가 실재하는 이야기 세계─「동해」    │
│ └─────────────────────────────────────────────────┘
│         작가가 실재하는 세계                          │
└─────────────────────────────────────────────────────┘
```

환상성을 발현시킨다. 따라서 이상 작품에서 실제 혹은 실체가 무엇인가를 짚어내는 것은 쉽지 않다. 이상은 이러한 생각을 여러 곳에서 간접적으로 드러내기도 하였다. 일례를 보면 다음과 같다.

地球를模型으로만들어진地球儀를模型으로만들어진地球.

—「建築無限六面角體」 중 「AU MAGASIN DE NOUVEAUTES」

거울에열닌들창에서 그는리상─이상히이일흠은 그의그것과쏙갓거니와─을맛난다 리상은그와쏙갓치 운동복의준비를차렷는데 다만리상은그와달라서 아모것도하지안는다하면 리상은어데가서하로종일잇단말이요 하고십허한다.

—「地圖의暗室」

앞 인용 시의 문구는 '지구'와 '지구의'의 경계를 허물고 있다. 앞 부분에서는 '지구'를 모형으로 '지구의'가 만들어졌다는 것을 언급하는데, 뒷부분에서는 이것이 다시 뒤집어져서 '지구의'를 모형으로 '지구'가 만들어진 것이 언급된다. 상식적으로 생각하면 당연히 '지구'를 모형으로 '지구의'가 만들어진 것이 분명한데, 이상은 이러한 상식을 뒤집어버리는 것이다. 뿐만 아니라 아래의 소설에서 보면 거울에 보이는 자신의 모습마저 자신과 동일시한다. 거울에 나타난 모습은 단지 이미지일 뿐이다. 그런데 그 이미지를 실체화하고 있는 것이다. 어느 것이 먼저이고 나중인가, 어느 것이 실체이고 허상인가, 어느 것이 실제이고 허구인가 그것을 가름하는 경계를 무화시키는 방식으로 이상은 환상성을 표출하고 있다.

2) 시간과 공간의 변조變調

시간과 공간에 대한 천착은 이상 문학의 전반에 깔려 있는 핵심 줄기 가운데 하나이다. 이상이 맨 처음 소설의 형식으로 발표한 글이 『조선』에 실린 『십이월십이월』이라면, 시의 형식으로 제일 먼저 발표한 글은 『조선과 건축』에 실린 「이상한 가역반응」이다. 이 시는 다음과 같이 시작한다.

任意의半徑의圓(過去分詞의時勢)

圓內의一點과圓外의一點과를結付한直線

二種類의存在의時間的影響性

(우리는이사실에관해무관심하다)

—「異常한可逆反應」

　임의의 반지름의 원, 그리고 그 원 내의 한 점과 원 외의 한 점을 연결한 직선, 이것들은 평면적으로 이루어지는 개념이라는 것이 우리에게 인식되어 있다. 그런데 이상은 '임의의 반지름의 원' 옆의 괄호 안에 '과거분사의 시세'라는 문구를 넣음으로써 원이라는 도형에 시간성과 상황성을 연결한다. 이 시보다 앞서 발표한 소설 형식의 『십이월십이일』 역시 그 제목에 시간성이 담겨 있다. 뿐만 아니라 그 일자에 주인공의 중요한 행위가 반복해서 일어난다는 것을 말함으로써 시간에 대한 이상의 관심을 드러낸다.

　「이상한 가역반응」에서 특히 주목해서 봐야 할 부분은 '두 종류의 존재의 시간적 영향성'에 대해 무관심하다는 것을 언급하는 부분이다. '두 종류의 시간적 영향성'은 두 가지 의미로 읽힌다. '원'과 '직선'의 시간적 영향성을 지칭하는 것, 그것과 별개로 어떤 존재 두 종류의 시간적 영향성을 의미하는 것이 그것이다. 이 둘 중 어느 쪽이든 우리에게 '시간'에 대한 의미를 다시 생각해보게 한다는 점이 중요하다. 이후 이상은 그의 작품들을 통해 계속해서 그 의미를 탐색하기 때문이다.

　이상의 서사 작품에서의 시간은 보편적 사람들이 경험하는 시간과 다르거나, 순차적이고 등질적인 시간과는 거리가 먼 형태를 띠고 드러날 때가 많다. 일반인들이 경험하는 시간과 이질적인 면모가 강한 대표적인 예는 서사 작품 속에서 중심 인물이 경험하는 '낮에 잠자고 밤에

깨어있는' 일상생활의 뒤집힌 시간이다. 그래서 그의 작품들 속에는 일 상생활의 뒤집힌 시간으로 인한 역설적 표현이 자주 등장한다. 몇 개의 예를 보면 다음과 같다.

태양이 양지짝처럼나려쪼이는밤

— 「地圖의暗室」

아츰오후두시

— 「休業과事情」

늦은아침—오후네시—

— 「<ruby>鼈<rt></rt></ruby>의會家」

밤에 태양이 양지짝처럼 내려쪼이고, 아침이 오후이기도 한 이러한 언술은, 표면적으로는 역설이지만 이 서사들 속에서 그 이면을 들추면 중심 인물의 생활습관과 연결된 표현이라는 것을 알 수 있다. 때로는 서 사 속 인물의 직접적 언술을 통해, 때로는 유추를 통해 드러난다. 하지 만 이런 역설적 표현이 나올 경우 이미 독자들에게 '아침'을 '오후'로 여 길 수도 있다는, 혹은 병치될 수도 있다는 이미지를 갖게 함으로써 평범 한 시간에 대한 인식 자체를 흔드는 역할을 한다. 게다가 이상 작품에서 는 낮과 밤의 치환만이 아니라 순차적이고 등질적인 시간의 속성과 어 긋나는 역설적 시간 표현이 빈번하게 출현한다.

① 시계도칠랴거든칠 것이다 하는마음보로는한시간만에세번을치고삼분이남은후에육십삼분만에처도너할대로내버려두어버리는마음을먹어버리는관대한세월은 그에게이새에 시작된다.

— 「地圖의暗室」

② 시계가세시를첫다. 보산의오후가탓다. 밤은너무가고요하야서째로는시계도젝걱어리기를쓰리는듯이 그네지를자고고만두려고만드는것갓핫다.

— 「休業과事情」

③ 아아그러면된다보산은깃분생각이 아츰의기분을상쾌히한것을조와하면서 변소를나스면 삼십분이라는적지안이한시간이업서젓다.

— 「休業과事情」

④ 오후네시. 다른시간은다어디갔나. 대수냐. 하루가한시간도없는것이라기로서니무슨성화가생기나.

— 「鼅鼄會豕」

'시계'라는 것은 시간을 등질적으로 나누어 표시해주는 기계장치이다. 그런데, 이 등질적인 시각을 나타내는 기계마저 이상의 주관적 세계 속에서는 그러한 속성을 잃어버린다. ①에서는 이상의 주관적 시간 관념 속에서 비등질적인 시각을 나타내는 존재로 치환되거나, ②에서처럼 시계가 의식을 가진 존재로 비유되면서 등질적인 시간 개념을 거스르려는 존재가 된다. ③은 주관적인 시간 관념을 좀 더 적극적으로 드러낸다. '삼십분이라는 시간이 없어졌다'는 표현은 우리가 보통 '시간 없어'라는 표현을 쓰는 것처럼 비유적으로 쓰인 것으로 생각할 수도 있으나, 이것이 단지 그런 것만이 아니라 이상의 독특한 시간 관념을 드러내는 표현이라는 것을 예시 ④를 보면 알 수 있다. '하루 한 시간도 없어도 된다'는 이런 표현은 시간이라는 존재 자체로 이루어지는 '하루'를 부인하는 표현이고, ②의 '없어졌다'라는 표현 역시 그러한 관념의 연속 선상에서 나온 것으로 볼 수 있는 것이다.

이러한 시간 표현들이 서사적 흐름 속에서 비유로 작동하는 것이라고 할지라도 이는 단순한 비유 이상의 의미를 띤다. 시간에 대한 절대적인 관념이 해체되지 않고는 나올 수 없는 비유들이기 때문이다. 이상 작품들 속에는 시간만이 아니라 공간 역시 상식적 범주에서 벗어나는 공간으로 표현되는데, 일례를 보면 다음과 같다.

> 그는압과오는시간을입은 사람이든지길이든지 거러버리고거더차고싸와대이고십헛다 벗겨도옷벗 겨도옷 벗겨도옷 벗겨도옷 인다음에야거더 도길 거더 도길인다음에야 한군데버틔고서서 물너나지만안코 싸와대이기만이 라도하고십헛다.

> 그의산은평지보다나즌곳에 처어저서그쌘만안이라 움푹오므러들어잇섯다
>
> ―「地圖의暗室」

앞의 예시에서는 길이라는 장소를 걸어버릴 수 있는 물질로 표상한다. 시간을 '옷'으로 형상화한 것과 맞물리는 지점에서 형성된 언술이

다.[17] 뒤의 예시에서는 '산은 평지보다 높은 곳에 위치하며 볼록 솟아있다'는 일상적 지식과 상식을 해체하고 있다. 이렇듯 절대적 시간과 공간 개념을 해체하는 것에서 그치는 것이 아니라 시간과 공간의 경계를 해체하는 표현으로까지 나아간다.

> 밤은밤을밀고 밤은밤에게밀니우고하야 그는밤의밀집부대의 숙으로ゝゝゝ점ゝ깊히들어가는 모험

> 그에게는가장넓은 이벌판이발근밤이여서 가장좁고갑ゝ한것인것갓흔것은 완전히니저버릴수잇는것이다
>
> ——「地圖의暗室」

> 오후네시. 옴겨앉은아침 — 여기가아침이냐.
>
> ——「鼅鼄會豕」

위의 예문들에서는 '밤'의 공간화, 시간적 배경으로 인한 공간 인식의 변화, '아침'의 장소화가 이루어지고 있는데, 이와 같은 표현들 역시 이상의 다른 작품들과 연계될 때 단순한 비유 이상의 의미를 갖는다. 20세기는 시간과 공간에 대한 인식의 전회가 이루어진 시기이다. 이는 아인

---

17 권영민 편본에서는 현대어로 바꾸면서 '거더'를 '거러'의 오식으로 보아 '걸어'로 바꾸었는데, 이는 재고해볼 필요가 있다. 같은 작품에서 걸음을 걷는 '걸어'는 여러 번 나오는데, 모두 '걸어'로 제대로 표현되고 있기 때문이다. 더욱이 '걸어'의 표현이었다면 두 번 연속 나오는 표현이 모두 오식이었다는 것인데, 이보다는 '걸어'의 연음으로 '거더'가 되었다고 보는 것이 더욱 타당하다.

슈타인이 제시한 상대성 이론에 의해서라고 할 수 있다. 뉴턴은 시간이 변하지 않으며 절대적인 것으로 생각했으나 아인슈타인은 시간이 관측자마다 다른 속도로 흐를 수 있는 상대적인 것을 밝혀내었다. 공간에 대해서도 뉴턴은 절대적 개념으로 이해했다. 공간이 절대적이어서 우주 도처에 있는 모든 사람에게 똑같다고 생각했다. 그러나 아인슈타인은 시간과 공간이 분리될 수 없으며, 시간과 공간은 중력과 밀접한 연관을 맺고 있어 공간이 휘어지고 뒤틀릴 수 있으며 지역에 따라 휘어지는 양도 다를 수 있다는 것을 입증했다. 이는 인식의 획기적인 전환을 요구하는 발견이었다. 이상은 이러한 과학적 발견을 문학적으로 형상화한 것이다.

아인슈타인의 상대성 원리는 『동아일보』에서 1922년 2월 23일부터 3월 3일까지 7회에 걸쳐 소개되기도 했었다. 처음 이틀은 '세계의 삼대 괴물'이라는 소제목으로 전체적인 소개를 한 뒤, 이어 아인슈타인의 핵심 원리들을 소개한다. 특히 '시간과 공간의 관념'에 대해서는 2회에 걸쳐 비교적 상세하게 소개[18]한다. 이뿐만 아니라 이 신문은 이후에도 계속해서 '상대론의 물리학적 원리'라는 제목으로 상대성 원리를 알리는 칼럼을 게재[19]하는가 하면, '아인스타인은 누구인가'라는 칼럼[20]을 통해 그를 소개하고, 아인슈타인이 동경을 방문하여 강연한다는 소식과 유학

---

18 이 칼럼에서 아인슈타인 이론을 설명하면서 붙인 소제목을 보면 다음과 같다.
    1. 천문학의 혁명
    2. 에텔 부인설
    3. 철학상 의의
    4. 최대 속도
    5. 시간과 공간의 관념
19 『동아일보』, 1922.11.14~17. 4회 연재.
20 『동아일보』, 1922.11.18~19. 2회 연재.

생들이 아인슈타인의 상대성 원리에 대해 강연한다는 소식 등을 수차례에 걸쳐 게재한다. 이는 비단 『동아일보』에 국한된 것이 아니었다. 『매일신보』에서는 아인슈타인의 새로운 발견을 소개[21]하기도 하고, 상대성 원리를 영화화한 것을 수입하여 상연하는 것을 홍보[22]하기도 한다. 『중외일보』에서는 '상대성 이론을 가르키라'라는 제목의 사설을 게재[23]하기도 한다. 그만큼 아인슈타인의 상대성 원리는 큰 관심의 대상이었다는 것을 방증하는 것이다. 아인슈타인의 상대성 원리는 단지 과학적 분야만이 아니라 문학을 포함하여 예술 분야에도 지대한 영향을 미쳤다. 이후 문학 작품 속에서도 상대성 원리를 언급하는 작품을 심심찮게 발견하게 된다.

이상이 아인슈타인의 상대성 원리를 알고 있었다는 것은 그의 작품들 여러 곳에서 단서가 보이는데, 연작시 「조감도」의 한 편인 「운동」이라는 시는 그 하나의 예이다.[24] 이 시의 전문을 보면 다음과 같다.

---

21 『매일신보』, 1923.3.31.
22 『매일신보』, 1923.11.23. 이 기사의 첫머리인 "재래로 동양에 수입된 모든 학설 중 '아인슈타인'박사의 상대성 원리相對性原理같이 온 세상을 떠들어놓은 것은 없었고"라는 언급은 당시인들에게 아인슈타인의 상대성 원리가 얼마나 충격적으로 다가왔는가를 잘 보여 준다.
23 『중외일보』, 1928.8.22.
24 1978년에 발간된 『이상시전작집』의 「운동」이라는 시를 번역하여 게재한 면에 있는 주석에 보면 "이상의 시는 크게 시간의식과 공간의식으로 대별되는 모티프에 의해서 씌어지고 있"다는 것이 나오는데(문학사상자료조사연구실 편, 이어령 교주, 『이상시전작집』, 갑인출판사, 1978, 42쪽 참고) 이는 적절한 포착이었다고 할 수 있다. 하지만 이 주석의 말미에 「운동」이라는 시에 대해 "시간의식을 나타내는 계열의 시"라고 언급한 것은 좀 단편적인 파악이었다고 할 수 있다. '운동'은 물리적으로 '시간의 흐름에 따라 그 공간적 위치를 바꾸는 작용이나 현상'을 말한다. 따라서 이 시는 제목부터 시간성과 공간성을 천착하겠다는 의지를 내포한 것이라고 할 수 있다.

◇ 運 動

一階の上の二階の上の三階の上の屋上庭園に
上つて南を見ても何もないし北を見ても何もな
いから屋上庭園の下の三階の下の二階の下の一
階へ下りて行つたら東から昇つた太陽が西へ沈
んで東から昇つて西へ沈んで東から昇つて西へ
沈んで東から昇つて空の眞中に來てゐるから時
計を出して見たらこまつてはゐるが時間は合つ
てゐるけれ゛ども時計はおれよりも若いぢやない
かこ云ふよりはおれは時計よりも老つてゐるぢ
やないこぎうしても思はれるのはきつさうで
あるに違ひないからおれは時計をすて〻しまつ
た。

一九三一、八、一一

〈그림 8〉「운동」의 전문

일층의위의이층의위의삼층의위의屋上庭園에
올라南을봐도아무것도없고北을봐도아무것도없
으니까屋上庭園의밑의삼층의밑의이층의밑의일
층에내려가면東에서솟아오른태양이西에떨어지
고東에서솟아올라西에떨어지고東에서올라西에
떨어지고東에서솟아올라허공한가운데와있어時
計를꺼내어보니멈추고는있으나時間은맞고있기
도하지마는時計는나보다도젊어있지아니하냐고
말하기보다는나는時計보다도늙고있지는아니하
냐고아무래도생각되어지는것은반드시그런것임

에틀림없으므로나는時計를내동댕이쳐버려버렸

다.[25]   1931.8.11

—「鳥瞰圖」중「運動」

　이 시의 밑줄 친 부분을 주목해 보면, '시계'와 '나'를 비교하여 '시계
가 나보다 젊다'는 것을 말하고 있다. 같은 의미의 말을, 앞에서는 '시계'
를 기준으로 뒤에서는 '나'를 기준으로 주어를 바꾸어 말하고 있는 것이
다. '멈추어 있는 시계'가 '움직이는 나'보다 젊다는 것 다시 말해 '움직
이는 나'가 '멈추어 있는 시계'보다 늙었다는 것, 이는 아인슈타인의 특
수상대성 이론에서 어떤 시계에 대하여 상대운동하는 관측자가 그 시계
를 보면 시간이 천천히 가는 것처럼 보이는 현상인 '시간지연'[26]과 유사

25　기존에 나온 전집들은 원문의 행 구분을 따르지 않고 그냥 줄글로 나열하고 있지만,『朝
鮮と建築』第十輯 第八號, 1931.8, 12쪽에 게재된 이 시의 원문을 보면 전체 12행으로 구
성되어 있으며 2행부터 10행까지는 21자, 1행은 20자, 마지막 행은 1자로 되어 있다. 그
래서 전체 231자로 표현된 시이다. 행의 숫자 배열로도 여러 해석이 나올 수 있기에 이
글자 배열을 반드시 지켜서 원문을 옮겨야 할 것이다. 이런 점을 감안하여 본 연구자는
번역하면서도 이 글자수에 맞추어 번역했다. 비교를 위해 원문을 함께 넣었다.
　　또한 위에서 밑줄 친 부분 중 뒷부분을 기존 전집들에서는 "나는시계보다는늙지아니하
였다고"로 의미를 반대로 번역해 놓았는데 이로 인해 많은 연구자들이 그 번역문을 그
대로 활용하면서 오류를 범하고 있기도 하다. 최근에 나온 송민호의『'이상'이라는 현
상』(예옥, 2014, 125쪽 참고)에서도 이러한 오류가 답습되고 있다. 이 부분의 원문은
"おれは時計よりも老っているじゃないと"이다. 이 시는 김기림이 쓴「현대시의 발전」이라
는 글(『조선일보』, 1934.7.19. 박현수가 이 글을 그의 저서(『모더니즘과 포스트모더니
즘의 수사학』, 소명출판, 2003)에서 이 글을 언급하는데 날짜 오류가 있다)에서 이 시를
번역해 게재하는데, 위 밑줄 그은 부분을 "時計는 나보다 나히 젊지안흐냐는 것보다도
내가 時計보다 늙은 게아니냐고 암만해도 꼭그런것만 갓해서"로 해석하고 있다.
26　쌍둥이역설로 알려진 이 시계역설은 한 관측자가 로켓을 타고 관성운동하는 관측자를
떠나서 얼마 지난 뒤에 다시 만난다고 가정할 때, 시간지연 효과에 따라서 비관성 관측
자가 가진 시계의 지나간 시간은 관성 관측자의 시계가 지난 시간보다 적어지므로 둘이
다시 만날 때 비관성 관측자가 관성 관측자보다 훨씬 젊어야 한다는 것이다. 김학은 역
시「운동」시를 기존의 전집들의 번역을 활용하였음에도 이 시가 아인슈타인의 상대성

한 내용이다. 이 「운동」이라는 시 외에도 「삼차각설계도」의 한 편인 「선에관한각서2」에는 "유우클리트는죽은오늘"이라는 대목이 나오는데 이 표현에서도 아인슈타인의 상대성 이론을 알았다는 것을 짐작할 수 있다. 고전 역학에서는 삼차원 유클리드 공간을 사용하였는데, 상대성 이론에서는 시간을 포함한 사차원의 리만 공간을 사용하기 때문이다.

아인슈타인의 상대성 이론은 여러 면에서 기존의 상식을 깨뜨리게 만들었다. 상대성 이론이 보다 많이 알려진 현대에도 일상생활에서 이 이론을 접목하여 생각하기란 쉽지 않다. 시간과 공간이 연결되어 있고, 공간이 중력에 의해 굴절된다는 것 등은 인간의 가시적 범위에서 인지되지 않는 것이기 때문이다. 따라서 이 이론을 바탕으로 문학적 언술이 이루어질 때 사람들로 하여금 환상적 감응을 불러일으킬 수밖에 없다. 더욱이 이상은 그의 작품들에서 이 이론들을 단순히 옮기고 설명하는 차원이 아니라 그것을 바탕으로 그 다음의 과정과 결과를 상상함으로써 더욱 환상적인 세계를 창출해 내었다. 다음과 같은 시는 그 일례에 해당한다.

> 人은光보다도迅速하게逃走하면人은
>
> 光을보는가, 人은光을본다, 年齡의眞空
>
> 에있어서두번結婚한다, 세번 結婚하는
>
> 가, 人은光보다도迅速하게逃走하는구
>
> 나.[27]

이론과 맞닿아 있다는 것을 발견하였는데, 뒤의 오역된 부분을 버리고 "시계가 나보다 젊게 되었다"는 부분을 취하여 한 근거로 삼고 있다. 김학은, 『이상의 시 괴델의 수』, 보고사, 2014, 106쪽 참고.

27 원문은 "人は光よりも迅く逃げると人は光を見るか、人は光を見る、年齢の眞空において二度

未來로逃走하여過去를본다, 過去
로逃走하여未來를보는가, 未來로逃
走하는것은過去로逃走하는것과同一
한것도아니고未來로逃走하는것이
過去로逃走하는것이다. 擴大하는
宇宙를憂慮하는人이여, 過去에사네,
光보다도迅速하게未來로逃走하네.

—「三次角設計圖」 중「線에關한覺書5」

　　이 시는 '시간 여행'을 바탕으로 시의 내용이 전개된다. 아인슈타인
의 상대성 이론에서는 시간지연(시간팽창)이 발견되었다고 할지라도 광
속이 우주에서 일어날 수 있는 한계 속도이기 때문에 '시간 여행'은 불
가능하다. 이 불가능을 넘어서기 위해 이후 '시간 여행'에 대한 과학적
탐구가 진행되면서 웜홀 이론 등이 나오기도 했지만, 그것은 이상 사
후의 일이다. 그런데 이상은 이 '시간 여행'을 자신의 문학 세계 구축
에서 중요한 모티프로 내세우고 있는 것이다. 이「선에관한각서5」만
이 아니라「삼차각설계도」 7편 모두 '시간 여행'은 시의 중요한 모티
프가 되고 있으며, 다른 시들과 서사 작품들 속에서도 이 모티프가 기

結婚する, 三度結婚するか, 人は光よりも迅く逃げよ"이다. 전집들에서는 "逃げよ" 부분을
"달아나라"로 번역하고 있고, 이처럼 일문시에 나오는 'よ'를 대부분 명령형으로 번역하
고 있는데, 이는 재고해볼 필요가 있다. 이상이 한글로 발표한 시들에서는 단 한 번도 명
령형 어미가 나오지 않기 때문이다. 하지만 감탄형 어미는 곧잘 등장한다. 이 사실을 참
고할 때, 일문시의 'よ'는 감탄형으로 번역하는 것이 더욱 적절하다고 사료되어 필자는
감탄형으로 번역하였다.

반이 되고 있는 것이 많다. 그 전제는 「삼차각설계도」의 첫 편인 「선에관한각서1」에서 언급하는 '速度etc의統制例컨대빛은秒당三00000킬로미터逃走하는것이확실하다면사람의發明은秒당六00000킬로미터로逃走할수없는것은물론아니다'라는 것이다. 인간이 광속을 넘어설 수 없기 때문에 시간 여행이 불가능하다면 어떤 식으로든 광속만 넘어선다면 가능하다는 말일 것이다. 그것을 전제하고, 그 결과를 상상했을 때, 과거 속에서 '나들'을 마주칠 수 있게 된다. 즉 이 '시간 여행'은 주체의 문제로 이어질 수밖에 없다. 그리고 이상 문학에서 이러한 상상은 단지 SF에서 다루어지는 '시간 여행'이라는 모티프에 매혹된 것이 아니라 이는 반복과 순환의 프랙탈적 세계를 드러내기 위한 진로 단계이다.

　「삼차각설계도」를 포함하여 『조선과 건축』에 발표된 이상의 시들은 당시 과학적 발견들에서 촉발된 시상을 바탕으로 쓰여진 시들이라고 해도 과언이 아니다. 이상 사후에 발견된 일문시들은 많은 부분에서 이상 생전에 발표한 작품들과 연계되는 부분들이 있는데, 『현대문학』에 김유정이 번역하여 발표한 작품들도 그 예들에 해당한다. '작품 제1번'이라는 부제가 붙어 있는 「1931년」에는 다음과 같은 부분이 담겨 있다.

　　거울의 굴절반사屈折反射의 법칙은 시간時間 방향方向 유임留任 문제問題를 해결하다. (궤적軌跡의 광년운산光年運算)

　　나는 거울의 수량數量을 빛의 속도에 의해서 계산하였다.

　　그리고 로켓트의 설계를 중지하였다.

—「1931년」(부제 : 작품 제1번), 『현대문학』, 1960.11

예시의 첫 문장에서 보이는 거울의 굴절반사의 법칙은 『조선과 건축』에 발표된 첫 시인 「이상한 가역반응」에 나오는 '太陽이땀에젖은등을비추었을때 / 그림자는등의前方에있었다'는 문구가 어떻게 나오게 되었는지를 설명해준다. 즉 '등'이 '거울'의 역할을 한 것이다. 또한 이 거울의 굴절반사 법칙이 시간, 방향, 유입 문제를 해결하고 궤적의 광년을 계산했다는 문구는 「삼차각설계도」의 여러 시들에 나타나는, 비가역적인 시간의 흐름을 바꾸어 시간의 역전을 보이는 시상의 단초를 설명해 주고 있는 셈이다.

시간의 역전에 대한 인식은 곧 서사의 흐름을 사건이 일어난 순서대로 끌고 가는 것이 아니라 '플래시백'을 활용하여 과거로 되돌아갈 수 있는 근거로 작용한다. 물론 서사의 플래시백 기법은 이상의 소설에서 시작된 것은 아니다. 하지만 이상은 그 효과를 극대화하여 '되돌이 구성'을 최대한 활용하고 있다. 「지도의 암실」, 「지주회시」, 「동해」, 「실화」 등 많은 서사에서 이 '되돌이 구성'을 통해 같은 날의 시간대를 반복하여 보여주고 있는 방식을 택하면서 환상성을 구현해낸다.

당시 천문학, 기하학을 포함한 수학, 물리학 등에서 중요한 발견이 이루어진 때였다. 이런 과학적 발견들은 우주의 철리를 밝히고자 하는 이상의 욕망과 맞닿으면서 중요한 시사점들을 던져주었던 셈이다. 이상의 작품 속에서 시간과 공간이 일상의 분할적 인식과 달리 변조되고 중첩되면서 그 시간과 공간은 현실적 제약을 넘어서 무한히 확대되면서 상상의 나래를 펼칠 수 있는 영역이 된다.

백지와색연필을들고 덧문을열고문하나를 여언다음쏘문하나를여은다음

쏘열고쏘열고쏘열고쏘열고 인제는어지간히들어왓구나 생각히는쌔쓸하야
서 그는백지우에다색연필을 세워노코무인지경에서 그만이하다가고만두는
아름다운복잡한기술을시작하니 그에게는가장넓은 이벌판이발근밤이여서
가장좁고갑ㅅ한것인것갓흔것은 완전히니저버릴수잇는것이다

—「地圖의暗室」

　　이상이 시간과 공간을 통해 그의 상상의 나래를 펼칠 때 독자의 환상
적 감응은 따라서 극대화될 수밖에 없다. 아주 구체적인 공간으로 그려
지고 있는 「날개」의 '방' 역시 그것이 구체적 공간인가에 대해서는 의문
이 남는다. 이 소설에 등장하는 '나'는 아내가 주는 은화가 들어있는 금
고 벙어리를 변소에 갖다 버린다. 버렸다는 행위를 서술한 뒤 그 이유에
대해 변명하듯 "나는내 아내방으로 갖어다둘까하고 생각하야보았으나
그즈음에는 아내의래객이원체많아서 내가 아내방에 볼 기회가도모지
없었다. 그래서 나는 하는수없이 변소에갖다집어넣어버리고만것이다"
라고 말한다. 그런데 바로 그 뒤쪽 페이지에서는 "나는내방으로가려면
아내방을통과하지아니하면안될것을알고 아내에 래 객이있나없나를격
정하면서 미다지앞에서 좀 거북ㅅ살스럽게기침을한번했드니"라는 문
장이 나온다. '나'의 방에 가기 위해서는 아내의 방을 통과해야 하는데,
금고 벙어리를 아내의 방에 둘 수 없어 변소에 집어넣어 버렸다는 것은
내 방에서만 변소로 향할 수 있는 문이라도 있다는 것인가? 이런 상상
이 일게되면 방이라는 것이 실재하는 공간인지, 아니면 심리상의 방인
지 다시 의문을 갖게 된다. 특히 지금까지 수없이 많은 은유와 패러독스
로 점철된 이상의 작품을 보아온 이라면 더더욱 그럴 것이다.[28] 이상의

작품은 작품끼리 관계성을 가질 때 의미의 변이를 일으키기도 하기 때문이다.

3) 주체와 타자의 중첩重疊

시간과 공간에 대한 탐색은 필연적으로 그 시간과 공간을 점유하는 존재에 대한 탐색으로 이어질 수밖에 없다. 이상 역시 그의 작품 속에서 이 존재들에 대한 탐색을 끊임없이 수행한다. 이상 문학에서 존재에 대한 탐색의 핵심을 이루는 근간은 '나'이다. 이만식은 『이상 시의 어휘 사용 양상과 공기관계 네트워크』[29]라는 저서에서 임종국 편 『이상 전집』 제3부 시집에 수록된 98편을 대상으로 주요 어휘를 추려 분석한 바 있는데, 이 자료에 따르면 '나'라는 대명사는 453번 출현한 것으로 집계되어 있다. 이는 모든 품사의 어휘를 통틀어 가장 빈번하게 출현한 것이다. 이만식은 시집에 들어있는 작품만을 대상으로 하였지만, 이상의 산문 작품 역시 '나'를 중심 인물로 설정하여 쓴 것들이 많기 때문에 빈도수 면에서 '나'라는 어휘는 압도적이라 할 수 있다.

한국문학사에서 '나'라는 존재가 의미 있게 발현되는 것은 1920년대

---

28 「지주회시」라는 작품에서는 무기물인 방 역시 유기물처럼 사람을 빨아먹는 '거미'로 표상되기도 한다. 이 작품에 대해서는 뒤에서 좀 더 자세하게 살펴볼 것이다.

29 이만식, 『이상 시의 어휘 사용 양상과 공기관계 네트워크』, 박이정, 2013. 이 자료는 임종국 편 시집을 대상으로 하고 있기에 그 이후에 전집에 들어간 이상 시들이 제외되어 있다. 시로 한정하더라도 이상 작품을 전체적으로 포괄하지 못하고 있는 한계가 있는 것이다. 하지만 그 빈도수를 유추하여 전체의 분포도를 추정해 볼 수 있는 가능성이 있다는 점에서 이 자료를 활용하였다.

즈음에 이르러서였다. 1920년대 한국문학은 '개성'의 발견이라는 측면이 중요하게 부각된다. 그동안 전체주의적 사고와 거대 담론틀 속에 묻혀 있던 개인의 발견과 표현은 문학의 흐름을 뒤바꾸는 데 일조했다. 이상 문학 작품에서 '나'라는 존재가 깊이 탐색되는 것은 '나'라는 존재가 부각된 한국문학사와 일정 정도 연관을 맺고 있다. 하지만 이상 문학에 표현되는 '나'는 1920년대의 '개성적 자아'를 강조하던 문학적 흐름과는 또 다른 결을 형성한다. 이상의 자아 탐색은 개별자적 존재로서의 자아 탐색이기도 하지만, '존재' 자체에 대한 탐색이기도 했기 때문이다. 그래서 이상의 작품에 드러나는 '나'는 '타자'와 구별되는 '나'로서 개별적으로 존재하는 하나의 개체로서 존재하는 것만은 아니다. '나'는 '나들'로 집합군을 형성하거나, '나'는 '타자'와 중첩되어 나타나기도 한다. 이러한 점에서 '나'가 하나의 개체로서 존재한다는 보편적 인식을 뒤엎는 환상성이 내재되어 있기에 여기서 우선 '나'라는 존재의 복수複數 형태를 고찰해 볼 필요가 있다. '나'의 복수複數 형태는 초기에 일문으로 발표된 시부터 나타난다.

人은再次나를맞이한다. 人은보
다젊은나로적어도서로만난다. 人
은세번나를맞이한다. 사람은젊은나
로적어도서로만난다. 사람은適當히
기다리는구나, 그리고파우스트를즐
기는구나, 메피스토는나에게있는 것
도아니고나이다.

速度를調節하는朝人은나를모은다,

나들은말하지않는다[30]

—「三次角設計圖」중「線에關한覺書5」

앞서 살펴보았던 '시간 여행'이 가능한 상황을 전제로 삼는다면, '나'는 '나들'로 늘어난다. 어제의 '나'가 있고, 그제의 '나'가 있고, 오늘의 '나'가 있으며, 내일의 '나'가 있고 모레의 '나'가 있다. 그래서 '나'의 시간 여행과 속도를 달리하는 사람이 있다면, 여러 '나'와 마주칠 수 있게 된다. 즉 시간과 공간에 대한 인식의 변화는 주체에 대한 회의적 사유로 진전될 수밖에 없었던 것이다. 그렇다면 있고 없음은 또 구별해서 말할 수 있는 것일까. 있고 없음은 언제를 기준으로 해서 말해야 하는 것일까. 이러한 사유 속에서 현재의 '나' 역시 끊임없이 궁구하고 사유하는 대상이 된다.

'나는 생각한다, 고로 존재한다'는 데카르트의 명제 이후, '나'라는 존재의 인식, 그리고 '나'라는 합리적 주체에 대한 믿음은 근대를 추동시킨 발판이었다. 그러나 서구에서 이러한 신념체계는 19세기 말 20세기 초에 심각한 도전에 직면하였다. 프로이트가 '무의식'의 존재를 과학적 영역으로 끌어들여 분석하고 그 존재를 입증함으로써 통합된 이성에 의한 주체에 대한 회의가 시작되었기 때문이다. 이상 역시 그러한 통합적인 주체, 합리적으로 사유하며, 이성적으로 모든 것을 판단하는 주체에 대한 회의를 문학으로 형상화한다.

---

30 원문은 "速度を調節する朝人はオレを集める, オレらは語らない"이다. 다른 전집들에서는 "オレら" 부분을 "무수한나"로 번역하고 있는데, 필자는 'オレ'에 복수접미사 'ら'가 붙은 원문의 형태를 살려 '나들'로 번역하였다. 박현수 역시 『모더니즘과 포스트모더니즘의 수사학』(소명출판, 2003, 182쪽 참고)에서 "'나'들"로 번역한 바 있다.

나는거울업는室內에잇다. 거울속의나는역시外出中이
다. 나는至今거울속의나를무서워하며떨고잇다. 거울속
의나는어디가서나를어떠케하라는陰謀를하는中일가.

—「烏瞰圖」중「詩第十五號」

　　지난것은버려야한다고 거울에열닌들창에서 그는리상— 이상히이일흠은
그의그것과꼭갓거니와— 을맛난다 리상은그와꼭갓치 운동복의준비를차렷
는데 다만리상은그와달라서 아모것도하지안는다하면 리상은어데가서하로
종일잇단말이요 하고십허한다.
　　그는그책임의무체육선생리상을맛나면 곳경의를표하야그의얼골을리상
의 얼골에다문즐러주느라고 그는수건을쓴다. 그는리상의가는곳에서 하는
일까지를뭇지는안앗다 섭섭한글자가하나식 하나식섯다가 썰어지기위하야
나암는다.

—「地圖의暗室」

　　그렇나 와글와글 들끌른 여러「나」와 나는 正面으로 衝突하기때문에 그들
은 제각기 뻬스트를 다하야 제자신만을 擁護하는때문에 나는 좀처럼 犯人을
찾어내이기는 어렵다는것이다.

—「終生記」

　　시「오감도」의「시제십오호」에 표현된 '나'는 '거울 밖의 나'와 '거울
속의 나'로 나누어져 있으며, 소설「지도의 암실」에서는 '거울에 열린
들창'을 통해 '아무 것도 하지 않는 리상'과 '그를 바라보는 리상'으로

하나의 존재가 분열되어 드러난다. 이는 단순히 '거울에 비친 모습'을 형상화하기 위해서가 아니라 '나'의 여러 모습을 드러내기 위한 것이라는 사실을 문맥 속에서도 알 수 있으며, 「종생기」라는 작품의 '와글와글 들끓는 나'라는 표현에 오면 그것을 더욱 여실하게 알 수 있다. 이외에도 '나'의 분열되는 모습을 드러내는 작품은 무수히 많다. 그래서 기존 연구들 역시 이상 작품에 드러난 주체의 분열 양상을 짚어낸 것들이 많다. 이 연구들에서는 이상 작품의 주체를, '모더니즘 시대의 불안과 분열상을 주체의 분열을 통해 드러내고 있는 모더니즘적 주체'로 파악하는 면모가 크다. 이 해석 역시 일면 타당하다. 그러나 단순히 해체적 주체로서만 본다면, 이상의 문학에 드러난 주체의 면모와 그를 통해 드러내는 이상의 세계관을 제대로 파악하기 어렵다. 이상의 문학 속에 드러나는 '나'는 단지 분열상만을 드러내는 것이 아니라 주체와 타자 간의 경계를 허물고 주체와 타자의 동일시를 이루고 있는 양상을 드러낸다.

나의아버지가나의겨테서조을적에나는나의아버지가되
고또나는나의아버지의아버지가되고그런데도나의아버
지는나의아버지대로나의아버지인데어쩌자고나는작고
나의아버지의아버지와아버지의……아버지가되니나는
웨나의아버지를껑충뛰어넘어야하는지나는웨드듸어나
와나의아버지와나의아버지의아버지와나의아버지의아
버지의아버지노릇을한꺼번에하면서살아야하는것이냐

— 「烏瞰圖」 중 「詩第二號」

'나'는 '나'라는 개별적 존재에 머무르는 것이 아니라 역사 속에서의 '나'이며 같은 시공 속에 살아가는 존재들의 모습을 공유하고 있는 '나'이다. 하나의 주체는 타자와 구별되는 별개의 존재가 아니라 그 타자와 불가분리의 관계에 놓여 있음을 이상은 줄곧 표현하고 있는 것이다.

이상은 자신의 문학에서 표출하고자 한 요체, 즉 세계는 자신의 모습을 반영하고 있을 뿐이라는 것을 환상적인 상황으로 다시금 해설한 듯한 글을 미발표 원고로 남기기도 했다. 이 글은 원문에 제목이 없는 상태로 1960년 11월 『현대문학』에 김수영 역으로 발표되었는데 일부를 보면 다음과 같다.

樂聖은 그저 默然히 그를 다음의 秘室로 引導하였다.

거기에서 樂聖은 둘째 손가락으로 天井을 가리키었다.

天井은 거울로 하나 가득 끼어져 있었다. 樂聖과 그, 두사람의 거꾸로 나타난 立像이 어둠침침하게 비치어져 있었다.

그는 愕然해져서 아껴야 할 곳을 알지 못하였다.

그리하여 樂聖은 또한 마룻장을 가리키었다. 거기에도 거울은 마루 온면에 깔려 있었다. 거기에도 두사람의 입상은 아까와는 다른 逆立한 姿態로 비치어져 있었다.

樂聖은 잠시동안 그를 바라보고 있었다. 그리고 나서 천천히 前方壁面을 向해서 걸어 갔다. 그리고는 壁을 덮고 있는 커어텐을 제쳤다. 거기에도 한점의 흠점조차 없는 淸凉한 거울이 단단히 끼워져 있었다.

그는 樂聖의 앞에서 창백하게 입술을 떨고 있는 거울 속의 그 자신의 姿態를 들여다 보고 있었지만, 곧 昏倒해서 樂聖 앞에 쓰러졌다.

「나의 秘密을 언간생심히 그대는 漏說하였도다. 罪는 무겁다, 내 그대의 右를 빼앗고 終生의 『左』를 賦役하니 그리 알지어라」

樂聖의 充血된 叱咤는 永結한 그의 조그마한 心臟에 수없는 龜裂을 가게 하였다.

—「무제」

이 글 속에는 이상이 여러 작품 속에서 표출하고 있는, 자기 모습을 반영하는 거울 모티프가 등장한다. 그를 둘러싸고 천정, 바닥, 벽면이 온통 거울이다. 그 속에 비친 것은 바로 자기 자신의 입상, 혹은 역립한 자태 등이다. 그를 그 방으로 인도한 악성의 입에서 그 방 안에 있는 그가 악성의 비밀을 누설했다고 질타한다. 이 글 속에서 악성은 마치 신과 같은 존재로 그려지는데, 이는 곧 자기 자신을 투영하는 것이 세계임을 이상이 말해버렸음을 암시한다고 할 수 있다. 이 환상적인 서사를 통해 이상은, 자기 자신이 문학을 통해 드러내고자 한 것이 실은 '세계는 자기 자신의 반영에 다름 아니라는 것'을 말하고자 한 것이다.

유고로 남겨진 글 중 1932년 11월 6일 쓴 것으로 되어 있는 「얼마 안되는 변해(혹은 일년이라는 제목)」이라는 글[31] 속에는 이상이 문학으로 그려내고 있는 세계가 응축되어 있다.

한 개의 林檎의 껍질을 벗기자 한 개의 배로 되었기 때문에 그 배의 껍질을 벗기자 한 개의 석류로 되었기 때문에 그 석류의 껍질을 벗기자 한 개의 네

---

31 이 글은 쓰여진 날짜가 기재되어 있으나 당시 발표되지 않고, 이후 발견된 유고로 『현대문학』 1960년 11월호에 김수영 역으로 발표된 글이다.

불로 되었기 때문에 그 네불의 껍질을 벗기자 이번에는 한 개의 無花果로 되었기 때문에……

걷잡을 수 없는 暴虐한 秩序가 그로하여금 그의 손에 있던 나이프를 내동댕이쳐 버리게 하였다.

내동댕이쳐진 小刀는 다시 小刀를 낳고 그 小刀가 또 小刀를 낳고 그 小刀가 또 小刀를 낳고 그 小刀가 또 小刀를 분만하고 그 小刀가 또……

그는 눈을 크게 떴다. 그 暗黑속에서 그는 역시 눈을 뜨고 있었다. 그 暗黑속에서 그는 다시 瞑目하였다. 그리고 그 暗黑속에서 그는 여전히 눈을 뜨고 있었다. 그는 또 눈을 크게 떴지만 역시 그는 그 暗黑속에서 노상 눈을 뜨고 있기나 한것처럼 그는 또 눈을……

—「얼마 안되는 辨解(혹은 一年이라는 題目)」

하나의 능금으로부터 시작된 것이 배로, 석류로, 귤로, 무화과로 치환된다. 하나의 사물 속에 그와 구별되는 것으로 인식되고 있는 다른 사물을 품고 있는 것, 그것은 결국 구별의 의미가 없음을 의미한다. 그런데 그 다음에 이어지는 문장에 주의를 기울여야 한다. 버려진 '소도小刀' 즉 의미없게 치부된 사물도 자가 생식을 한다. 세상의 그 무엇도 그 자체만으로 머물러 있는 것은 없으며, 다음으로 이어지며 반복된다. 그러다 보면 눈을 감은 것과 뜬 것의 차이, 삶과 죽음의 차이마저 무화되고 만다. 즉 주체의 분열은 주체와 객체의 나눔을 무화시키고, '我'와 '非我'의 구별 없음은 결국 반복과 순환으로 귀결된다. 이는 당대를 바라보며 주체를 둘러싼 세계의 모순 지점을 파악했을 때, 그것을 반성하고 성찰하는 출발 지점이 어디에서부터 시작되어야 하는가를 드러내는 하나의 중요한 착목 지점이었다.

> 싸홈하는사람은즉싸홈하지아니하든사람이고또싸홈하
> 는사람은싸홈하지아니하는사람이엇기도하니까싸홈하
> 는사람이싸홈하는구경을하고십거든싸홈하지아니하든
> 사람이싸홈하는것을구경하든지싸홈하지아니하는사람
> 이싸홈하는구경을하든지싸홈하지아니하든사람이나싸
> 홈하지아니하는사람이싸홈하지아니하는것을구경하든
> 지하얏으면그만이다

—「烏瞰圖」 중 「詩第三號」

  싸움하는 사람은 늘 싸움하는 사람이기만 한 것이 아니라 싸움하지
않는 사람이기도 하였다. 즉 싸움하는 사람은 싸움하지 않는 사람의 입
장으로 싸움하는 것 자체를 객관화해서 볼 수 있는 위치이기도 하다. 당
대 속에서 어떤 싸움 속에 휘말려 있다면 그 자체에 함몰될 것이 아니라
바로 자신을 좀 더 냉철히 객관화시켜 볼 수 있도록 자신에 대한 탐구가
이루어져야 함을 이상은 반복적으로 서술하고 있다.

3. 환상성 3겹 — 반복과 순환의 프랙탈적 세계

1) 반복·순환 세계관의 초기 문학적 표현

이상의 문학 작품에서 가장 눈에 띄는 표현적 특징 중 하나는 '반복'이다.[32] 이상 문학에서 '반복'은 그 종류를 유형화해서 드러낼 만큼 많다. 이 유형들은 하나만 단독으로 쓰이는 것이 아니라 몇 가지를 한꺼번에 사용하고 있는 경우가 대다수이다. 반복 패턴은 이상의 첫 소설인

---

[32] '반복'이 이상 문학의 두드러진 표현 특징 가운데 하나인데 이것을 지적하고 언급한 논의는 많지만, 의외로 심층적 연구는 많이 이루어져 있지 않다. 언급이 되더라도 연구 속에서 그야말로 단편적으로 언급되고 지나치거나 부수적으로 취급되는 것에 그치고 있다. 표제어로 다루어지거나, 조금 더 비중 있게 다루어진 연구로는 우선 권택영의 「출구 없는 반복―이상의 모더니즘」(권영민 편저, 『이상 문학 연구 60년』, 문학사상사, 1998)이 있는데, 여기서 권택영은 '반복'에 역점을 두기보다 '모더니즘'에 역점을 두고 의미 해석을 하고 있다. 그래서 말미에서는 제목을 변주하여 '출구 없는 모더니즘'으로 돌려 말하며 '반복'과 함께 "포스트모던시대의 은유"로 분석의 가능성이 있음을 언급하며 끝맺고 있다. 시 연구쪽에서는 '반복'을 좀 더 구조적으로 분석한 것이 있는데, 이승훈의 논문과 윤지영의 논문(「미장아빔, 근대와 탈근대의 미로―이상 시의 대칭구조를 중심으로」, 『한국시학연구』 26, 한국시학회, 2009.12, 39~63쪽)이 대표적이다. 특히 윤지영은 '미장아빔'이라는 개념을 끌어와 반복과 대칭에 주목하는데, 이 '미장아빔'은 환상성의 영역과도 관련이 있어 주목해서 볼 필요가 있다. 그러나 윤지영 역시 그동안의 논의 선상에서 이루어진 '대칭'에 더 초점을 두고 논의를 펼침으로써, 반복이 '순환'으로 연결되는 이상의 세계관을 놓치고 지나갔다는 아쉬움이 남는다. 소설 연구에서 주목해 볼 논의는 황도경이 이상 소설을 분석한 논문들이다(「이상의 소설 공간 연구」, 이화여대 박사논문, 1993; 「존재의 이중성과 문체의 이중성―이상 소설의 문체」, 『현대소설연구』 1, 한국현대소설연구회, 1994, 130~156쪽). 이 논문들에서 황도경은 '이상의 소설이 구조적으로 반복과 순환이 이루어지고 있으며 이것이 주제와 긴밀하게 연결되고 있다'는 것을 언급하고 있기 때문이다. 하지만 이 논문들은 소설 몇 편을 주로 다루고 있기 때문에 더욱 다양한 작품을 다룸으로써 반복과 순환이 이상의 작품을 관통하고 있는 세계관으로 작동하고 있음을 좀 더 상세하게 논구할 필요가 있다. 그리고 아울러 이 반복과 순환의 세계관이 환상성과 어떤 관계를 맺고 있는가를 살펴봐야 한다.

『십이월십이일』에서부터 드러나 있다. 우선 제목부터 12라는 숫자의 반복이 드러나는 이 소설은, 12월 12일이라는 상징적 날짜가 소설에 등장하는 중심 인물의 중요한 갈림길에 겹쳐진다는 설정으로 진행된다. 중심 인물이 고향을 떠나 방랑길에 오르는 날이 12월 12일이며, 십여 년의 방랑 끝에 부푼 마음으로 고국에 돌아오던 날이 12월 12일이다. 그리고 고국에서 지내는 동안 그가 꿈꾸던 삶과는 달리 비극적인 형국으로 치닫는 삶을 겪어내고, 그가 기차에 치어 생을 마감하는 것이 12월 12일이다.

> 그사람은그가십유여년방랑생활긋테 고국의첫발길을실엇든 그긔관차속에서만낫든 그철도국에다닌다든사람인지도모른다 사람은 이너무나우연한 인과ᵋᵋ를인식지못하는지도모른다 그러나 사람이알거나모르거나 인과는 그인과의법측에만충실스러히하나에서둘노 그리하야 셋째로수행되여가고 만잇는것이엿다.
> 「오늘이몃츨임닛까」
> 이말을그는그갓튼사람에게우연히두번이나 무럿는지도모른다 짜라서
> 「십이월십이일!」
> 이대답을 그는갓튼사람에게서두번이나들엇는지도모른다 그러나 모든 것은다 ― 그들에게다만모를것으로만낫타나기도하얏다.
> 인과에우연이되는것이잇슬수잇슬까?
>
> ―『十二月十二日』

이 대목은 이 작품의 마무리 부분으로, 중심 인물에게 겹쳐진 12월

12일을 모티프로 모든 일이 인과적으로 반복되는 것임을 전지적 작가 시점인 화자의 목소리로 드러내고 있다. 이 부분에서는 우연처럼 보이는 것들이 실은 인과적으로 엮여 있는 것들이라는 것, 우연과 인과를 분명하게 구분해내기조차 힘들다는 것, 그리고 이러한 일들이 끊임없이 반복되고 있다는 것을 토로한다.

이 부분은, 이야기를 사건과 행위들로 차근차근 세밀하게 펼쳐내고 있는 것이 아니라 화자의 목소리로 사건을 정리하고 있다는 점에서 소설적 서사 구조의 긴장감은 미약한 편이다. 그러나 이 작품이 이상의 첫 소설이었다는 것을 감안하고 본다면, 극적 긴장감은 미약하지만, 이상이 문학을 통해 드러내고자 한 세계관을 짐작할 수 있다는 점에서 중요하다. 이상은 이 소설을 통해 단순히 한 인물의 흥미진진한 이야기를 포착하여 극적으로 드러내는 게 목적이 아니라 개별자적 인생의 프리즘을 통해 '인과'의 반복적 패턴으로 흘러가는 보편적 세계의 법칙을 묘파해내고 싶었던 것이다. 이 소설에서 중심 인물의 조카이자, 비극적 사건의 중심에 놓인 인물의 이름이 '업'[33]인데 이 이름 역시 그러한 목적 아래 부여된 불교적 '카르마'를 뜻하는 이름이라고 볼 수 있다. 이 뒤를 이어 서술되고 있는 부분은 이러한 해석을 뒷받침해 주고 있기도 하다.

그가피를남기고간세상에는 이다지나깁흔쇠락의겨울이엿스나 그러나 그 가론공행상을바드려행진하고잇는새로운우주는 사시장춘이엿다.

한령혼이심판의궁정을향하야 거러가기를이미출발한지오래니 인생의어

---

33 신형기 역시 「이상李箱, 공포의 증인」(『민족문학사연구』 39, 민족문학사학회, 2009, 122∼148쪽)에서 이 이름을 '카르마'적인 업으로 파악하였다.

늬한구절이 끗난는것인지도모른다. 그러나사람들다몰켜가고난아모도업는 모닥불가에는 그가불을피하야다러날째놋코간 그어린젓먹이가 그대로노혀 잇섯다.

씨처오는온기가 퍽그어린것의피부에쾌감을주엇든지 구름한점업시맑게 개여잇는깁히물을창공을 그조고마한눈으로쏫잇는드시 치여다보며소리업 시누어잇섯다. 강보襁褓 틈으로새여나와혼들니는세상에도 조고맛코귀여운손 은일만년의인류력사가일죽이풀지못하고 고만둔채의대우주의철리를설명하고 잇는것인지도모른다.

그러나 그부근에는 그것을아라드를수잇는「퍼우스트」의로철학자도업섯거 니와 이것을조소할범인凡人들도업섯다.

어린것은별안간사람이 그리윗든지 혹은 배가곱핫든지「으아」울기를시작 하얏다 그것은동시에시작되는인간의백팔번뇌를상증하는것인지도모른다.

「으아!」

과연인간세게에무엇이끗난는가 기막힌한비극이 그종막을나리우기도전에 쏘한개의비극은다른한쪽에서벌서 그막을열고잇지안는가?

—『十二月十二日』(밑줄은 인용자)

여기서 밑줄로 강조된 부분을 보면 이상이 포착해내고 싶어한 세계가 투영되어 있다. 중심 인물의 죽음으로 버려진 아기를 묘사하면서, '강보 틈으로 새어나와 흔들리는 세상에도 조그맣고 귀여운 손은 일만년의 인 류 역사가 일찍이 풀지 못하고 그만둔 채의 대우주의 철리를 설명하고 있는 것인지도 모른다'라고 첨언하고 있는 화자의 목소리, 그리고 중심 인물의 죽음과 아기의 울음소리를 통해 '과연 인간 세계에 무엇이 끝났는가. 기막힌 한 비극이 그 종막을 내리기도 전에 또 한 개의 비극은 다른 한 쪽에서 그 막을 열고 있지 않는가?'라는, 작가의 목소리를 대변하는 화자의 서술을 통해 보면 이상의 숨은 의도가 보인다. 즉 이 소설을 통해 유추해 본 이상의 작가적 소망은 우주의 철리, 그리고 인간 세계를 형성하고 있는 패턴을 읽어내려 한다는 것을 알 수 있다. 그리고 그것은 인간의 운명과 세계의 모든 역사는 반복되고 순환한다는 것이었다.

그런데 여기서 더 짚고 넘어갈 부분은 '그러나 그 부근에는 그것을 알아들을 수 있는 『파우스트』의 노철학자도 없었거니와 이것을 조소할 범인ㅅ도 없었다'라는 부분이다. 이 부분은 이상이 묘파해내고자 하는 세계를 드러낼 때, 그것을 과연 일반 사람들이 이해해 줄 것인가 하는 이상의 의구심이 표현된 부분이라고 할 수 있기 때문이다. 강보 틈을 비집고 나온 아기 손에서 '우주의 철리'가 담겨 있을 수도 있다고 생각하는 이상의 우주 원리를 탐색하고자 하는 소망은, 그 의구심에 부딪힐 때, 그 소망을 통해 읽어낸 세계를 표현하는 문제와 부딪칠 수밖에 없었을 것이다. 그리고 그의 문학은 바로 이 고뇌에서 시작된 것이라고 할 수 있다. 이상이 다양한 방법으로 반복과 순환 패턴을 드러내게 된 것은 바로 이 고뇌와 맞닿아 있었다고 볼 수 있는 것이다.

첫 소설에서부터 이상이 강조한 반복과 순환 패턴은 이후 이상 문학에 계속 변주되어 드러난다. 이는 단순히 문학의 방법적 기교만이 아닌, 이상이 인식한 우주의 '인과' 법칙이었기 때문이다. 따라서 반복과 순환은 이상 문학을 읽어내는 핵심 키워드 중 하나이다. 즉 이상 문학의 전체를 조망할 수 있는 의미망의 원줄기인 것이다. 이와 관련해서 예사롭게 넘길 수 없는 일화가 있다. 이상의 친구로 알려진 문종혁이 1969년

4월 『여원』이라는 잡지에 발표한 「심심산천深深山川에 물어주오」라는 글에 다음과 같은 서술[34]이 들어있다.

아직 스무 살 고개에 그는 어디서 들었는지 '식스 나인'이라는 술어에 대해서 얘기했고 6자와 9자를 서로 맞추어 동그라미 위에 6자의 꼬리를 그리고, 동그라미 밑에 9자의 꼬리를 그리어 신기하여 하며 좋아했었다.[35]

이 글을 통해 알 수 있는 것은, 우선 69를 언급했던 것이 본격적으로 문단에 등단하기 이전인 '스무 살 고개'였다는 것, 그리고 69를 표기하는 것에서 그냥 단순히 숫자 6과 9를 이어서 쓴 것이 아니라는 사실이다. 위 진술대로라면 69를 쓸 때, 먼저 동그라미를 그린 다음, 거기에 꼬리를 그려서 6과 9를 표시했다는 것, 이상은 일찍부터 숫자의 도해적 표현에 관심을 가졌다는 것을 알 수 있다. 이 진술을 그림으로 표현해 보면 두 가지 경우의 수가 나오는데 그것은 〈그림 9〉와 같다.

'경우-1'은 동그라미 두 개를 겹쳐 그리고 '경우-2'는 동그라미 두 개를 나란히 붙여 그린 것이다. 이 두 예시 모두 꼬리가 붙으면 운동성이 부가되고, 돌고 도는 순환의 이미지가 첨가된다. 동그라미를 겹쳐 그린 것은 각자 다른 것을 의미하는 숫자가 결국은 하나로 합일될 수 있음

---

34 지인들의 술회나 증언을 얼마만큼 신뢰할 수 있느냐 하는 것은 그리 간단한 문제가 아니다. 그러나 이상이 본격적으로 문단에 등장하기 이전 그와 가까이에서 교류를 나눈 벗이 그리 많지 않은데, 문종혁은 그런 벗 중 하나였다는 사실을 염두에 둔다면 위의 진술을 그냥 흘려버리기에는 아쉬운 부분이 많다. 특히 문종혁이 이 증언을 할 때까지는 69라는 명칭은 여러 곳에서 그렇게 많은 비중을 두고 다루어지기 이전인데 그와 관련한 기억을 끄집어내고 있다는 점에서 신뢰성을 높이고 있다.

35 김유중 · 김주현 편, 『그리운 그 이름, 이상』, 지식산업사, 120~121쪽.

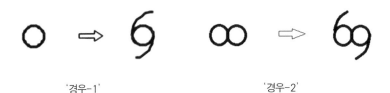

'경우-1'   '경우-2'

〈그림 9〉 69를 그려가는 순서 도해

을 드러내기도 한다. 동그라미 두 개를 붙여 그린 것은, 세로로 본다면 숫자 '8'이고, 가로로 본다면 무한을 나타내는 기호 '∞'가 된다. 숫자 8은 사람의 평생 운수를 뜻하는 '팔자'와 연관되는 숫자이기도 하다. 즉 '팔자'가 돌고 도는 것, '무한'이 돌고 도는 순환의 의미가 보태어지기도 하는 것이다. 다시 말해, 인간의 운명도, 무한히 뻗어 있는 듯한 세계도 돌고 도는 순환의 원리가 작동되고 있다는 이상의 깨달음이 숫자의 도해로 표현된 것이라고 할 수 있다.

　그리고 이러한 깨달음은 그의 문학에 반영된다. 따라서 이상의 문학에서 숫자들의 상징 역시 간과할 수 없다. 숫자의 상징은 이상 문학을 해석한 여러 논자들이 주목한 점이기도 하다. 하지만 그것을 반복과 순환의 패턴으로 읽어낸 이는 드물다. 숫자들 하나하나의 의미를 좀 더 부각시키는 데 집중했던 것이다. 그 해석들 역시 나름의 설득력을 가지고는 있지만 이상 문학의 출발 지점과 문학 구성 원리를 연결시켜 보면 각각의 숫자에 담긴 의미와 더불어 반복과 순환 패턴에 숫자적 상징들이 일정 정도 연결되어 있다는 점을 상기해야만 할 것이다.

2) 뫼비우스의 띠로 전개되는 반복과 순환

이상의 시 「소영위제」 역시 이러한 숫자의 반복과 순환 패턴을 보여주는 시 중 하나이다. 시어의 배열 속에 감추어진 숫자의 상징을 이해하면 이상이 구현해내는 문학의 구성 원리를 좀 더 정확히 이해할 수가 있다.

1

달빗속에있는네얼골앞에서내얼골은한장얇은皮膚가되
여너를칭찬하는내말슴이發音하지아니하고미다지를간
즐으는한숨처럼冬栢꽃밧내음새진이고잇는네머리털속
으로기여들면서모심듯키내설음을하나하나심어가네나

2

진흙밭헤매일적에네구두뒤축이눌러놋는자욱에비나려
가득고엿스니이는온갓네거짓말네弄談에한없이고단한
이설음을哭으로울기전에따에놓아하늘에부어놋는내억
울한술잔네발자욱이진흙밭을헤매이며헛뜨려노음이냐

3

달빗이내등에무든거적자욱에앉으면내그림자에는실고
초같은피가아물거리고대신血管에는달빗에놀래인冷水
가방울방울젓기로니너는내벽돌을씹어삼킨원통하게배
곱하이지러진헌겁心腸을드려다보면서魚항이라하느냐

— 「素榮爲題」

이 시는 4행이 1연, 총 3연으로 구성된 시이다. 이 시에서 주목해서 봐야 할 점은 시어의 숫자이다. 1행이 모두 24자씩으로 구성되어 있다. 1연의 시어수는 24자씩 4행이므로 96자이다. 그리고 96자씩 3연이므로 이 시에 사용된 시어수는 288자이다. 1연의 글자수가 96이라는 것은 이상이 일찍부터 69에 주목했다는 사실과 동명의 카페를 운영하기도 했다는 사실과 결부되면서 우리에게 주목해봐야 할 숫자임을 일깨워준다.[36] 동그라미를 먼저 그리고 거기에 꼬리를 붙이는 방식으로 69를 그렸다는 숫자 도해 '경우−2'와 연결시켜보면 재미있는 그림 형태가 나온다. 즉 꼬리가 운동성을 상징한다고 할 때 그 꼬리를 연장시키면 69는 꼬리를 어떻게 연장시키느냐에 따라서 그냥 8자 두 개가 형성되기도 하고, 하나의 큰 원에 8자 하나가 형성되기도 한다. 그런데 96은 꼬리를 연장시키면 그냥 8자 두 개가 형성되기도 하지만, 원 안에 8자 두 개가 형성되기도 한다.

여기서 그냥 8자 두 개가 형성되기도 하는 하나의 경우의 수는 a와 a'처럼 69와 96이 비슷하다. 그런데 b와 b'처럼 큰 원으로 표현될 때의 모양이 다르다. 96의 연장선은 큰 원이 만들어지도록 꼬리선을 연장시킬 경우 8자 두 개가 만들어질 수밖에 없다. 이상이 글자 수를 염두에 두어 행갈이를 하고 연을 구분했다면, 왜 굳이 시의 총 글자 수를 288자

---

[36] 앞에서 보였던 시 「운동」과 마찬가지로 이 시 역시 기존 전집들에서 시행의 배열을 그냥 줄글로 표현하고 있다. 하지만 이 시는 행마다 일정한 수로 시어가 배열된 시이다. 그래도 이 시는 권영민 편본에서 이러한 시어 배열이 바로잡혀져 있다. 또한 권영민은 1연의 시어 숫자 96의 의미를 포착하여 '69'가 '남녀의 결합'을 의미한다면, '96'은 '남녀가 서로 등을 돌린 상태'임을 의미한다고 지적한다. 이상의 시는 어떠한 해석도 수렴하는 모나드적 주름을 가지고 있기에 권영민의 해석 역시 나름의 설득력을 가진다. 하지만 권영민은 96의 의미는 지적을 하고 있으나 이 시 전체의 시어 수가 288자인 것에 대해서는 그냥 지나치고 있다.

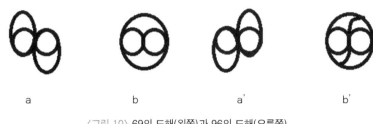

<그림 10> 69의 도해(왼쪽)과 96의 도해(오른쪽)

에 맞추었을까. 그 이유를 짐작하게 하는 키워드가 여기에서 제공된다. 288은 8자가 두 개로 나누어졌음을 의미하는 것이라고 할 수 있는 것이다. 즉 이것은 하나의 세포가 분열되어 둘로 갈라지는 것과도 흡사하다. 같은 모양꼴로 끊임없이 분열 증식되는 세포 분열로 이루어지는 세계의 형상이 이 시어의 배열 속에 숨어 있다.

이상은 시어의 숫자가 아니라 작품의 내용으로도 이러한 반복과 순환을 표현하기도 한다. 우선 이상이 『조선중앙일보』에 처음으로 발표한 「오감도」의 「시제1호」에도 그러한 세계가 표현되어 있다. 다들 익히 알고 있는 시이지만 설명을 위해 전문을 보자.

十三人의兒孩가道路로疾走하오.
(길은막달은골목이適當하오.)

第一의兒孩가무섭다고그리오.
第二의兒孩도무섭다고그리오.
第三의兒孩도무섭다고그리오.

第四의兒孩도무섭다고그리오.

第五의兒孩도무섭다고그리오.

第六의兒孩도무섭다고그리오.

第七의兒孩도무섭다고그리오.

第八의兒孩도무섭다고그리오.

第九의兒孩도무섭다고그리오.

第十의兒孩도무섭다고그리오.

第十一의兒孩가무섭다고그리오.

第十二의兒孩도무섭다고그리오.

第十三의兒孩도무섭다고그리오.

十三人의兒孩는무서운兒孩와무서워하는兒孩와그러케뿐이모혓소.

(다른事情은업는것이차라리나앗소)

그中에一人의兒孩가무서운兒孩라도좃소.

그中에二人의兒孩가무서운兒孩라도좃소.

그中에二人의兒孩가무서워하는兒孩라도좃소.

그中에一人의兒孩가무서워하는兒孩라도좃소.

(길은뚤닌골목이라도適當하오.)

十三人의兒孩가道路로疾走하지아니하야도좃소.

— 「烏瞰圖」 중 「詩第一號」 전문

이 작품은 13인의 아이가 도로로 질주하는 것으로 시작한다. 길은 막다른 골목에서 출발한다. 아이들이 도로로 질주하는 상황을 묘사하는 것으로 단순하게 시가 끝난 것을 도형화한다면 다음과 같은 도형으로 표현[37]되었을 것이다.

그런데 이 시의 끝에서 시의 처음 내용을 재언급한다. 우리는 흔히 시의 처음과 끝이 같은 내용일 경우 수미상관이라고 표현한다. 이 시 역시 그런 계열의 시라고 할 수 있다. 즉 처음과 끝이 따로 떨어져 있는 것이 아니라 연결되어 있는 것이다. 이 시의 처음과 끝이 단순 반복이었다면 아마도 다음과 같은 그림이 되었을 것이다.

하지만 이 시의 처음과 끝은 단순 반복이 아니라 처음의 내용을 반대로 뒤집어 놓는다. 그렇다면 도형의 처음과 끝을 맞대면서 한 번 뒤집어서 붙여 볼 수 있다. 그러면 바로 다음과 같은 뫼비우스의 띠가 완성된다.

다들 알다시피 뫼비우스의 띠는 안과 밖을 구분할 수 없는 독특한 성질을 가진다. 처음 직사각형이나 두 번째의 원통은 앞면과 뒷면, 안과

---

37 이 도형에서 앞 부분에는 선을 그리고 뒷 부분에 선을 그리지 않은 것은 '막다른 골목'과 '뚫린 골목'을 표현하고자 함이다.

밖이 분명하게 구분된다. 하지만 뫼비우스의 띠는 안과 밖, 앞면과 뒷면이 구분되지 않는다.

이를 시의 내용과 연결해 보면 비로소 시의 뒷부분이 선명하게 이해된다. 즉 무서운 아이와 무서워하는 아이가 있는데, 누가 무서운 아이이고 누가 무서워하는 아이인지 선명하게 구분되지 않는다. 다들 무섭다고 그러는데, 그 아이들이 바로 무서운 아이이자 무서워하는 아이이며, 무서워하는 아이이자 무서운 아이이다. 이것이 바로 이상이 감지한 세상이었고, 그것을 시로 형상화한 것이다.

'나'와 '너'를 분명하게 구별할 수 없는, 돌고 도는 세상이라는 이러한 인식과 표현은 이상의 시 곳곳에서 발견되는 세계관이자 문학 구성 원리이기도 하다. 뫼비우스의 띠처럼 안과 밖을 구분할 수 없고, 자아와 타자를 구분할 수 없으며, 과거와 현재를 나누어서 말할 수 없다는 것, 즉 어떠한 구별이 무의미할 수 있다는 것을 이상은 그야말로 강박적일 만큼 반복적으로 이야기하고 있다. 초기 일문시인 「건축무한육면각체」의 시 중 「AU MAGASIN DE NOUVEAUTES」[38]에 드러난 다음과 같은

---

38 '신기한 것들이 있는 상점에서'라는 뜻을 가진 프랑스어라고 해석되어 '백화점에서'라는 뜻으로 해석되어 왔는데, 이는 19세기 초반 파리의 아케이드에 포진해 있었던 상점

표현들도 바로 위와 같은 순환론적인 세계관을 표현하고 있다.

> 위에서내려오고밑에서올라가고위에서내려오고밑에서올라간사람은밑에
> 서올라가지아니한위에서내려오지아니한밑에서올라가지아니한위에서내려
> 오지아니한사람
> 저여자의下半은저남자의上半에흡사하다
>
> ─「建築無限六面角體」 중 「AU MAGASIN DE NOUVEAUTES」

이상은 이 시에서 위에서 내려오고 밑에서 올라가는 행위의 반복을 표현한 뒤 그 부정의 표현과 동일시한다. 그리고 여자의 하반이 남자의 상반과 흡사하다고 서술한다. 이는 모두 대립적인 요소들을 대칭적으로 제시하면서도 그것들의 경계를 무화시켜 결국 등치시키는 작업을 수행한 것이다.

이 외에도 이상은 「오감도」의 「시제2호」에서 '나'와 '아버지'와 '아버지의 아버지'는 구별되는 존재이면서도 또 중첩되는 존재임을 반복 패턴을 통해 드러내고 있다. 「시제3호」 역시 '싸움하는 사람'과 '싸움하지 않는 사람', '싸움을 구경하는 사람' 등이 중첩되며 개별자이면서도 시간의 흐름 속에서 그것이 순환되며 같은 존재가 될 수 있다는 것을 형상화하고 있다.

「오감도」는 박태원이 전한 이상의 말을 빌리자면 '수많은 작품 속에서 고르고 골라 선택한 작품들'[39]이었다. 그 첫 시부터 연이어 게재하는

들을 총칭하는 고유명사였다고 한다. 신형철, 「이상李箱 문학의 역사철학적 연구」, 서울대 박사논문, 2012, 5쪽 참고.

39 박태원, 「이상의 편모片貌」, 『조광』, 1937.6 참고.

시들에서 반복, 순환의 패턴이 드러나고 거기에 존재의 상이 겹칠 수 있음을 드러내고 있다. 즉 반복, 순환은 이상이 세상을 읽어낸 중심 원리였고, 문학을 통해 그것을 표출하고 싶었던 것이다.

「오감도」를 이렇게 읽어냈을 때, 일문으로 발표한 첫 시 「이상한 가역반응」의 제목 역시 이러한 반복과 순환 세계의 연장선에 있다는 것을 알 수 있다. '가역반응'이라는 것은 화학반응에서 정반응과 역반응이 동시에 진행하는 반응을 말한다. 다시 말해 생성물이 형성되자마자 바로 반응해 원래의 반응물로 되돌아가는 반응을 말한다. 반응이 일방향으로 일어나는 것이 아니라 쌍방향으로 일어나고 있다는 것, 이는 이 시의 한 구절인 '二種類의存在의時間的影響性'이라는 문구와 함께 이상이 이 시 속에서 함축하고자 하는 세계를 드러내고 있다. 이 시의 전반부와 후반부를 나누어 전혀 이질적인 세계를 그려내고 있는 것처럼 해석하는 이도 있는데, 전반부는 도식적으로 그것을 말하고자 했다면, 후반부는 인간사의 문제로 끌어와 그려내고 있는 것으로 보는 것이 타당할 것이다.

3) 프랙탈적 세계로 표출되는 반복과 순환

이상이 발표한 첫 단편소설인 「지도의 암실」에서도 다음과 같은 문구를 통해 반복과 순환의 세계관이 단적으로 표출되고 있다.

活胡同是死胡同 死胡同是活胡同

— 「地圖의暗室」

이 문구는 「지도의 암실」에 삽입되어 있는 구절인데, 이 문구야말로 시의 여러 방법적 변환을 통해 드러내고자 했던 세계관을 소설에도 담고 있음을 드러내는 구절이다. 이 문구는 논자들마다 조금씩 다르게 해석되어 왔으나 그 전체적 맥락에서 드러내는 의미는 대동소이했다.[40] 최근 이것을 백화문으로 읽고 해석한 견해가 보편적으로 받아들여지고 있는 바, '뚫린 골목이 막다른 골목이고, 막다른 골목이 뚫린 골목이다'로 해석하는 것이 바로 그것이다. 이는 위에서 분석한 「오감도」의 「시제1호」에서 드러내고자 한 세계관과 일맥상통한다. 뚫린 골목이든, 막다른 골목이든 그냥 상관없는 것이 아니라, 그것이 곧 뫼비우스의 띠처럼 다른 면처럼 보이지만, 결국은 같은 선으로 연장될 수 있음을 말하고자 한 것이며, 이는 곧 소설 속에도 이러한 세계관이 펼쳐지고 있음을 암시한다. 특히 이 소설의 첫 부분과 마지막 부분은 이러한 추론에 한층 더 설득력을 더한다.

기인동안잠자고 짧은동안누웠던것이 짧은동안 잠자고 기인동안누웠었던
그이다 네시에누우면 다섯 여섯 일곱 여덟 아홉 그리고 아홉시에서 열시까

---

40 이어령 : 사는 것이 어째서 이와 같으며 죽음이 어째서 같은가, 죽음이 어째서 이와 같으며 삶이 어째서 같은가(전작집 1, 181~182쪽)
김윤식 : '사는 것이 어째하여 이와 같으며, 죽음이 어째서 같은가. 죽음이 어째서 이와 같으며, 사는 것이 같은가.'(김윤식 편, 전집 2, 177쪽)
김주현 : 백화문으로 해석. 뚫린 골목은 막다른 골목이요, 막다른 골목은 뚫린 골목이다.(김주현 편, 전집 2, 159쪽)
권영민 : 살아 있는 것이 곧 죽은 것이며, 죽은 것이 곧 살아 있는 것이다.(권영민 편, 전집 2, 205쪽)
란명(蘭明) : 관통한 골목은 막다른 골목 막다른 골목은 관통한 골목(란명, 「이상 「지도의 암실」을 부유하는 "상하이"」, 란명 외, 『李箱的 越境과 詩의 生成』, 역락, 2010, 32쪽)

지리상 — 나는리상이라는한우수운사람을아안다 물론나는그에대하야 한쪽
보려하는것이거니와 — 은그에서 그의하는일을떼어던지는 것이다.

—「地圖의暗室」 첫 부분

넷 — 하나둘셋넷이렇게 그거추장스러이 굴지말고산뜻이넷만쳤으면여북
좋을까생각하여도시계는 그러지않으니 아무리하여도 하나둘셋은 내어버
릴것이니까 인생도이력저력하다가 그만일것인데낯모를여인에게웃음까지
산저고리의지저분한경력도 호지부지다스러질것을 이렇게마음조릴것이아
니라 앙뿌을르에봉투씌우고 옷벗고몸덩이는 침구에떠내어맡기면얼마나모
든것을다잊을수있어 편할까하고그는잔다.

—「地圖의暗室」 끝 부분

이 작품은, 작품 속 인물 '그'가 네 시부터 열 시까지 잠을 자고 그 이
후 일어나는 것으로 시작하여 이루어지는 일들을 서술한 작품이다. 그
리고 마지막에 다시 네 시에 잠이 드는 것으로 마무리된다. 그러니까
'넷'을 기점으로 처음과 끝이 만나는 것이다. 그런데 이 표현에서마저
그 연속성을 더하고 있다. 첫 부분을 보면 그냥 '네 시부터 열 시까지 자
고'가 아니라 '다섯 여섯 일곱……' 이렇게 하나하나 숫자를 세어가고
있다. 마지막 부분에서는 시계의 종소리를 빌어서 '하나 둘 셋 넷' 숫자
를 세고 있다. 작품의 처음을 숫자의 중간부터 시작하고, 작품의 끝을
숫자의 처음부터 시작하는 것이다. 즉 끝은, 끝이 아니라 시작과 맞물려
있으며 이는 곧 돌고 돈다는 의미를 표현한 것이라고 해석할 수 있다.
작가에게 첫 발표지면이 할애될 때 작가는 자신의 세계관이 가장 잘

응축되었다고 생각하는 작품을 선택할 것이다. 따라서 첫 작품들에서 이 반복과 순환의 세계관을 피력하고 있다면, 이는 이상 문학을 관통하는 중심 세계관이라고 추정할 수 있다.

첫 소설에서부터 이어 발표하는 시와 다른 소설을 통해 누차 표현된 반복과 순환의 세계관을 좀 더 알기 쉽게 표현하고 있는 소설이 바로 「지주회시」이다. 이 작품은 여러 논자들이 분석하기도 한 작품이거니와,[41] 그 논자들이 공통적으로 지적하고 있는 바, 당시의 불구적 근대화 속에서 벌어지는 당대 사회에 대한 비판의식이 담겨 있기도 하다. 그런데 표면적으로 읽어낼 수 있는 자본의 폐해, 그리고 인간성의 파멸과 퇴폐적 인간관계뿐만 아니라, 각 존재들의 관계가 물고 물리는 연쇄고리로 설정되어 순환되고 있다는 것이 중요하다. 이러한 연쇄고리가 반복 확장되면서 전체와 부분이 닮은꼴을 하고 있는 구조로 인식한 이상의 중심 세계관이 이 작품에서 잘 드러나고 있다. 즉 뫼비우스의 띠처럼 나와 타자가 단순히 같을 수 있다는 세계관에서 더 나아가 그 꼴이 자기유사성을 띠며 확장되어 나아가 순환되는 프랙탈적 구조로 인식하고 그것을 표현해 낸 것이 「지주회시」인 것이다.

우선 그러한 세계를 드러내기까지 서사 구성의 방법적 측면으로도 활용되는 반복 패턴을 보면 다음과 같다.

---

[41] 대표적 연구를 몇 가지만 들면 다음과 같다.
김미영, 「이상의 「지주회시」 연구」, 『인문논총』 65, 서울대 인문학연구원, 2011; 정현기, 「이상의 「지주회시」, 돼지와 거미」, 『한국 현대문학의 제도적 권력과 사회』, 문이당, 2002; 정희모, 「「지주회시」에 대한 서사강조적 분석 연구」, 『국어교육』 92, 한국어교육학회, 1996.

①그날밤에그의안해가층게에서굴러떨어지고 — 공연히내일일을글탄말라고 어느눈치빨은어룬이 타일러놓섰다.

②그날밤에안해는멋없이층게에서굴러떨어졌다. 못났다.

③안해는층게에서굴러떨어졌다. 넌웨요렇게삐삐말렀니 — 아야아야노세요말좀해봐아야아야노세요 (눈물이핑돌면서) 당신은웨그렇게양돼지모양으로살이쪘소오 — 뭐이, 양돼지? — 양돼지가아니고 — 에이발칙한것. 그래서발길로채윘고채워서는층게에서굴러떨어졌고굴러떨어졌으니분하고 — 모두분하다.

④안해야 또한번전무귀에다대이고 양돼지 그래라. 거더차거든두말말고층게에서나려굴러라.

이것은 아내가 전무에게 양돼지라고 한 것을 빌미로 걷어차여 층계에서 굴러떨어진 사건을 표현한 것들이다. ①은 이 소설의 첫 문장이고, ④는 마지막 문장이다. 그리고 ②와 ③이 중간에 삽입되어 있다. 이 하나의 사건을 시작과 끝뿐만 아니라 중간 중간 반복적으로 삽입함으로써 하나의 스토리가 일직선상으로 뻗어나가는 것을 방해한다. 서사가 순차적으로 진행되는 것을 방해하면서 이상이 얻고자 한 효과는 무엇이었을까. 그것은 관계성의 닮은꼴과 그러한 닮은꼴 부분 부분이 연결되면서 다시 전체를 형성하고 있다는 세계를 표현하고 싶었던 것이다.

①과 ② 사이에는 '나'와 '아내'의 관계성 안에 형성된 물고 물리는 관

계가 그려진다.

　또 거미. 안해는꼭거미. 라고그는믿는다. 저것이어서도로환투를하여서거
미형상을나타내었으면 — 그러나거미를총으로쏘아죽였다는이야기는들은
일이없다. 보통 발로밟아죽이는데 신발신기커냥일어나기도싫다. 그러니까
마찬가지다. 이방에 그 외에또생각하야보면 — 맥이뼈를디디는것이뺀이보
이고, 요밖으로내어놓는팔뚝이뱀댕이처럼꼬스르하다 — 이방이그냥거민게
다. 그는거미속에가넙적하게들어누어있는게다. 거미내음새다. 이후덥지근
한내음새는 아하 거미내음새다. 이방안이거미노릇을하느라고풍기는흉악한
내음새에틀림없다. 그래도그는안해가거미인것을잘알고있다. 가만둔다. 그
리고기껏게을러서안해 — 人거미 — 로하여금육체의자리 — (或, 틈)를주지
않게한다.

　오냐 웨그러니 나는거미다. 연필처럼야외가는것 — 피가지나가지않는혈
관 — 생각하지않고도없어지지않는머리 — 칵매킨머리 — 코없는생각 — 거
미거미속에서 안나오는것 — 내다보지않는것 — 취하는것 — 정신없는것 —
房 — 버선처럼생긴房이었다. 안해었다. 거미라는탓이었다.

　거미 — 분명히그자신이거미였다. 물뿌리처럼야외들어가는안해를빨아먹
는거미가 너 자신인것을깨달아라. 내가거미다. 비린내나는입이다. 아니 안
해는그럼그에게서아무것도안빨아먹느냐. 보렴 — 이파랗게질린수염자죽
— 콩한눈 — 늘신하게만연되나마나하는형영없는營養을 — 보아라. 안해가
거미다. 거미아닐수있으랴. 거미와거미거미와거미냐. 서로빨아먹느냐. 어

디로가나. 마조야외는까닭은무엇인가.

　제일 먼저 아내가 거미라는 것부터 시작한다. 그리고 그 거미가 살고 있는 세상인 방 자체가 거미라는 진술로 이어진다. 그 방은 '나'와 동일시되면서 거미가 된다. 거미인 '나'는 아내를 빨아먹는다. 그리고 아내는 '나'를 빨아먹는다. 그런데 이 둘은 또 서로 야위어 가고 있다. 뭔가에 의해 또 빨리고 있는 것이다. 방 자체를 거미로 형상화한 것은 그들을 둘러싸고 있는 세상 자체가 거미임을 암시한다. 지엽적인 부분들끼리 서로 닮은꼴이며, 지엽적인 부분들과 그 지엽적인 부분들이 포함되어 있는 전체가 닮은꼴이다. 이것을 초반에 먼저 전제한 뒤 '나'와 아내가 살아가는 방의 세계에서 점차 바깥 세계로 시야가 확장된다. 그리고 '나'와 '오'라는 친구 사이에 또 물고 물리는 관계가 설정되어 있음을 이야기로 드러낸다.

　②와 ③ 사이에는 '나'의 친구인 '오'와 '오'의 연인인 '마유미'의 관계, 그리고 돈과 인간의 관계가 그려진다.

　　하여간싸움을해가면서벌어다가그날저녁으로저끈아풀한테빼았기고나면 — 아니송두리째갖다받히고나면속이시원합니다. 구수합니다. 그러니까저를 빨아먹는거미를제손으로길르는세음이지요. 그렇지만또이허전한것을저끈아 풀이다수굿이채워주거니하면아까운생각은커녕즈이가되려거민가싶습니다.

　　오늘밤에는 안해는또몇개의그런은화를정갱이에서배앝아놓으려나그북 어와같은종아리에난돈자죽 — 돈이살을파고들어가서 — 고놈이안해의정기 를속속디리빨아내이나보다. 아 — 거미 — 잊어버렸던거미 — 돈도거미 —

그러나눈앞에놓여있는너무나튼튼한쌍거미 ― 너무튼튼하지않으냐.

'나'에게 접촉되어 있는 '오'의 다른 쪽 접촉관계 즉 타인들끼리의 물고 물리는 관계를 드러내고 있다. 그리고 '나'에게 접촉되어 있는 아내의 다른 쪽 접촉관계 역시 물고 물리는 관계로 형성되어 있음을 드러낸다. 여기에서 아내와 전무와의 사이에 실갱이가 벌어져 계단에서 굴러떨어진 사건을 좀 더 차근차근 묘사한다. 그 사이에 돈이라는 거미 역시 인간들 사이에 기생하고 있는 존재임을 드러낸다.

③과 ④ 사이에는 다시 '나'와 세상과의 관계가 그려진다.

밤은안개로하야흐릿하다. 공기는제대로썩어들어가는지쉬적지근하야. 또 ― 과연거미다.(환투) ― 그는그의손가락을코밑에가저다가가만이맡어보았다. 거미내음새는 ― 그러나二十원을요모조모금물르든그새금한지페내음새가참그윽할뿐이었다. 요 새주한내음새 ― 요것때문에세상은가만있지못하고생사람을더러잡는다 ― 더러가뭐냐. 얼마나많이축을내나. 가다듬을수없는어지러운심정이었다. 거미 ― 그렇지 ― 거미는나밖에없다. 보아라. 지금이거미의끈적끈적한촉수가어디로몰려가고있나 ― 쪽 소름이끼치고시근땀이내솟기시작이다.

그러면 아내를 빨아대는 돈이라는 거미를 무수히 풀 수 있는 전무가 물고 물리는 관계의 끝인가. 즉 자본이 피라미드의 정점에 위치한 거미이고 그것을 빨아대는 존재는 없는 것인가. 그게 아니다. 층계에서 굴러떨어진 사건을 계기로 어떻게든 좀 더 돈을 뜯어내려는 모습을 보이고 있는 자신의 모습을 다시 거미에 빗대면서 그렇게 또 물고 물리는 관계에 있음을 드러낸다. 즉 이 소설은, 세상은 부분 부분이 닮아 있으며, 그 부분들이 파생되어 이루어진 전체와 그것을 이루는 부분의 모습이 닮은 꼴임을 말하고 있는 것이다. 이는 우주를 구성하는 원리를 설명하고 있는 프랙탈 구조와도 같다.

프랙탈은 차원분열도형이라고도 하며, 자기유사성을 갖는 복잡한 기하도형의 한 종류이다. 즉 프랙탈fractal은 일부 작은 조각이 전체와 비슷한 기하학적 형태를 말한다. 이런 특징을 자기 유사성이라고 하며, 자기 유사성을 갖는 기하학적 구조를 프랙탈 구조라고 한다. 프랙탈 구조는 자연물에서뿐만 아니라 수학적 분석, 생태학적 계산, 위상공간에 나타나는 운동모형 등 곳곳에서도 발견되어 자연이 가지는 기본적인 구조라고 할 수 있다. 프랙탈 모의실험은 우주의 은하계 집단분포를 나타내거나 유체 난류에 관한 문제를 연구하는 데 이용되기도 한다. 이 프랙탈 개념은 만델브로트에 의해 고안되었으며 1975년에 소개된 개념이다. 그런데 이상은 1930년대에 이미 그의 소설을 통해 이러한 우주 원리를 통찰적으로 간파하고, 사회의 구조적 시스템을 이러한 프랙탈적 구조로 소설에 형상화해낸 것이다.

이렇게 프랙탈 구조로 형상화된 '물고 물려있는 자기유사성의 순환 구조'를 이상은 이 소설에서만 얘기하고 있는 것이 아니다. 이 작품보다 3개월 전에 발표된 수필 「조춘점묘」의 한 편인 「차생윤회」에서도 이러한 시각이 그대로 표출되어 있다.

하로 鐘路를오르내리는동안에세번 積善의베푼일이잇다.

破記錄的事實임에틀님업다. 한푼바다들고 여내 고개를 끄썩이고 쏭문이를 쌔는꼴을보면서 『네놈덕에내가사람노릇을하는것이다. 알기나아니?』하고 甚히窮한虛榮心에서苦笑하얏다. 自身 亦地上에살資格이그리웁다는것을각금 늣기는까닭이다. 그러나 다음瞬間 『나를먹여살니는내바로上部構造가쏘이러케 滿足해하겟지』하고 소름이聯쫙끼첫다. 그쌔의나는틀님업시 엇던 점잔은분들의 虛榮心과 生活原動力을提供하기위하야 쑤멀へ하는 『거지的存在』고나 눈의불이번쩍나지안을수업섯다.

—「早春点描 3」중「此生輪廻」, 『每日申報』, 1936.3.7

이 수필에는 '이 세상의 돌고 돎'을 뜻하는 '차생윤회此生輪廻'의 제목에서도 짐작할 수 있는 바, 거지들에게 적선을 하면서 만족해하는 자기와, 자기를 살게 하는 상부구조가 닮은꼴이라는 것, 즉 서로의 물고 물려 있는 구조적 순환을 파악하고 소름끼쳐 하는 것이 직접적으로 표현되어 있다. 이러한 깨달음을 소설로 형상화한 것이 바로 3개월 후『중앙』에 발표한「지주회시」였던 셈이다.

이상의 반복과 순환의 프랙탈적 세계관은 생전에 발표한 작품들 속에서 이렇듯 강조되었는데, 사후 발견된 그의 유고들 속에서도 이러한 세계관의 편린은 속속 발견되었다.『현대문학』1960년 11월호에 김수영 번역으로 발표된 이상의 미발표 유고에는 다음과 같은 문구가 나온다.

한 마리의 뱀은 한 마리의 뱀의 꼬리와 같다. 또는 한 사람의 나는 한 사람의 나의 부친(父親)과 같다.

—「遺稿」

이는 앞 부분에서 살펴본 「오감도」의 「시제1호」와 맞물리는 표현이며, 「시제2호」를 축약한 내용이다. 뒷 문장에서 주체와 타자의 경계를 허물고, 시간과 공간을 무화시키면서 태어나게 한 존재와 그로 인해 탄생한 존재의 동일성을 언급하면서 순환적 세계관을 보이고 있는가 하면 앞 문장에서 부분과 전체를 동일시하는 프랙탈적 세계관을 보이고 있다.

지금까지 살펴본 이상 문학에 드러난 반복·순환 패턴은 자연과 우주의 구성 원리이기도 하지만, 그동안 보통 사람에게 고착화되어 있던 상식의 세계와 충돌을 일으킨다는 것에 우리는 주목할 필요가 있다. 우리는 일반적으로 하나의 개별자적 존재는 다른 개별자적 존재와 구별하는 것이 보통이고, 그 구별은 다름을 전제로 한다. 그런데 이상이 그려내고 있는 뫼비우스적 세계에서는 그 다름을 일거에 소거한다. 그래서 원점으로 회귀할 수 있다는 시간의 가역성까지를 내포하게 된다. 여기에서 벌써 환상적 감응이 일어난다. 거기에서 더 나아가 자연과 우주의 구성 원리인 프랙탈적 구조로 나아가면, 크기의 다름에도 불구하고 그 안에 같음의 속성이 있고 그것이 끊임없이 순환되며 확장되어 나아갈 수 있다는 것이 그동안의 가시적인 인식 체계를 뛰어넘으면서 환상성을 불러일으킨다. 그러나 이 환상성은 결코 현실을 초월해 있는 환상성은 아니다. 그것은 아직 인식하지 못한 단계였을 뿐, 수학적·과학적으로 설명될 수 있는 현실의 논리이자 법칙이었다. 그것을 만델브로트는 1967년에 발표한 논문을 통해 수학적으로 세상에 드러낸 것이며, 이상은 1930년대에 이미 문학을 통해 암시·함축한 것이다.

4. 환상성 4겹－모나드적 연결

1) 모나드적으로 연결되고 확장되는 작품 세계

(1) 이상 작품 간 연결

이상의 작품은 작품들끼리 연결되어 있다. 우선『조선과 건축』에 실린 시들을 먼저 살펴보자. 이 잡지에는 모두 28편의 시가 네 번에 걸쳐 나누어 실려 있는데,「건축무한육면각체」의 연작시인 7편을 제외하고 나머지 21편에는 시를 쓴 날짜가 표기되어 있다. 그리고「건축무한육면각체」의 시들 중 한 편인「이십이년」에는 시의 본문 속에 시를 쓴 시기를 유추할 수 있는 단서가 들어 있다. 이 시들의 발표 시기와 쓰인 날짜를 정리하면 〈표 6〉과 같다.

이 중 가장 이른 날짜에 쓰인 것은「삼차각설계도」의 연작시 중 한 편인「선에관한각서1」이다.(표 번호로는「삼-1」)[42] 이 시는 쓴 날짜 표시 부분에 두 개의 날짜가 병기되어 있는데, 그 하나가 1931년 5월 31일이고, 하나는 9월 11일이다. 즉 초고를 쓰고 난 이후 수정했음을 말해 준다.「삼차각설계도」연작시는 모두 이틀에 걸쳐 쓰이는데, 9월 11일은「삼-2」와「삼-3」이 쓰인 날이다.「삼-1」은 바로 이 시들이 쓰일 때 수

---

42 이후로는 표의 번호로 표기한다. 표의 번호는 연작시의 형태가 아니라 낱낱의 제목으로 1931년 7월에 발표된 시들 6편의 경우 게재된 순서 앞에 '무'를 붙였고, 이후 발표된 연작시에는 게재된 순서 앞에 연작시 제목의 첫 글자를 붙였다.

43 날짜 옆 괄호 안에 표시된 (한자)는 원문이 한자인 경우를 표시한 것이다. 날짜를 좀 더 명확하게 볼 수 있도록 이 도표에서는 전부 아라비아 숫자로 표시하였다.

〈표 6〉『조선과 건축』 게재 시의 쓰인 날짜 및 발표 시기 현황[43]

번호	작품명	쓰인 날짜	발표 시기
무-1	異常ナ可逆反應	1931.6.5	
무-2	破片ノ景色-	1931.6.5	
무-3	▽ノ遊戯-	1931.6.5	
무-4	ひげ-	1931.6.5	1931.7
무-5	BOITEUX · BOITEUSE	1931.6.5	
무-6	空腹	1931.6.5	
조-1	鳥瞰圖 二人‥‥1‥‥	1931.8.11(한자)	
조-2	鳥瞰圖 二人‥‥2‥‥	1931.8.11(한자)	
조-3	鳥瞰圖 神經質に肥滿した三角形	1931.6.1(한자)	
조-4	鳥瞰圖 LE URINE	1931.6.18(한자)	1931.8
조-5	鳥瞰圖 顔	1931.8.15(한자)	
조-6	鳥瞰圖 運動	1931.8.11(한자)	
조-7	鳥瞰圖 狂女の告白	1931.8.17(한자)	
조-8	鳥瞰圖 興行物天使	1931.8.18(한자)	
삼-1	三次角設計圖 線に關する覺書 1	1931.5.31 · 9.11(한자)	
삼-2	三次角設計圖 線に關する覺書 2	1931.9.11(한자)	
삼-3	三次角設計圖 線に關する覺書 3	1931.9.11(한자)	
삼-4	三次角設計圖 線に關する覺書 4	1931.9.12(한자)	1931.10
삼-5	三次角設計圖 線に關する覺書 5	1931.9.12(한자)	
삼-6	三次角設計圖 線に關する覺書 6	1931.9.12(한자)	
삼-7	三次角設計圖 線に關する覺書 7	1931.9.12(한자)	
건-1	建築無限六面角體 AU MAGASIN DE NOUVEAUTES		
건-2	建築無限六面角體 熱河略圖 No. 2		
건-3	建築無限六面角體 診斷 0:1	1931.10.26(추정)	
건-4	建築無限六面角體 二十二年		1932.7
건-5	建築無限六面角體 出版法		
건-6	建築無限六面角體 且8氏の出發		
건-7	建築無限六面角體 眞晝-或るESQUISSE-		

정되었다는 것을 알 수 있다. 「삼-1」에서 무엇이 어떻게 수정되었는가를 알 수는 없지만 적어도 「삼차각설계도」라는 연작시의 한 편으로 묶일 수 있도록, 그리고 그 제일 첫머리에 올 수 있도록 수정이 이루어졌을 것임은 짐작할 수 있다.

연작시는 몇 편으로 이루어졌든, 시들 속에 관통하는 전체 주제가 있으니 연작시로 묶이는 것이다. 이 시들 역시 마찬가지인데 특히 「삼차각설계도」는 연작시편들의 제목이 '선에관한각서'로 그 뒤에 1에서 7까지 일련번호만 붙는다. 즉 전체를 관통하는 하나의 중심 주제가 있다는 말이다. 그런데 이 시들 속에는 전체를 관통하는 주제의식 말고도 직접적으로 시들이 연결되어 있음을 드러내는 부분들이 있다. 「삼-1」은 이 연작시 7편의 가장 첫머리를 장식한 시인데, 이 시부터 차례로 기준점을 삼아 다른 시들과 어떤 부분이 연결되어 있는지 살펴보면 다음과 같다.

「삼-1」을 기준점으로

「삼-1」

(立體에의絶望에依한誕生)

(運動에의絶望에依한誕生)

「삼-2」

人은絶望하는구나, 人은誕生하는구나, 人은誕生하는구나, 人은絶望하는구나)

．．

「삼-1」

	1	2	3	4	5	6	7	8	9	0
1	●	●	●	●	●	●	●	●	●	●
2	●	●	●	●	●	●	●	●	●	●
3	●	●	●	●	●	●	●	●	●	●
4	●	●	●	●	●	●	●	●	●	●
5	●	●	●	●	●	●	●	●	●	●
6	●	●	●	●	●	●	●	●	●	●
7	●	●	●	●	●	●	●	●	●	●
8	●	●	●	●	●	●	●	●	●	●
9	●	●	●	●	●	●	●	●	●	●
0	●	●	●	●	●	●	●	●	●	●

「삼-3」

	1	2	3
1	●	●	●
2	●	●	●
3	●	●	●

「삼-1」

速度etc의統制例컨대빛은매초三○○○○○킬로미터로달아나는것이확실하다면人의發明은매초六○○○○○킬로미터로달아날수없다는법은물론없다.

「삼-5」

人은빛보다도빠르게달아나면人은빛을볼까

「삼-1」

(고요하게나를電子의陽子로하는구나)

「삼-6」

4 陽子核으로서의陽子와陽子와의聯想과選擇

「삼-1」

速度etc의統制例컨대빛은매초三○○○○○킬로미터로달아나는것이확실하다면

「삼-7」

空氣構造의速度─音波에依한─速度처럼三百三十미터를模倣한다.(어떤빛에比할때심하게도열등하구나)

「삼-2」를 기준점으로 : 전술한 시와의 관계는 생략

「삼-2」

腦髓

「삼-3」

腦髓

....

「삼-2」

1+3

「삼-5」

하나를아는人은셋을아는일을하나를아는일의다음에하는일

....

「삼-2」

凸렌즈때문에收斂光線이되어

「삼-6」

主觀의體系의收斂과收斂에依한凹렌즈

....

「삼-2」

樂

「삼-7」

樂

「삼-3」을 기준점으로 : 전술한 시와의 관계는 생략

「삼-3」

1 2 3　3 2 1

「삼-5」

未來로달아나서過去를본다,

···

「삼-3」

∴ nPn=n(n−1)(n−2)······(n−n+1)

「삼-6」

方位와構造式과質量으로서의數字와

···

「삼-3」

「삼-7」

視覺의이름은人과같이永遠히살아야하는數字的인어떤一點이다.

「삼-5」를 기준점으로 : 전술한 시와의 관계는 생략

「삼-5」

人은빛보다도빠르게달아나는구나

「삼-6」

算式은빛과빛보다도빠르게달아나는人과에依하여運算될것.

....

「삼-5」

人은빠르게달아난다, 人은빛을뛰어넘어未來에서過去를엎드려기다린다.

「삼-7」

人은빛보다도빠르게달아나는速度를調節하고때때로過去를未來에있어서淘

汰하는구나.

「삼-6」을 기준점으로 : 전술한 시와의 관계는 생략

「삼-6」

算式은빛과빛보다도빠르게달아나는人과에依하여運算될것.

「삼-7」

人은빛보다도빠르게달아나는速度를調節하고

「삼-7」을 기준점으로는 전술되어 있음으로 생략

상기한 것 말고도 연결고리들이 더 있지만 대표적인 것만을 제시한 것이다. 내용을 어떻게 해석하는가는 각기 다를 수 있으므로 여기에서는 최대한 조금 더 분명하게 포착되는 시어 등을 중심으로 살펴보았다.

그런데 위에는 「삼-4」를 기준점으로 한 것은 빠져 있다. 관련성이 없는 것이냐 하면 그것은 아니다. 물론 위에서 기술한 다른 시들처럼 직접적으로 시어의 연관성은 많지 않다. 하지만 그렇다고 해서 이 작품이 다른 시들과 연결되지 않는 것은 아니다. 연결고리를 확인하기 위해 「삼-4」의 시 전문을 제목과 함께 제시하면 다음과 같다.

線에關한覺書 4

(未定稿)

彈丸이一圓壔를달린다(彈丸이一直線으로달린다에관한誤謬들의修正)

正六砂糖(角砂糖의실체)

瀑筒의海綿質填充(瀑布의文學的解說)　　一九三一, 九, 一二

　　　　　　　　　　　　　　　—「三次角設計圖」 중 「線에關한覺書4」 전문

짧은 문장, 단 3행(1연이 1행으로 구성)으로 이루어진 이 시는 앞에서 명제들을 제시하고 괄호 속에서 그 명제를 설명하는 방식을 취하고 있다. 앞의 명제들은 기존 상식 또는 일반화된 명칭과 어긋나는 명제들이다. 그러나 새롭게 밝혀진 과학 이론이나 수학적으로 따지고 보면 앞에서 제시한 명제들이 '참'이라는 것을 알 수 있다. 첫 행은 아인슈타인의 일반상대성 이론의 일명 '휘어진 공간'과 연결되고, 두 번째 행은 수학적 이론인 '각'의 개념 정립과 연결된다. 이처럼 앞의 두 행은 비교적 이해가 쉽다. 반면 세 번째 행에서는 문학의 영역으로 넘어와서 그 진의를 파악하기가 쉽지는 않다. 하지만 앞에서 제시하고 있는 명제들과 그 의미의 해석을 연장시키면, 실마리가 잡힌다. 앞의 두 행처럼 세 번째 행의 앞 명제에서 제시하고 있는 것을 '참'이라고 하면, 일반 상식과 어떤 점에서 어긋나는가. 그동안 문학은 정서적인 면을 표현한다는 것, 어떤 사실을 해설하는 것은 아니라고 하는 것 등이 문학으로 오인되고 있다는 것이 이상의 파악인 것이다. 그래서 이상은 그러한 오인을 깨뜨리고, 문학적 비유를 통해 얼마든지 과학적 이론들을 해설할 수 있거나, 혹은 본질의 실체를 규명하는 일을 할 수 있다는 것, 그것이 더 적절한 방향임을 이 시를 통해 암시하고 있다.

그런데 이 시는 제목에 '(未定稿)'라는 표현이 부제로 덧붙어 있다. 완성되어 있지 않은 원고를 발표한 것인가. 권영민은 전집의 해설에서 이 "부제를 붙이고 있는 것으로 보아 텍스트의 완결성을 갖추지 못하고 있음을 짐작할 수 있다"[44]고 보았다. 작가가 이미 그렇게 표현하고 있으니 권영민처럼 생각할 수도 있다. 그렇다면 왜 완성되지도 않은 원고를 발표한 것일까. 그리고 왜 완성되지 않은 원고를 「삼차각설계도」라는 연작시 7편 중 맨 뒤도 아니고, 하필이면 가장 중앙인 4의 자리에 배치하고 있는 것일까. 이상 본인의 말이나 지인의 말을 통해 유추하면 이 당시

---

44 권영민 편, 『이상 전집』 1, 뿔, 2009, 290쪽 참고.

이미 수많은 작품을 썼다는 것을 알 수 있는데, 이런 사실들로 미루어보면 발표 초기에 미완의 시를 발표한다는 것은 이해하기 어렵다. 분명 다른 의도가 있었다고 보아야 한다.

'(未定稿)'라는 부제를 제대로 이해하기 위해서는 이 시의 본문에서 말하고 있는 바를 떠올릴 필요가 있다. 이 시 속에서는 줄곧 기존 상식의 오류를 짚고, 그 실체를 되짚어 보면 좀 더 '참'에 다가설 수 있음을 말하고 있다. 이것을 기억하고 '(未定稿)'라는 부제를 보자. '아직 완성되지 않은 원고'라는 의미로 무심코 사용하던 것을 찬찬히 되짚어서 볼 필요가 있다. '未定稿'라는 단어는 '未'(아니다, 아직 ~하지 못하다, 아직 그러하지 아니하다, 미래), '定'(정하다, 정해지다, 반드시), '稿'(원고)라는 한자가 합쳐진 말이다. 이를 다시 붙여 의미를 정리하면 '정하지 않은 원고', '정해지지 않은 원고', '미래에 정해질 원고'이다. 즉 '완성되지 않은 원고'가 아닌 것이다. '완성되지 않은 원고'가 되려면 '未完稿'로 표현해야 적절하다. 이렇게 보고 나니 제목과, 기존 상식들에서 발견되는 오류를 바로잡을 필요가 있다는 주제와 긴밀하게 연결된다. 이상은 시의 본문만이 아니라 제목에도 그 시의 주제를 담아놓는 형식을 그대로 차용한 것이다. 이것을 짚어낸 뒤 '線에關한覺書'라는 제목을 다시 보면 '覺書' 역시 '약속을 지키겠다는 내용을 적은 문서'라는 의미로 읽어낼 수도 있지만 한자의 뜻 그대로 '깨달음의 글'로 읽어낼 수 있다. 즉 이 시는 '線'에 대한 '깨달음'을 표현한 시라고 할 수 있는 것이다.

이상의 의도는 여기서 그치지 않는다. '(未定稿)'라는 부제에 괄호가 붙어 있는 것을 간과하고 지나가면 안 된다. 이상이 부제를 붙일 때 모두 괄호를 쓴 것은 아니기 때문이다. 시의 본문 속에서 괄호는 앞의 명

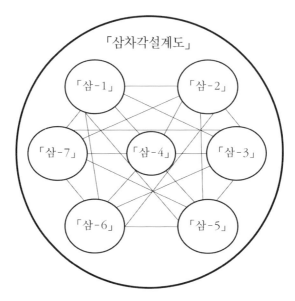

「삼차각설계도」

「삼-1」　　「삼-2」

「삼-7」　「삼-4」　「삼-3」

「삼-6」　　「삼-5」

〈그림 11〉『조선과 건축』에 실린 「삼차각설계도」의 모나드적 연결망

제를 부연설명하는 역할을 하였다. 제목에서 괄호 앞의 명제가 되는 것은 '선에관한각서4'이다. 그렇다면 이 말인즉슨, '선에관한각서4'라는 말을 고정적으로 해석하지 않아야 됨을 지칭한다.[45] 따라서 이 말 속에는 이 자리로 딱 못박는 것은 아니라는 말 역시 내포하고 있다. 즉 어떤 자리에 둔다고 해도 그 자리에서 제 역할을 한다는 말이다. 이렇게 이 해하면 이상이 자신의 문학을 통해서 말하고자 하는 것을 이 시를 통해 간명하게 드러내고 있다는 것을 짐작하게 한다. 즉 이상은 기존의 오류

---

[45]　'(未定稿)'라는 표현의 부제는 「건축무한육면각체」의 「熱河略圖 No.2」에도 달려 있다. 권영민은 이 시의 해석에서도 이 부제로 보아 '정리되지 않은 상념들을 모아놓듯이 기록한 듯하다'고 말한다. 그리고 '열하'를 중국의 만주 지역에 있는 지명으로 단정한다. 이 해석 역시 틀린 것이라고 말할 수는 없지만, 그 하나의 해석으로 단정짓는 것은 재고해 볼 필요가 있다.

들을 바로잡고 대상의 실체를 문학적으로 해설하겠다는 것이다. 그리고 이렇게 자신의 문학이 무엇을 말하고자 하는지를 밝히고 있는 「삼-4」는 다른 시들과 분명하게 연결고리를 갖게 된다는 것을 알 수 있고, 또 7편 중 4라는 중앙의 자리에 배치한 것도 더욱 분명한 의미를 띠게 된다.

이러한 연결고리를 바탕으로 「삼차각설계도」라는 연작시 7편의 연결망을 도해하면 〈그림 11〉과 같다. 그림에서 알 수 있듯이 「삼차각설계도」의 연작시 7편은 각기 길고 짧은 길이로 하나의 세계를 형성하고 있으면서 다시 그것이 서로 촘촘하게 연결되어 「삼차각설계도」라는 확장된 또 하나의 세계를 구축해낸다. 『조선과 건축』에 실린 다른 연작시들 역시 각각 나름의 연결망을 가지고 하나의 세계를 구축하고 있다. 그렇다면 연작시들은 각각 그 안의 작품들끼리만 연결되어 하나의 완결된 세계로 독립하여 그 자체의 해석 주름만 가진 작품인가 하면 그것이 아니다. 이 작품들은 또 다른 작품들과 연결되어 있다.

먼저 「삼차각설계도」와 다른 시들과의 연결고리를 보자. 「삼-4」는 이상 문학의 어떤 작품과도 연결될 수 있다는 것은 전기했거니와, 직접적으로는 '(未定稿)'라는 부제가 붙은 「건-2」와 연결된다. 이 연결성을 고려하면 「건-2」 역시 '미완성 원고'의 의미로 '(未定稿)'라는 표시를 하고 있는 것이 아니라는 것 또한 알 수 있다. 즉 그 역시 자리와 의미의 확장적 해석을 가능하게 만드는 역할을 한다고 보아야 한다.

연작시들 간의 또 다른 연결고리들을 보면 우선 「삼-1」이 쓰인 날짜를 들 수 있다. 「삼-1」은 이 연작시 7편의 가장 첫머리를 장식한 시인데, 이 시가 이후 2-7까지의 시들과는 시를 처음 쓴 시기가 조금 차이가 나고, 그것을 빠뜨리지 않고 기록했다는 것을 주목할 필요가 있다. 이 작품에 병기된 두 개의 날짜 중 앞에 쓰인 게 5월 31일인데, 날짜를 표기한 시들을 대상으로 볼 때 이 다음에 바로 쓰인 시는 「조-3」이다. 「조-3」은 「조감도」 연작시의 한 편으로, 쓰인 날짜가 1931년 6월 1일 자로 표기된 「신경질적으로비만한삼각형」이다. 날짜의 연관성만이 아니라 제목의 '삼각'에서도 「삼차각설계도」라는 제목과의 관련성이 보인다. 「삼차각설계도」 첫 시인 「삼-1」만이 아니라 마지막 시인 「삼-7」도 「조-3」과 연결되어 있다. 「조-3」에는 '▽은나의AMOUREUSE이다'라는 부제가 붙어 있는데, 「삼-7」의 본문에는 '△ 나의아내의이름(이미오래된과거에있어서나의AMOUREUSE는이와같이도총명하니라)'고 하는 문구가 있다. 이 문구는 「조감도」 연작시보다 앞서 『조선과 건축』에 발표된 시들과 연결되는 데에도 한몫을 담당한다. 「무-2」, 「무-3」 두 편에 모두 '△은나의AMOUREUSE이다'라는 부제가 붙어 있는데 이와 연결되는 것이다. 또한 「삼-1」과 「삼-6」은 그보다 뒤에 발표된 연작시, 「건축무한육면각체」와 연결고리를 맺는다. 「건축무한육면각체」의 세 번째 시는 「진단0 : 1」이라는 제목으로 다음과 같이 전개된다.

어떤患者의容態에關한問題.

1 2 3 4 5 6 7 8 9 0 ·

1 2 3 4 5 6 7 8 9 · 0

1 2 3 4 5 6 7 8 · 9 0

1 2 3 4 5 6 7 · 8 9 0

```
1 2 3 4 5 6 ・ 7 8 9 0

1 2 3 4 5 ・ 6 7 8 9 0

1 2 3 4 ・ 5 6 7 8 9 0

1 2 3 ・ 4 5 6 7 8 9 0

1 2 ・ 3 4 5 6 7 8 9 0

1 ・ 2 3 4 5 6 7 8 9 0

・ 1 2 3 4 5 6 7 8 9 0
```

診斷 0 : 1

2 6 ・ 1 0 ・ 1 9 3 1

以上 責任醫師 李箱

— 「建築無限六面角體」 중 「診斷0 : 1」 전문

이 시는 앞서 예시로 보였던 「삼-1」의 '●'[46] 부분이 줄어들면서 그 자리를 숫자로 대체하고 있는 모습이다. 또한 제목 「진단0 : 1」은 「삼-6」에 있는 '(1234567890의疾患의究明과詩的인情緒의버리는곳)'이라는 문구와 연결된다. 「삼차각설계도」와 다른 시들의 연결고리는 이것 말고도 무수히 많은데, 이처럼 연작시 안에서만이 아니라 그 외의 다른 시들과 연결되면서 의미의 관계망을 형성하고 있다. 이는 다른 시들 역시 마찬가지이다.

이런 관계망은 『조선과 건축』이라는 잡지에 발표된 시에 한정된 것만도 아니다. 1934년 7월부터 8월까지 『조선중앙일보』에 연재된 「오감

---

46 위 인용문들에서 사용한 기호의 크기도 가능한 한 원문의 두 시에서 보이는 크기의 다름을 표현하였다.

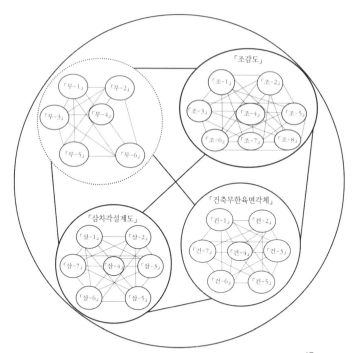

〈그림 12〉『조선과 건축』에 실린 이상 연작시의 모나드적 연결망[47]

도」라는 연작시는 『조선과 건축』에 발표된 시들과 매우 긴밀한 관계를 형성한다. 「오감도」 연작시 중 「시제4호」는 『조선과 건축』에 실린 「건축무한육면각체」의 「건-3」을, 「시제5호」는 「건-4」를 조금씩 변형하여 발표된 시라는 것은 이미 널리 알려져 있기도 하다.

「오감도」라는 제목은 『조선과 건축』의 「조감도」와 연결되어 있다. '조감도鳥瞰圖'라는 것은 '새가 내려다 본 그림' 즉 투시도의 하나로, 높은 곳에서 아래를 내려다보았을 때의 모양을 그린 그림이나 지도를 일컫는다. 즉 이 시의 제목은, 시적 대상들에 대해 거리를 유지한 채 관망한 것을 표현한 것이라는 작가의 의도를 어느 정도 드러낸다. 그런데 왜

---

47 연작시의 제목이 있는 것은 실선으로 처리하고, 연작시의 제목이 없는 것은 점선으로 표시하였다.

『조선중앙일보』에 실린 시는 '조감도'가 아니라 '까마귀 오鳥' 자를 써서 '오감도'가 된 것일까.[48] 그 단서는 『조선과 건축』에 실린 「조감도」의 한 편인 「LE URINE」과의 연결성에서 찾아볼 수 있다. 이 시의 한 부분을 보면 다음과 같다.

　까마귀는마치孔雀의모양으로飛翔하여비늘을無秩序하게번쩍이는半個의天體에金剛石과조금도다름없이平民的輪廓을日沒前에위조하여교만한것은아니고所有하고있는것이다.

— 「鳥瞰圖」 중 「LE URINE」

『조선과 건축』에 실린 「조감도」 8편의 시 중에서 위로 솟구쳐올라 내려다보는 이미지로 형상화된 새의 종류는 이 시에 나온 '까마귀'가 유일하다. 「광녀의 고백」에 '나비'가 등장을 하고, 「흥행물천사」에 '참새'라는 단어가 나오지만, 이는 시의 문장에서 원관념으로 등장하는 것이 아니라, 보조관념으로 등장을 한다. "여자는고풍스러운지도위를독모를살포하면서불나비처럼날은다"나 "천사는참새처럼수척한천사를데리고다닌다"처럼 '여자'와 '천사'를 빗대는 존재로 형상화되어 있는 것이다. 하지만 「LE URINE」에서 '까마귀'는 인용문에 제시되어 있다시피 그 자체로 표상되어 있고, 오히려 '공작'이나 '금강석' 등의 보조관념을 활용하여 그 존재를 구체화시키고 있다. 따라서 「조감도」에서 「오감도」로의

48　이에 대해서는 여러 가지 설이 존재하고, 특히 신문 식자의 오류였을 가능성도 제기하는 이가 있기도 하다. 여기서는 오류가 아니고 작가의 의도에 의해서 변경되었을 경우를 바탕으로 논의를 전개하였다.

변화는, 위로 비상하여 굽어보고 투시할 수 있는 존재를 '새'라는 일반적 보통명사에서 좀 더 구체화된 '까마귀'라는 존재를 상정한 것으로 볼 수 있다. 이렇게 날아올라서 투시할 수 있는 존재는 작가 자신인 이상의 표상인 셈이다. '까마귀'는 「가외가전」이라는 시 속에도 "落雷심한그乻大한房안에는어디로선가窒息한비들기만한까마귀한마리가날어들어왔다"라는 문구에 등장을 한다. 이 문구를 통해 보면 '낙뢰'를 피해서 방안에 들어온 '까마귀'라는 것인데, 이상의 작품 속에서 주로 방안에 머무는 인물은 이상 자신의 표상으로 등장하는 중심 인물이라는 점에서도 일맥상통한다.

작품 간 연결고리가 시에만 한정된 것은 아니다. 작품 간 연결고리는 짧은 시의 형태로 표현된 작품과 좀 더 길게 표현된 산문 작품과도 맺어져 있다. 단편소설 중 가장 먼저 발표된 작품은 「지도의 암실」인데, 이 작품의 제목에 쓰인 '지도'는 시의 제목들에 사용된 '조감도', '설계도' 등과 연결된다. 「조감도」, 「오감도」 등에서 표현된 새, 까마귀 등으로 현현되는 자신의 표상은 단편 「날개」의 첫머리 "「剝製가되어버린天才」를 아시오? 나는 愉快하오. 이런때 戀愛까지가愉快하오"와 "날개야 다시 돋아라. / 날자. 날자. 날자. 한번만 더 날자ㅅ구나. / 한번만 더 날아보자ㅅ구나"[49]로 끝나는 마지막 부분과 연결된다. 뿐만 아니라 「날개」에는 다양한 시들의 모티프들이 녹아들어 있다. 「오감도」의 「시제15호」, 「거울」, 「명경」에서 활용된 '거울'이 인물의 놀이기구로 삽입되고, 「지

---

49 여기에서는 현대어 맞춤법으로 바꾸지 않고 사이 'ㅅ'을 표기했는데, 그 이유는 이 작품에 유난히 사이 'ㅅ'이 많이 들어가 있는 것을 발견했기 때문이다. 글자를 기호화하여 표현하는 것도 이상 문학의 특징 중 하나인데 이 역시 의도가 담긴 것으로 볼 수 있다.

비」라는 시에 표현된 '절름발이 부부' 모티프는 소설 「날개」의 마지막 부분, "우리부부는 숙명적으로 발이맞지않는 절름바리인 것이다"로 이어진다. 또 다른 시 「지비─어디갔는지모르는안해」, 「위독」이라는 연작시의 「추구」 등에 나오는 '외출하는 아내' 모티프 역시 「날개」의 아내 속에 녹아들어 있다.

작품들 간의 연관성은 제목과 본문 일부분의 유사성만이 아니라 전체 의미와 상징 구조가 복잡하게 구현되는 방식으로 연결되기도 한다. 일례를 보면 「I WED A TOY BRIDE」라는 시와 「동해」라는 소설이 대표적이다. 이 두 작품이 어떤 식으로 연결되어 있는지를 분석하기 위해 1936년 10월에 발간된 『삼사문학』 5집에 발표한 「I WED A TOY BRIDE」라는 시의 전문을 보면 다음과 같다.

1 밤

작난감新婦살결에서 이따금 牛乳내음새가 나기도한다. 머(ㄹ)지아니하야 아기를낳으려나보다. 燭불을끄고 나는 작난감新婦귀에다대이고 꾸즈람처럼 속삭여본다.

「그대는 꼭 갓난아기와같다」고……………

작난감新婦는 어둔데도 성을내이고대답한다.

「牧場까지 散步갔다왔답디[50]다」

---

50 전집들에 모두 '니'로 되어 있는데 원문에는 '디'로 되어 있다. '니'로 표현하면 화자의 직화가 되고 '디'가 되면 들은 이야기를 전하는 방식으로 전환되어 의미 해석상 차이가 날 수 있기에 이 글자 한 자의 차이는 크다. 더욱이 원문을 그대로 표기한 전집들에서의 오류는 바로잡아져야 한다.

작난감新婦는 낮에 色色이風景을暗誦해갖이고온것인지도모른다. 내手帖
첨□[51] 내가슴안에서 따끈따끈하다. 이렇게 營養分내를 코로맡기만하니까
나는 자꾸 瘦瘠해간다.

2 밤

작난감新婦에게 내가 바늘을주면 작난감新婦는 아모것이나 막 찔른다. 日
曆. 詩集. 時計. 또 내몸 내 經驗이들어앉어있음즉한곳.

이것은 작난감新婦마음속에 가시가 돋아있는證據다. 즉 薔薇꽃처럼……
…………………

내 거벼운武裝에서 피가좀났다. 나는 이 傷차기를곷이기위하야 날만어두
면 어둔속에서 싱싱한蜜柑을 먹는다. 몸에 반지밖에갖이지않은 작난감新婦
는 어둠을 커 ― 틴열듯하면서 나를찾는다. 얼는 나는 들킨다. 반지가살에닿
는 것을 나는 바늘로잘못알고 아파한다.

燭불을켜고 작난감新婦가 蜜柑을 찾는다.

나는 아파하지않고 모른체한다.

— 「I WED A TOY BRIDE」 전문

이 시는 1937년 『조광』에 발표된 소설 「동해」와 연결되어 있다. '작
난감新婦'는 '姙'으로 표상되었다. 이 이름의 표상 역시 시 첫 행의 '멀지

---

51 김주현 주해본에는 '처럼'으로 바꾸고 '첨럼'이 오식인 것을 주석에 달고 있으며, 권영
민 편본에서는 그냥 '처럼'으로 표기되어 있다. 앞 글자는 '첨'이 분명하게 보이기 때문
에 권영민 편본의 오류는 바로잡아져야 한다. 뒷 글자는 잘 보이지 않아 여기에서는 그
냥 □로 표기하였다.

아니하여 아기를 낳으려나보다'를 내포한 '아이밸 임'을 가져다 썼다. 이 외에 시의 구절들이 「동해」에 어떤 식으로 삽입되었는지 살펴보자.

姬이가 도라오니까 몸에서 牛乳내가난다. 나는 徐徐히 내活力을 整理하야 가면서 姬이게 注意한다. 똑 간난애기같아서 썩 좋다.
「牧場까지 갔다왔지요」

—「童骸」중「敗北시작」

　시 1연의 내용이 소설의 내용 속에 많이 바뀌지 않고 그대로 들어온 듯하다. 이렇게 이 시와 소설이 긴밀한 연관성을 맺고 있다는 것을 드러 낸 뒤에 2연은 꽤나 복잡한 구조로 소설 속에 삽입된다. 주의해서 봐야 할 소재는 '반지', '장미', '燭불', '바늘', '밀감' 등이다. 이 소재들은 소 설 속에서 조금씩 모양을 바꾸거나 다른 상황 속에서 제시된다. '반지' 는 시에서는 신부가 가지고 있는 것으로 표현되었으나, 소설에서는 신 부가 찾는 대상으로 전위되어 있다. 시에서 신부를 비유한 '장미'는 소 설에서 나누어 표현된다. 소설의 맨 첫 부분에서 "花草처럼 놓여있는 한 젊은 女人"과 소설의 끝 부분에 나오는 "瞬間 姬이 얼굴에 毒花가핀다"가 그것인데, 이 둘은 시에서의 가시를 지닌 '장미'와 연결된다. 시에 등장 한 '燭불'은 '내가 어둔 속에서' 먹는 밀감을 신부는 '燭불'을 켜고 찾는 것으로 제시가 되는데, 오히려 소설에서는 "속았다. 속아넘어갔다. 밤 은 왔다. 촛불을켰다. 껏다. 즉 이런 假짜반지는 탄로가 나기쉬우니까 감춰야하겠기에 꺼도 얼른 켰다. 밤이 오래 걸려서 밤이었다"로 '반지' 와 연결하여 한꺼번에 껐다 켰다를 반복 제시함으로써 두 상황을 수렴

한다. 그러나 여기서도 '감춰야 하겠기에 꺼도 얼른 켰다' 등의 패러독스를 제시하면서 단순 해석을 지양한다.

'바늘'과 '밀감'은 훨씬 복잡한 양상을 띠면서 소설 속에 투영된다.

①슈ー트케ー스를열고 그속에서 서슬이퍼런 칼 을 한자루만 끄낸다.
이런경우에 내가 놀래는빛을 보이거나 했다가는 뒷갈망 하기가 좀 어렵다. 反射的으로 그냥 손이 목을눌렀다 놓았다 하면서 제법 천연스럽게
『늬ㅁ재는 刺客 임늬까요?』

— 「童骸」 중 「觸角」

②理髮師는 낯익은 칼 을 들고 내 수염 많이난 턱을 치켜든다.
『님재는 刺客입늬까』

— 「童骸」 중 「敗北시작」

③尹은 새로 담배에 불을부처물드니 주머니를 뒤적뒤적 한다. 나를 殺害하기위한 凶器를 찾는것일까.

— 「童骸」 중 「明示」

④『이상스러워 할것도없는게 자네가 주머니에 칼을 넣고 댕기지안는것으로보아 자네에게 刺殺하려는 意思가 있다는걸 알수있지않겠나. 勿論 이것두 내게아니구 남한테서 꿔온에피그람이지만』

— 「童骸」 중 「顚跌」

⑤ 나는 차츰차츰 이 客 다 빠진 텅 뷘 空氣속에沈沒하는 果實 씨 가 내 허리 띠에 달린것같은 恐怖에 지질리면서 정신이 점점 몽롱해드러가는 벽두에 T군은 은근히 내 손에 한자루 서슬 퍼런 칼을 쥐어준다.

　　　　　　　　　　　　　　　　　　　　　—「童骸」 중 「顚跌」

　　여기서 ①은 '임'이 '나쓰미캉'을 깎기 위해 칼을 꺼내드는 장면, ②는 '이발사'가 '나'를 면도해주기 위해 칼을 드는 장면, ③은 '임'이의 또 다른 남자로 제시한 인물인 尹이 '칼'을 꺼내든다고 착각하는 장면, ④는 '나'의 벗인 'T'가 '나'에게 건네는 말, ⑤는 'T'가 '칼'을 주었다고 생각하는 장면이다. ①이 시와의 연관성을 제시하는 부분이라면, ②는 '임'과 자리바꿈을 하는 '이발사'로 연결되면서 상황의 전위를 이끌어내기 위한 전초작업이다. 즉 ③, ④, ⑤로 연결되면서, 시에서의 '바늘'이 소설에서 '칼'로 모양을 바꾸고, "아무것이나 막 찔른다"는 시의 상황이 소설에서는 '아무든지 나를 위협한다'로 전위되는 것이다. 이러한 전위가 일어난 상황 속에서 마지막 부분을 보면 ⑤에서 'T'가 쥐어준 것이 실은 칼이 아니라 '나쓰미캉'이었다는 것이 드러나면서 다시 ①과 밀접한 관계를 맺게 된다.

　　소설에 등장하는 '나쓰미캉'은 밀감 종류의 하나를 일컫는 일본어인데 이 역시 시와 긴밀하게 연결되어 있는 소재이다. 시에서 '밀감'은 두 번 제시되고, 소설에서 '나쓰미캉'은 네 번 제시된다. 소설에서 네 번 제시되는 동안, 시와의 연결성도 좀 더 선명하게 보이고 있으며, 아울러 소설의 의미 구조에 긴밀하게 작용하고 있다. 첫 부분과 끝 부분이 연결되면서 구조적 디딤돌로 작용을 하는가 하면, '칼'이라는 소재와 중첩되면서 이들을 단순하게 읽어낼 수 없게 만드는 작용을 하기도 하고, 문맥과 무관하게 툭 끼어들면서 실제와 허구의 교착을 일으키는 요소로 작용하기도 한다. 이를 통해 작품 간의 연결이 단순한 연결이 아니라 좀 더 복잡한 구조로 치환되고 전위되고 있음을 알 수 있다.

지금까지 대표적인 예들을 통해 작품 간 연결을 살피면서 이상의 작품들이 긴밀한 연관관계를 맺고 있음을 드러내었는데, 이 외에도 선명하게 짚어낼 수 있는 연결성을 보이는 작품들은 부지기수이다. 그런데 이상의 작품들은 위에서 서술해 온 것처럼, 분명하게 연결성을 보이는 것만이 관계망을 가지고 있는 것은 아니다. 언뜻 보면 연결성을 찾아보기 어려운 작품인 듯한데 연결되어 있기도 하다. 다음과 같은 이시영의 글은 그 단서를 제공해 준다.

李箱 (蜘蛛會豕에서)(街外街傳)을 **빼어버리고** 남은 것에다 다시(街外街傳)을 加한즉 그것은 도로 (蜘蛛會豕)가 되어버렸다. 나는 街外街傳을 無作定하고 늘인 것이라고만 알았더니 李箱이는 無作定? 줄인 것이라고 하므로 無作定하고 줄인 것을 無作定하고 늘인 것으로만 여기었던 것은 나의 錯覺이었다.[52]

여기에서 언급된 두 작품, 「가외가전」은 1936년 3월 『시와 소설』에 발표된 작품이고, 「지주회시」는 1936년 6월 『중앙』에 발표된 작품이다. 전자는 시로 분류되고 후자는 소설로 분류되었다. 이 두 작품은 언뜻 보면 연관성을 찾기가 쉽지 않다. 하지만 이시영의 위 글에 의하면

---

52 이시영, 「SURREALISME」, 『三四文學』 5, 1936.10.

두 작품이 긴밀하게 연관되어 있다. 이 글에는, 이시영은 「지주회시」가 「가외가전」을 늘인 것으로 보았는데, 이상은 오히려 줄인 것이라고 했다는 내용이 나온다. 이 내용으로 보면, 늘이고 줄임의 차이를 보이지만 결국 두 작품이 연관되어 있음을 이상이 부정하지 않았다는 것이다. 이것을 통해 우리가 얻을 수 있는 시사점은, 겉으로 보았을 때 연관성을 찾기 어려운 작품이라고 할지라도 좀 더 천착해 보면 그 연관성을 발견할 수 있다는 것이다.

요컨대 이상의 문학 작품은 작품들끼리 긴밀한 관련성을 가지며 작품 하나가 쓰여질 때마다 그 세계가 모나드적으로 연결되어 확장된다. 이는 하나의 작품이 하나의 작품으로 읽힐 때 읽어낼 수 있는 의미가 존재하지만 연관성 속에서 읽어내는 의미가 또 여러 겹으로 파생될 수 있음을 말해주는 것이기도 하다.

이상의 작품은 하나의 존재가 또 다른 하나의 존재에 결부될 때 그 의미가 분명해지는 것이 아니라 오히려 더욱 모호해질 때가 부지기수이다. 이는 수많은 패러독스로 구축된 이상 문학의 특성이기도 하다. 하나의 예를 통해 보자. '지도'라는 단어와 '암실'이라는 단어는 우리에게 그다지 낯선 단어는 아니며, 이 두 단어의 뜻을 찾아보아야 할 정도로 어려운 단어도 아니다. 이상은 어렵지 않은 이 두 단어를 결합시켜 「지도의 암실」이라는 제목을 탄생시켰다. 그런데 쉬운 단어 두 개가 결합되었음에도 이 제목이 무엇을 의미하는 것인지 얼른 와닿지 않는다. '지도'라는 단어는 지형을 찾기 쉽게 축소하여 그린 그림인데, '암실'은 빛이 없는 어두운 공간을 일컫는 말로 두 단어의 결합이 이루어지는 것은 불합리하게 느껴지기 때문이다.

물론 문학에 어떤 어휘가 사용될 때 지시적 의미로만 고착되는 것은 아니며, 이미 그 안에 비유적 상징적 의미를 내포하게 된다. 하지만 하나의 상징적 의미가 다른 부분과의 결합으로 그 의미를 어느 정도 유추 가능하게 활용하는 것이 보편적[53]이다. 이 당시 많은 문학 작품에서는 상호의존적인 결합 형태로 이루어지는 은유 체계를 활용하였다. 그런데 이상의 「지도의 암실」은 상호의존적 체계가 아니라 오히려 상호대립적 체계로 구현되어 있어 보편적 상징성의 범위를 넘어선 패러독스로 작용한다. 제목이 이렇다 할지라도 작품을 다 읽고 나면 그 상징적 의미의 범위가 보여야 하는데, 그마저도 불가능하다. 작품 자체가 여러 환상적 기법을 동원하여 구현되어 있어 그 주제를 독자마다 다르게 읽어낼 수 있는 열린 의미의 텍스트이기 때문이다. 이렇게 상징성이 보편적으로 인지할 수 있는 지점을 넘어섰을 때 우리는 초현실적, 내지는 환상적이라고 명명한다.

이상의 작품은 어휘 하나하나가 주름이 겹겹이 새겨 있는 하나의 모나드이며, 그 모나드가 다른 모나드와 연결된다고 해서 그 모나드의 성질이 제약되거나 해체되지 않는다. 오히려 다양한 해석을 모두 수렴할 뿐이다. 그래서 이렇게 모나드적으로 확장되는 이상의 작품 세계는 그 자체로 환상적 감응을 불러일으키지만, 실체에 접근하는 것을 더욱 어렵게 만들어 결국 실체가 무엇인지 미궁 속으로 빠져들게 만든다는 점에서 더욱 환상성을 띠게 된다.

---

53 예를 들어 "내 마음은 호수요 / 그대 노 저어오오"로 시작하는 김동명의 「내 마음은」의 경우, 처음부터 끝까지 수많은 은유로 표현하고 있지만, 이 작품을 초현실적, 환상적인 작품이라고 보지는 않는다. 첫 행만 주어졌다면 아주 많은 상징성을 내포하지만, 행과 행이 이어지고, 연과 연이 이어지면서 앞 내용들의 상징성 범주를 제약하고 있고, 그로 인해 보다 선명한 주제가 드러나기 때문이다.

(2) 이상 작품 밖 연결

여기에서 한걸음 더 나아가 이상의 작품에 삽입된 인용과 패러디는 이상의 작품에 한정되지 않고 인용되고 패러디된 세계와 접합되면서 세계는 더욱 확장된다. 이상의 작품 속에는 직접 인용부터 변용하고 왜곡한 인용까지 수없이 많은 인용이 있다. 문구를 인용한 것이 아니라 작가명, 작품명, 작품 속 인물명 등이 언급된 것까지 합하면 지금까지 찾아낸 것만 보아도 150개가 넘는다.

지금까지 드러나거나 밝혀진 것 중 가장 많은 인용이나 활용 횟수를 보인 것은 당시 이상이 몸담았던 구인회의 멤버이기도 했던 정지용의 글이다. 그 예들을 보면 〈표 7〉과 같다.

〈표 7〉 이상이 활용한 정지용 작품의 문구

표현 문구	원문과 출처	삽입 작품
"검정 콩 푸렁콩을 주마"	"검정 콩 푸렁 콩을 주마" 정지용의 시 「말」의 한 구절	「나의 애송시」 「아름다운 조선말」
"李箱은 勿論 子爵의 아들도 아무것도 아니겠습니다"	"나는 子爵의 아들도 아무것도 아니란다" 정지용의 「카페 프랑스」 후반부의 한 구절	「실화」
"海峽午前二時의 망토를 둘르고"	"해협 오전 두시의 고독은 오롯한 원광(圓光)을 쓰다" 정지용의 「해협」의 한 구절	「실화」
"말아! 다락같은 말아! 貴下는 점잖기도 하다만은 또 貴下는 왜그리 슬퍼 뵈이오?"	"말아, 다락같은 말아, / 너는 즘잔도 하다마는 / 너는 왜 그리 슬퍼 뵈니?" 정지용의 「말」의 한 구절	「실화」
"戀愛보다도 위선 담배를 피우고 싶었다."	"연애보담 담배를 먼저 배웠다." 정지용의 「다시 해협」의 한 구절	「실화」
"나는 異國種강아지올시다"	"오오, 이국종 강아지야" 정지용의 「카페 프랑스」의 한 구절	「실화」

작품명이 언급된 것들까지 합하면 이보다 더 많다. 특히 1935년[54] 1월에 발간된 『중앙』지에 게재된 문답 중, '나의 애송시'로 정지용의 「유리창」을 언급하면서, 이와 함께 정지용 시 「말」의 한 구절 "검정콩 푸렁콩을 주마"를 "한량없이 매력있는 발성"으로까지 칭송하는데, 이후 이 구절에 대해 「아름다운 조선말」이라는 글에서 "잊을수없는 아름다운 말솜씨"임을 거듭 상찬한다. 소설 「실화」에서는 직접 인용은 아니지만, 정지용 작품의 여러 구절을 끌어와 문맥에서 활용한다.

한 작가의 말이 반복해서 인용된 경우도 있다. 그것을 보면 다음과 같다.

才能업는 藝術家가 제貧苦를 利用해먹는다는 복또 우의한마데말은 末期自然主義文學을 업수녁인듯 도시프나 그러타고해서 聖書를팔아서 피리를사도 稱讚밧든 그런治外 法權性恩典을 어더입기도 이제와서는 다틀녀버린 오늘形便이다.

— 「文學을 버리고 文化를想像할수업다」(밑줄은 인용자)

赤貧이如洗—콕토—가 그랬느니라—재조없는 藝術家야 부즐없이 네貧困을 내 세우지말라고—아—내게 貧處을 팔아먹는 재조外에 무슨 技能이 남아있누.

— 「失花」(밑줄은 인용자)

밑줄 그은 부분을 보면, 프랑스 작가 장 콕토의 같은 말이 다른 작품에 연거푸 인용되어 있다. 서로 다른 문맥에 이용되기는 했으나, 이 문

---

54 전집들에서 1936년으로 되어 있는 것은 오류이다.

구 인용에서는 장 콕토나 그의 말 자체를 풍자하거나 패러독스로 이용한 것이 아니라는 것을 알 수 있다. 즉 이상의 머릿속에 인상 깊게 남은 말이고, 그것을 문맥에 따라 효과적으로 이용한 것이다. 이상은 자신의 「동해」라는 작품 속에 장 콕토의 『백지Carte Blanche』라는 에세이집[55]에 담겨 있는 글을 길게 인용하고 있기도 하다. 이 외에도 장 콕토의 작품을 이상이 인상 깊게 보았다는 증거는 여러 곳에 남아 있는데, 이는 이상 작품의 경계를 넘어 인용된 작품들의 맥락과 그 작가들의 사상도 살펴본다면 이상의 작품들과 만나는 지점에서 또 다른 주름을 만들어낼 수 있음을 시사한다. 장 콕토는 당시 문필 활동만이 아니라 영화 제작에도 몸을 담고 있었는데, 그의 영화들에서 보여주는 환상적 기법들 역시 이상의 작품 속에서 보이는 환상성과 맥락이 닿아 있다. 당시 프랑스에서 제작된 영화들이 유입되기도 했으나 이상이 실제 장 콕토의 영화들을 보았는지는 분명하지 않다. 하지만, 장 콕토의 여러 작품들이 인용되어 있고, 기법적 측면에서 맞닿아 있는 면이 있다면 거기에는 생각보다 많은 해석 주름을 형성해낼 가능성이 존재하는 것이다.

이상 문학에는 당대 작가들의 작품과 작가만 언급되어 있는 것은 아니다. 성경, 논어, 맹자, 장자 등 동서양을 가로지르는 경전부터, 당나라 시인의 시, 세익스피어의 희곡, 조선 시대 문인의 작품, 일본 작가와 작품 등 그의 인용 범위는 시대와 공간의 제한 없이 넘나든다.

---

55 이 에세이집은 1920년에 출판되었는데, 일본에서 호리구치 다이가쿠의 번역으로 일본 第一書房이라는 곳에서 1932년에 출판되었다고 한다. 이에 대해서는 송민호가 쓴 『'이상'이라는 현상』(예옥, 2014)에 나와 있다. 송민호는 이 책에서 1930년대 초기 일본에 번역되어 소개된 장 콕토의 저작 일람도 보여주면서 이상과 장 콕토 작품의 연관성을 살피고 있는데, 이는 눈여겨볼 필요가 있다.

그런데 이상의 작품에서는 인용들이 왜 이루어졌는지 그 의미나 의도를 짚어내는 것도 쉽지 않은 것들이 많기에 이 역시 모나드의 겹주름으로 다양한 해석을 수렴할 수 있는 여지를 확보한다. 예를 들면 「오감도」 중 「시제5호」에는 『장자』의 산목편에 나오는 구절인 "翼殷不逝 目大不覩"가 인용되어 있다. 그런데 이 구절이 「시제5호」와 비슷하지만 먼저 발표된 일문시 「건축무한육면각체」의 「이십이년」에는 "翼段不逝 目大不覩"로 '殷'이 '段'으로 바뀌어 있다. 이 한 글자만 바뀌어 있다면 인쇄상의 착오일 수도 있다고 생각하고 넘어갈 수도 있겠지만, 이 시는 다른 부분에서도 몇 글자가 바뀌어 있어서 그렇게 단순하지 않다. 이것을 이상이 스스로 바꾼 것이라면, 「이십이년」에는 왜 글자를 바꾸었으며, 뒤에는 왜 원문대로 넣은 것일까. 만일 인쇄상의 오류라면 앞의 것이 오류일까, 뒤의 것이 오류일까도 의문으로 남는다. 앞서 살펴보았듯, 이상은 오류라는 것을 알면서 스스로 오류를 범하고 있는 경우도 있고, 패러독스로 의도적인 비틀기를 하고 있는 경우도 있기 때문에 비록 발표문에서 원문과 다르게 삽입되어 있다고 할지라도 그것을 '단순한 오류'라고 단정짓는 것이 쉽지 않다. 그래서 이 간단한 문장 하나의 오류도 어떤 관점으로 보고, 어떤 것과 어떻게 연결되느냐에 따라 무수히 많은 해석이 나올 수 있는 여지를 내포한다.

2) 모나드적 연결로 파생된 중층적 은유의 미로

이상의 작품은 모나드적으로 연결되고 확장되기에 작품에 쓰인 각 단위 모나드의 단일한 해석은, 그 자체로 의미가 있기도 하지만, 그 이상의 은유로 읽어낼 수 있고 또 다른 해석 가능성이 있음을 염두에 두고 이루어져야 한다. 각각의 모나드가 연결되어 또 하나의 모나드가 만들어질 때, 여기에서 또 다시 해석의 주름이 겹겹이 만들어지기 때문이다.

일례로 우선 '여자'는 이상의 수많은 작품에서 등장하는데, 특히 소설의 경우 주인물인 남자와 어떤 식으로든 관계가 맺어져 있는 '여자'가 등장하지 않는 경우가 드물다. 그리고 많은 이들이 이상 작품에 등장하는 여자들을 이상이라는 작가의 사생활과 결합하여 구체적인 존재로 읽어내고, 혹은 시 속에 들어 있는 은유적 표상들을 남녀관계로 읽어내는 경우도 대다수 존재한다. 권영민 전집에 달린 해설이 그 한 예이다. 권영민 편본 전집 중 시를 모아놓은 1권은 작품의 해제가 달려 있는데, 그중 한문투로 쓰여진 「오감도」, 「시제7호」에 대해 다음과 같이 설명하고 있다.

> 이 작품에서 암시되고 있는 시적 모티프들은 시인 이상 자신의 사적인 체험과 연결되어 있다. 그가 폐결핵으로 직장을 쉬게 된 후 백천 온천으로 요양을 떠났다가 그곳에서 '금홍'이라는 여인을 만나게 되는 과정은 널리 알려진 일이다. 이 작품의 텍스트 안에 제시되고 있는 이러한 요소들은 모두 이야기로 꾸며져 소설 「봉별기逢別記」로 발표된 바 있다.[56]

여기서는 직접적으로 표상되어 있지 않은데도 이 작품을 '금홍'이라는 이상 개인사적 여인 관계와 연결하고 있다. 이 외에도 이 전집에는 작품 다수를 이상이 폐결핵을 앓고 있는 것, 혹은 사적 연애를 모티프로 작품을 쓴 것이라고 해설하고 있다. 이러한 해석 역시 틀린 해석은 아니다. 앞서 말했듯이 이상 작품은 다양한 해석을 모두 수렴하기 때문이다. 하지만 이렇게만 해석했을 때 이상은 그야말로 언어의 기지를 활용하여 단순히 신변잡기적인 일들을 문학이라는 이름으로 표출한 작가에 그치고 만다. 물론 신변잡기적인 일들을 표현한다고 해서 그 작품이 열등하거나 폄하되어야 하는 것은 아니다. 하지만 앞서 살펴보았듯 이상은 문학을 통해서 이 세상을 통찰하여 우주의 섭리를 파헤치고자 했으며, 그것을 세상 사람들에게 전달하는 수단에 대해서 고민했던 작가였다. 그리고 작품 전반에서 수많은 기법을 통해 자신의 세계관을 문학적으로 형상화하고자 했다. 그런 점에 비추어 볼 때 이상의 시와 서사 속에 등장하는 '여자'가 단지 그의 사적 경험 속에서 맺어진 남녀 관계 속의 '여자'이기만 한 것인가, 그것을 단정적으로 말할 수 있는가. 이에 대해서는 재고해 보아야 한다. 이상의 작품 속에서 '여자'는 시, 소설로 연결되면서 중층적으로 은유의 고리를 맺기 때문에 여러 가지 해석이 나올 수 있는 가능성을 내포하고 있다. 우선 이상이 겪은 사생활을 표현한 것이라고 읽어내기에 알맞은 시 하나를 보자.

---

56 권영민 편, 『이상 전집』 1, 뿔, 2009, 61쪽.

○ 紙碑一

안해는 아츰이면 外出한다 그날에 該當한 한男子를 소기려가는것이다 順序
야 밧귀어도 하로에한男子以上은 待遇하지안는다고 안해는말한다 오늘이야
말로 정말도라오지안으려나보다하고 내가 完全히 絶望하고나면 化粧은잇고
人相은없는얼골로 안해는 形容처럼 簡單히돌아온다 나는 물어보면 안해는
모도率直히 이야기한다 나는 안해의日記에 萬一 안해가나를 소기려들었을때
함즉한速記를 男便된資格밖에서 敏捷하게代書한다

○ 紙碑二

안해는 정말 鳥類엇든가보다 안해가 그러케 瘦瘠하고 거벼워젓는데도 나
르지못한것은 그손까락에 낑기윗든 반지때문이다 午後에는 늘 粉을바를때
壁 한겹걸러서 나는 鳥籠을 느낀다 얼마안가서 없어질때까지 그 파르스레한
주둥이로 한번도 쌀알을 쪼으려들지안앗다 또 가끔 미다지를열고 蒼空을 처
다보면서도 고흔목소리로 지저귀려들지안앗다 안해는 날를줄과 죽을줄이
나 알앗지 地上에 발자죽을 남기지안앗다 秘密한발은 늘보선신ㅅ고 남에게
안보이다가 어느날 정말 안해는 업서젓다 그제야 처음房안에 鳥糞내음새가
풍기고 날개퍼덕이든 傷處가 도배우에 은근하다 헤트러진 깃부스러기를 쓸
어모으면서 나는 世上에도 이상스러운것을어덧다 散彈 아아안해는 鳥類이면
서 염체 닷과같은쇠를 삼컷드라그리고 주저안젓섯드라 散彈은 녹슬엇고 솜
털내음새도 나고 千斤무게드라 아아

○ 紙碑三

이房에는 門牌가업다 개는이번에는 저쪽을 向 하야짓는다 嘲笑와같이 안해

의버서노은 버선이 나같은空腹을表情하면서 곧걸어갈것갓다 나는 이房을 첩

첩이다치고 出他한다 그제야 개는 이쪽을向 하야 마즈막으로 슬프게 짓는다

—「紙碑—어디갓는지모르는안해—」

이 시는 1936년 1월『중앙』에 발표된 「지비」라는 시로 '어디 갔는지

모르는 아내'라는 부제가 붙어 있다. 이 시는 표면상, 자주 외출했다 돌

아오는 아내가 방에 돌아와서는 죽은 듯이 있다가 어느 날 사라진 것을

그리고 있다. 그런데 이 시는 이 자체로 하나의 모나드지만 부제가 붙어

있지 않은 채 동일한 제목으로『조선중앙일보』, 1935년 9월 13일[57] 자

에 발표된 「지비」와 연결되고, 또 유고로 남겨저 사후 발표되었지만

1931년에 쓴 것으로 남아 있는 「황猫」과 「황猫의 기 작품 제2번-황은

나의 목장을 수위하는 개의 이름입니다」라는 시와 마지막 연에서 표현

된 '개'라는 존재와 연결된다. 또한 아내를 빗대고 있는 새의 이미지, 외

출하는 아내와 그것을 바라보는 '나'라는 모티프들에서 소설 「날개」와

연결된다. 우선『조선중앙일보』에 발표된 동일 제목인 시부터 살펴보

면 다음과 같다.

내키는커서다리는길고왼다리압흐고안해키는적어서다리는짧고바른다리

가압흐니내바른다리와안해왼다리와성한다리끼리한사람처럼걸어가면아아

이夫婦는부축할수업는절름바리가되어버린다無事한世上이病院이고꼭治療

를기다리는無病이끗끗내잇다

—「紙碑」

---

57 전집들에 15일로 되어 있는데 이는 오류이다.

이 시에는 나와 아내의 신체적 특징을 그리고 그 결합이 불구적인 모습이 되는 것을 드러내고 있다. 그런데 마지막 부분에 덧붙은 문구에서 한번 더 역설적 표현으로 이 시의 의미구조를 중층의 겹으로 구축해낸다. 즉 앞의 시나 이 시에서 표상하는 부부의 모습은 조화롭게 어울리는 모습이라기보다, 부조화스럽고, 불화하며, 불구적인 모습이다. 그것은 치료를 해야 하는 것인데, 아내는 사라져버렸고, 그것을 바라보는 '개'가 존재한다. 이 모든 것은 다시 「황」과 「황의 기」라는 작품을 통해 그 표상들을 만날 수 있다. '피스톨을 건네며 그녀를 죽여달라고 말하는 개'(「황」), '내 주치의의 오른팔을 물고 온 개'(「황의 기」), 그런데 이 개는 다시 '나'라는 존재와 결부된다.

複話術이란 결국 言語의 貯藏倉庫의 經營일 것이다

한 마리의 畜生은 人間 이외의 모든 腦髓일 것이다

나의 腦髓가 擔任 支配하는 사건의 大部分을 나는 獷의 位置에 貯藏했다−冷却되고 加熱되도록−
나의 規則을−그러므로−리트머스紙에 썼다
배−그 속−의 結晶을 加減할 수 있도록 小量의 리트머스液을 나는 나의 食事에 곁들일 것을 잊지 않았다
나의 배의 발음은 마침내 三角形의 어느 頂點을 정직하게 출발하였다

—「獷의 記」

'나의 뇌수가 담임 지배하는 사건의 대부분을 나는 황의 위치에 저장' 한다는 지점에서 '나'라는 존재와 '황'이라는 존재가 밀접한 연관성이 있다는 것을 짐작하게 한다. 그래서 김주현은 '황'에 대해 "이것은 黃과 犬의 결합으로, 누렁이를 의미하며, 곧 獸性을 지닌 이상의 또 다른 분신을 뜻한다"고 말한다. 그렇다면 '여인', '그녀', '연인', '아내'는 '나'와 다른 존재인가. 금홍을 만나기 이전에 쓰여진 것이 분명한 작품들 속에서 어떻게 표현되는지 보면 다음과 같다.

△ 은나의AMOUREUSE이다

— 「破片의景致」, 「▽의유희」의 부제

▽ 은나의AMOUREUSE이다

— 「鳥瞰圖」 중 「神經質的으로肥滿한三角形」

□ 나의이름

△ 나의妻의이름(이미오래된過去에있어서나의 AMOUREUSE는이와같이 총명하였다)

— 「三次角設計圖」 중 「線에關한覺書 7」

去勢된양말(그녀의이름은와아즈였다)

— 「建築無限六面角體」 중 「AU MAGASIN DE NOUVEAUTES」

□이 '나'라고 할 때 △은 '나의 반쪽'이다. △이 뒤집어진 형태도 '나의 반쪽'인데 이것은 결국 '나의 일부분'이라고 할 수 있다. 그리고 그것은 '연인'으로, '처'로, '그녀'로 표상되기도 한다. 소설 「날개」에서 해가 안 드는 방에 거주하는 '나'와 해가 조금이라도 드는 방을 점유하는 '아내'가 등장하지만, 결국 여기에 그려진 '아내' 역시 '나'의 일부라고도 할 수 있는 것이다. 「날개」에서 '나'가 자신의 방에 드나들기 위해 평소에는 아내 방을 통과해야만 하지만, 아내에 대한 배반감이 극에 달할 때 아내 방을 통과하지 않고 드나들었던 것 역시 관념을 공간적으로 형상화했다는 것을 드러내주는 증거인 셈이다. 그리고 「날개」에서 '박제가 되어버린 천재', '날고 싶어하는 나'는 「지비」에서 '아내'로 표상되는데, 이는 결국 '나'와 '아내'는 치환될 수 있는 존재임을 암시한다. '지비'라는 것은 종이로 만든 비석, 즉 네모나게 오려진 종잇조각을 일컫는다고 볼 수 있는데, 이것은 사유의 흔적들을 적은 종잇조각으로 벽에 붙여놓았다가 떼거나 하는 것이고, 이렇게 보았을 때 "날개퍼덕이든 傷處가 도배우에 은근하다"는 구절이 제대로 이해된다.

　위의 작품 「황의 기」에서 인용한 부분을 보면 사유와 인용, 그리고 글 쓰는 행위에 대한 통찰 등이 담겨 있다. 인용된 구절들은 난해하기로 소문난 「오감도」, 「시제5호」와 중층적 은유로 연결된다.

　이상의 작품 속에서는 오브제로 쓰인 하나의 기호마저도 하나의 모나드이기 때문에 그 안에서 다양한 해석의 주름을 만들어내는데, 그 모나드가 다른 모나드와 이렇듯 중층적으로 연결되면서 은유의 미로를 파생시키고 있기 때문에 이상의 작품에서 하나의 단일한 의미를 추출해내기란 쉽지 않다. 이러한 중층적 은유의 미로는 해석의 출구를 쉽사리 열어주지 않기에 난해할 수밖에 없고 지극히 환상적인 세계를 구축하지만, 그로 인해 무수히 많은 해석이 나올 수 있는 보고寶庫이기도 하다. 이 모나드를 접하는 독자 역시 다양한 경험과 사유를 통해 이루어진 하나의 모나드라고 보았을 때, 이상 작품의 모나드와 독자의 모나드가 접합되는 지점에서 무수한 해석의 주름이 파생될 수밖에 없다. 즉 독자가 어떤 주름을 펼치는가에 따라서 다양한 해석이 이루어질 수 있다는 것이다. 지금까지 이상 문학에 대한 연구들이 행해지면서 다양한 견해가 나오고 때로는 극과 극의 해석이 이루어지기도 했는데, 이러한 해석 중 어떤 해석도 틀렸다고 말하기 어려운 것도 바로 이 모두를 수렴할 수 있는 모나드적 해석 주름이 이상 문학 속에 내재되어 있기 때문이다.

제4장

이상 문학의 환상성이
지니는 의미와 문학사적 위상

1990년대 이후 문학 연구 분야에서 환상 내지 환상성에 대한 연구가 조금씩 활성화되었지만, 이상 문학의 환상성에 대해서는 연구가 별로 이루어지지 않았다. 선행된 몇몇 연구에서조차 이상 문학의 환상성을 현실 탈피나 도피로 결론 내리고 있는 실정이다. 하지만 이상 문학의 환상성은 현실 탈피나 도피가 아니라 오히려 현실을 본질적으로 파악하고 그것을 표출하려고 한 노력의 소산이었다. 즉 이상 문학의 환상성은 세계 통찰의 문학적 발현인 것이다.

이상 문학의 환상성은 전통적으로 이루어지던 문학적 환상성의 면모와 두드러진 차이를 보이고 있다. 우선 전통적 문학의 환상성은 어떤 요소를 활용하느냐에 따라서 조금씩 정도의 차이는 있지만, 비교적 쉽게 파악할 수 있는 단순 요소와 구조를 채택하여 환상성을 창출해 내었다. 반면, 이상 문학의 환상성은 대단히 복합적이고 중층적으로 발현되고 있어서 환상적 요소를 짚어내는 것마저 쉽지 않다는 특징을 보인다. 이러한 특징은 그 안에 담긴 내용과 목적의식에 영향을 받은 바 크다. 전 시기 문학의 환상성은 주로 계몽이나 해원에 목적을 둔 내용들이었다면 이상 문학의 환상성은 현실 세계의 반영이었다. 물론 전자와 후자에도 교집합 부분이 있지만, 독자와의 소통과 작가 세계관의 표현 이 둘 중 무게 중심이 어느 쪽으로 기우느냐에 따라 차이가 발생하고 있는 것이다. 따라서 이상 문학의 환상성은 한국문학 작품에서 이루어진 환상성의 면모를 통시적으로 고찰할 때 빠뜨릴 수 없는 자산이다.

이상 문학의 환상성에서 이러한 변화가 이루어지기까지에는 거기에 영향을 미친 요인들이 있다. 매체의 변화가 이루어지는 근대 초기의 환상성은, 독자에게 다가가기 위한 방편으로 이전 시기의 환상적 서사틀인, 우화·몽유·기이 등을 적극 활용하였다. 이전 시기와 마찬가지로 독자와의 소통을 중요시하여 환상적 서사를 활용하지만, 차이점도 존재한다. 이전 시기가 계몽적 성향과 함께 해원적 성향을 보였다면, 이 시기에는 계몽적 성향을 더 강하게 띠면서 현실적 문제에 한층 더 집중하게 만드는 측면이 있었다. 이러한 특징은 '몽유'라는 환상적 서사틀에서 뚜렷이 드러난다. 전 근대의 몽유 서사에서는 몽사와 현실의 경계를 허물면서, 초월적 세계를 수긍하거나 혹은 해원적 성향을 보이는 형태가 많았다면, 이 당시의 몽유 서사에서는 그러한 면모가 전혀 보이지 않는다. 1910년대 들어서 한일병합이 이루어지고 '신문'이라는 매체마저 식민체제를 강화하는 수단으로 이용되면서, 1900년대에 보이던 계몽의 방향성도 달라지고, 그로 인해 환상적 서사에서도 현실 문제에 초점을 맞추기보다는, 개인의 해원적 성향을 드러내던 전 근대적 특성으로 회귀하는 면모를 보이기도 한다. 하지만 1920년대 들어서면 다소 느슨해진 식민 정책의 틈새 속에서 다양하게 발간되기 시작한 신문, 잡지 등의 매체를 통해 억눌렸던 목소리들이 전면에 다시 등장하게 된다. 이 시기에는 이전 서사의 전통을 그대로 답습하고 있는 환상성이 표출되기도 하고, 당시의 새로운 사조나 과학적 발견을 끌어들여 새로운 환상성을 개척하고자 하는 시도도 있었다. 그러나 1920년대 카프라는 단체를 중심으로 프로문학이 활성화되고, 리얼리즘 담론이 강화되면서 문학의 환상성은 더욱 위축되었다. 문학의 환상성이 다시 활성화되는 데에는 일제의 사회주의 문학 운동 탄압도 영향을 미쳤지만, 프로문학 계열의 도식적인 선전문학화의 경향도 일정 정도 영향을 미친다. 내용과 형식의 조화를 통해 주제의식을 드러내는 것이 아니라 목적의식이 지나치게 돌출되어 정치적 구호화되어 가는 프로문학의 작품 양상은 창작방법의 새로운 모색을 시도하게 한다. 이 시기 유입된 세계 문예의 흐름은 새로운 창작방법을 기대하는 이들에게 하나의 자극제가 된다. 그 과정에서 이전까지 배척되던 환상에 대한 담론 역시 활발하게 이루어진다. 1930년대에 이루어진 담론들 속에서 환상성은 이전 시기의 괴이나 전기 등의 자장과 서구에서 유입된 문예 흐름을 흡수하며 하나의 미적 방법으로 수용되어 가는 과정을 보인다. 이러한 당대의 문단 흐름 속에서 이상의 환상성은 발현되었던 것이다.

한편으로 문단의 흐름에 영향을 받았지만, 모든 작가가 이상과 동일한 문학적 환상성을 발현시킨 것은 아니므로 여기에는 개인의 특질이 이상 문학의 환상성을 발현시킨 동인으로 작동했다는 것을 알 수 있다. 개인적 특질에 영향을 미친 요인 중 하나는 우선 연속과 단절이 모호한 가계에서 성장한 것이다. 그는 친부모가 생존해 있음에도 그 친부모 곁에서 자라지 못하고 백부와 백모의 손에서 자라야 했다. 그의 양자 체험은 보통의 양자 체험과도 조금 더 특이하게 이루어진다. 관계가 모호하게 형성되어 있는 친부모와 백부모 사이, 그리고 애정을 쏟는 백부와 거리를 두는 백모 사이에서 온냉을 오가는 애증의 정서적 체험을 하게 된다. 특이한 양자적 상황에서 욕망하는 존재와 그 욕망이 차단됨으로써 생기는 결핍은 존재의 불안으로 연결되고 이 존재의 불안 의식이 이상을 환상으로 나아가게 하는 기질을 키웠다고 볼 수 있는 것이다. 조선인으로서 일본 식민치하라는 정세 속에서 살아야 했던 정체성의 혼란 역시 이러한 양자 체험과 접속되면서 그의 기질을 더욱 추동시킨 요인이라고 할 수 있다. 그럼에도 현실을 부정하고, 초월적 세계로 도피하거나 혹은 해원적 환상으로 나아가지 않은 데에는, 그의 성장 과정 속에서 그가 천착한 예술에 대한 관심과 건축학을 전공하면서 습득한 과학적 지식들이 영향을 미쳤다. 20세기에 이루어진 새로운 과학적, 예술적 발견들은 초월적 세계를 지향해 간 것은 아니었다. 오히려 한계로 인식한 현실 세계의 지평을 넓혀가는 역할을 했다. 미답의 경지로 남아 있던 정신세계의 탐구, 절대적으로 인식되던 시공의 개념을 뛰어넘는 상대성 이론, 미시적 세계를 탐구하면서 발견하게 된 불확정성 원리 등 그 모든 것은 현실 세계를 제대로 파악하려는 노력의 소산이었다. 그가 건축학을 전공하면서 습득한 새로운 과학적 지식들은 기존의 상식으로 받아들인 많은 인식들에 균열을 내며, 패러다임의 전환을 가져올 수 있는 계기를 마련한다. 그가 관심을 둔 입체파, 표현주의 등의 미술 사조는 현실을 하나의 단일한 시점으로 평범하게 바라보는 시각을 지양하고, 그 현실의 대상을 재구하여 그만의 관점으로 세상을 드러내는 시야와 방법을 획득하게 했다. 그리고 이 자양분들은 이상의 억눌린 표현 욕구를 자극하며 문학을 통해 새로운 환상성을 발현시키는 요인으로 작동한다. 당시 새롭게 등장하여 활성화되던 영화라는 장르는 새로운 기술과 표현의 욕구가 결합되는 방식을 선보이며 이상을 매료시켰는데, 이 역시 이상은 문학의 자양분으로 흡수한다.

이상은 위와 같은 배경 속에서 문학의 환상성을 통해 세계의 본질적 속성을 드러내고자 했다. 이상은 세계의 본질을 인식하는 것이 의식적인 노력이 아니라 숙명적으로 주어진 기질이었다고 표현하기도 하지만, 그것을 문학을 통해 표출하고자 한 것은 의식적 노력의 소산이다. 그러나 그가 파악한 세계의 속성을 문학으로 형상화하는 것은 그리 쉬운 작업이 아니었다. 우선 이상은, 일반인들의 세계에 대한 오인誤認이 깊으며, 기존의 질서 정연한 언어 표현으로 그것을 깨뜨리기엔 부족하다고 인식했다. 이상은 자신이 파악한 세계의 본질을 드러내기 위해서는 우선 억압으로 작동하는 기존의 규범적 틀을 흔들어야 할 필요성을 느꼈다. 이상은 일상적으로 말하고, 지각하고, 인식하는 것들의 상식적 판을 뒤흔든다. 그는 위트와 패러독스를 통해 규범적으로 형성되어 온 말하기의 틀을 뒤집는가 하면 이미지를 파편화시켜 추상적인 몽타주 방식으로 제시하면서 지각의 단일한 초점을 깨뜨린다. 또한 의식과 무의식을 표류하는 방식으로 인식의 허방을 제시한다. 이 역시 단순한 설명적 말하기의 방식이 아니라 복합적이고 중층적으로 뒤섞어 흔들린 판의 모습을 보여주는 방식을 택한다.

일단 기존에 억압으로 작동하던 규범적 기제들을 흔든 뒤, 나누고 분할하는 경계를 무화시킨다. 문학에 다가들 때 일차적으로 형성될 수 있는 관습적 인식을 해체하기 위해 이상은 실제와 허구를 교착시키면서 눈에 보이는 현실을 단순하게 읽어내려는 시선을 교란시키고, 질서 정연하게 인식되는 현대적 시간과 공간 개념에 균열을 낸다. 그리고 그 시간과 공간 속에 살아가는 주체들에 대해 탐색한다. 즉 세상은 따로 구별되는 개별자의 집합체가 아니라, 존재들이 서로 불가분의 관계에 놓여있기에 주체와 타자의 개별적 관계 인식으로는 세계를 제대로 인식하기 어렵다는 것이 이상 문학에 표현된 세계 통찰이었다. 이상이 당대를 이상적인 세계로 바라보지 않았다는 것은 여러 논자들이 지적하고 있는 바이고, 이는 타당한 규명이다. 하지만 세계를 암울하게 인식해서 그 세계를 탈피하고자 한 것이 아니라 이상은 그 세계의 본질적인 속성을 파헤치고, 그 세계를 만들어내고 있는 존재들에 대한 탐색을, 환상성을 통해 수행하고 있다는 점에 우리는 좀 더 주의를 기울일 필요가 있다. 누군가는 지배하고 지배받고, 그 과정에서 억압과 수탈이 이루어지는 구조이며, 그러한 구조를 부조리하다고 인식하고 있다면, 그 부조리한 세상을 만들어낸 존재는 '나'와는 별개의 '타자'로서의 '악'이 아니라, 바로 '나'로부터 기인하고 있음을 이상의 문학은 반복해서 드러내고 있다.

이상은 그의 문학 작품들 속에서 사유하는 존재, 세상을 바라보는 관점, 그 관점에 의해서 포착된 세계, 그 속에서 살아가는 존재들을 자신의 방식으로 다양한 기법을 활용하여 문학적으로 표출하였다. 즉 그의 문학 작품의 기법과 세계관은 따로 노는 것이 아니라 하나로 관통한다. 그리고 그것을 반복과 순환이라는 프랙탈적 세계로 표출한다. 문학 형상화의 기법으로 차용하고 있는 프랙탈의 구조는 이상이 세계를 통찰한 패턴이었다. 이상 문학의 환상성은 우주의 형성 원리와 법칙을 담아내는 역할을 수행한 것이다. 이상은 글쓰기를 할 때, 과학적 지식을 바탕으로 하지만 그 이론에 머물지 않고 그 너머를 사유했다. 그는 과학도였지만 우주의 형성 원리를 드러냄에 있어 논리적 증명 차원이 아니라, 문학적 통찰을 통해 직관에 이르는 방법을 제시한 것이다. 그리고 그것을, 환상성이라는 수단을 토대로 드러냄으로써 독자로 하여금 무의식적으로 그 통찰에 다가서게 하였다. 모든 패러다임을 뒤엎는 발견은 논리보다 직관을 통해서 시작된다는 점을 기억한다면 이상이 문학을 통해서 수행한 작업은 그 가치를 인정받아야 할 것이다.

이러한 세계 통찰과 그것을 드러내는 방법이 세상에 전무후무한 이상의 독창적인 것만은 아니었다. 분할적으로 세계를 인식하지 않고 관계성 안에서 세계를 바라보던 동양 전통적 세계관과 접목된 지점이 있었으며, 그것을 드러냄에 있어서는 당대 유행하던 문예 사조의 기법을 활용하기도 했다. 그러나 전통적 세계관이 막연한 직관을 통해 이루어진 것이라면, 이상은 그 직관을 통해 파악한 세계를 새롭게 발견된 과학적 지식을 토대로 좀 더 구체적으로 파악하고자 하였으며, 그렇게 파악한 세계를 드러냄에 있어서도 당대 문예 사조의 프레임들을 다양하게 흡수하여 카오스적 세계를 더욱 여실하게 형상화해냈다.

더욱이 이상의 작품 세계는 모나드적으로 연결된다는 특징을 가지고 있다. 이상의 거의 모든 작품은 모나드적으로 연결되어 있으며, 각각의 모나드는 제 성질을 잃지 않으면서 또 다른 모나드의 형성에 기여한다. 이 모나드적 연결로 이루어진 은유망은 하나로만 이어진 것이 아니어서 마치 미로처럼 구체적 의미의 출구를 내어놓지 않은 채, 그의 작품을 읽는 독자로 하여금 해석의 미로를 헤매는 환상성을 경험하게 한다. 그리고 그 미로에서 독자 개개인은 자신의 의식 세계와 마주한다. 이상의 어떤 작품의 어떤 모나드를 먼저 접했는가, 또는 어떤 모나드가 인상적으로 다가왔는가에 따라 그 모나드의 성질을 기표 삼아 다른 모나드들에 접속하고, 그를 통해 독자는 결국 스스로의 관념, 사유, 세계관 혹은 무의식과 만나게 된다. 읽는 이들마다의 해석이 다채롭게 나올 수 있는 것도 바로 이러한 속성 때문이다. 어떤 것도 틀렸다고 말할 수 없고 그 어떤 것도 정답이라고 주장할 수 없게 만드는 것, 어떤 실체도 분명하게 잡히지 않지만 무수한 해석적 실체를 만드는 지점, 이것이야말로 이상 문학이 지니는 '환상성'의 요체이기도 하다.

이상의 문학이 당대를 넘어 *꾸준히* 마니아적 독자층을 거느릴 수 있는 힘 역시 단순한 난해함에서가 아니라 바로 이 환상성에서 기인한다. 구체적 의미를 현현해내지 못한다고 할지라도 독자들은 그 안에서 이미 자신의 모습과 자신의 닮은꼴인 존재의 모습을 찾아내고 있는 것이다. 각각의 존재들은 이 세계를 구성하고 있는 제각각의 모나드이다. 그래서 이상 문학은 모두에게 열린 텍스트이다. 이상 문학에 발현된 환상성으로 인해, 어떤 사유, 철학, 사조의 프레임을 대입해도, 모든 존재와 해석을 수렴해 버리는 열린 텍스트가 되는 것이다. 그리고 이는 초월적 세계를 통해 계몽, 혹은 해원의 수단이 되던 과거 환상성의 영역에서 벗어나, 고전적 사유에서부터 당대 과학적 발견들, 그 자신의 섬세한 통찰력을 버무린 문학적 재능을 토대삼아 만들어낸 이상 문학의 환상성이 지니는 중요한 의의 가운데 하나이다.

참고문헌

1. 자료

신문 및 잡지

『가톨릭청년』,『경향신문』,『그리스도신문』,『대한매일신보』,『대한민보』,『대한크리스도인회보』,『독립신문』,『동아일보』,『만세보』,『미일신문』,『매일신보』,『문예가』,『문장』,『문학사상』,『백조』,『사해공론』,『삼사문학』,『시와소설』,『신동아』,『신여성』,『여성』,『영대』,『월간매신』,『제국신문』,『조광』,『조선』,『조선과 건축』,『조선문단』,『조선문학』,『조선일보』,『조선중앙일보』,『죠션크리스도인회보』,『중앙』,『중외일보』,『창조』,『청색지』,『폐허』,『한성순보』,『한성주보』,『현대문학』,『협성회회보』,『황성신문』

전집 및 자료집

임종국 편,『이상전집』1~3, 태성사, 1956.
이어령 교주,『이상소설전작집』1~2, 갑인출판사, 1977.
_____,『이상수필전작집』, 갑인출판사, 1977.
_____,『이상시전작집』, 갑인출판사, 1978.
이승훈 편,『이상문학전집』1 ─ 시, 문학사상사, 1989.
김윤식 편,『이상문학전집』2 ─ 소설, 문학사상사, 1991.
_____,『이상문학전집』3 ─ 수필, 문학사상사, 1993.
김주현 주해,『정본 이상문학전집』(증보판) 1~3, 소명출판, 2009.
권영민 편,『이상 전집』1~4, 뿔, 2009.
김유중・김주현 편,『그리운 그 이름, 이상』, 지식산업사, 2004.

2. 단행본

강상희, 『한국 모더니즘 소설론』, 문예출판사, 1999.

강용운, 『이상소설의 서사와 의미생성의 논리』, 태학사, 2006.

고　은, 『이상 평전』, 향연, 2003.

구보학회, 『환상성과 문학의 미래』, 깊은샘, 2009.

구인환, 『한국근대소설연구』, 삼영사, 1980.

권영민 편저, 『이상 문학 연구 60년』, 문학사상사, 1998.

_____, 『이상 텍스트 연구』, 뿔, 2009.

_____, 『이상 문학의 비밀』 13, 민음사, 2012

김문희, 『전기소설의 서술문체와 환상성』, 보고사, 2006.

김문희 외, 『동서양 서사문학의 환상과 기이의 미학』, 소명출판, 2011.

김미령, 『몽유 모티프를 중심으로 한 환상성 연구』, 문학들, 2010.

김민수, 『이상평전』, 그린비, 2012.

김상환, 『해체론 시대의 철학』, 문학과지성사, 1996.

김승구, 『이상, 욕망의 기호』, 월인, 2004.

김승희 편저, 『이상』, 문학세계사, 1993.

김연수, 『굳빠이 이상』, 문학동네, 2001.

김영민, 『한국근대소설사』, 솔, 1997.

_____, 『한국근대문학비평사』, 소명출판, 1999.

김영민 외, 『근대계몽기 단형 서사문학 자료전집』, 소명출판, 2003.

김예림, 『1930년대 후반 근대인식의 틀과 미의식』, 소명출판, 2004.

김윤식, 『이상 연구』, 문학사상사, 1987.

_____, 『이상 문학 텍스트 연구』, 서울대 출판부, 1998.

_____, 『이상문학전집』 4~5 - 연구논문 모음, 문학사상사, 2001.

김인환, 『상상력과 원근법』, 문학과지성사, 1993.

김재용, 『민족문학운동의 역사와 이론』, 한길사, 1990.

김재희, 『경성 탐정 이상』, 시공사, 2002.

_____, 『베르그손의 잠재적 무의식』, 그린비, 2010.

김주현, 『이상 소설 연구』, 소명출판, 1999.

김진량, 『인터넷, 게시판 그리고 판타지소설』, 한양대 출판부, 2001.

김학은, 『이상의 시 괴델의 수』, 보고사, 2014.

나병철, 『환상과 리얼리티』, 문예출판사, 2010.

란명 외, 『이상(李箱)적 월경과 시의 생성』, 역락, 2010.

민족문학사연구소 편, 『새 민족문학사 강과』, 창비, 2009.

박정수, 『현대 소설과 환상』, 새미, 2002.

박현수, 『모더니즘과 포스트모더니즘의 수사학』, 소명출판, 2003.

방민호, 『환상소설첩-근대편』, 향연, 2004.

복거일, 『세계환상소설사전』, 김영사, 2002.

서강여성문학연구회, 『한국문학과 환상성』, 예림기획, 2001.

송민호, 『'이상'이라는 현상』, 예옥, 2014.

신범순 외, 『이상 문학연구의 새로운 지평』, 역락, 2006.

_____, 『이상의 사상과 예술-이상 문학연구의 새로운 지평』 2, 신구문화사, 2007.

안미영, 『이상과 그의 시대』, 소명출판, 2003.

이경훈, 『이상, 철천의 수사학』, 소명출판, 2003.

이만식, 『이상 시의 어휘 사용 양상과 공기관계 네트워크』, 박이정, 2013.

이상문학회 편, 『이상소설작품론』, 역락, 2007.

이승훈, 『이상-식민지 시대의 모더니스트』, 건국대 출판부, 1997.

이태동 편, 『이상』, 서강대 출판부, 1997.

이희정, 『한국 근대소설의 형성과 『매일신보』』, 소명출판, 2008.

임명섭, 『이상 문학의 해석-문학의 자의식과 바깥의 체험』, 한국학술정보(주), 2011.

임진수, 『환상의 정신분석』, 현대문학, 2005.

장석주, 『이상과 모던뽀이들』, 현암사, 2011.

장용민, 『건축무한육면각체의 비밀』, 시공사, 2007.

조해옥, 『이상 시의 근대성 연구』, 소명출판, 2001.

차배근 외, 『우리 신문 100년』, 현암사, 2001.

최기숙, 『환상』, 연세대 출판부, 2003.

최정윤, 『심리검사의 이해』, 시그마프레스, 2010.

한국문학연구회 편, 『1930년대 문학연구』, 평민사, 1993.

C. W. E. 빅스비, 박희진 역, 『다다와 초현실주의』, 서울대 출판부, 1987.

Christine Brooke-Rose, *A Rhetoric of the Unreal*, Cambridge University Press, 1981.

K. 해리스, 오병남·최현희 역, 『현대 미술 그 철학적 의미』, 서광사, 1988.

M. 엘리아데, 이은봉 역, 『성과 속』, 한길사, 1998.

T. 호키스, 심명호 역, 『은유』, 서울대 출판부, 1986.

가스통 바슐라르, 김현 역, 『몽상의 시학』, 홍성사, 1986.

_____, 정영란 역, 『공기와 꿈』, 민음사, 1993.

데이비드 G. 마이어스, 신현정·김비아 역, 『심리학개론』, 시그마프레스(주), 2008.

데이비드 로지 김경수·권은 역, 『소설의 기교』, 역락, 2010.

데이비드 보더니스, 김민희 역, 『E=mc²』, 생각의 나무, 2001.

데이빗코즌스 호이, 이경순 역, 『해석학과 문학 비평』, 문학과지성사, 1988.

레지스 드브레, 정진국 역, 『이미지의 삶과 죽음』, 시각과언어, 1994.

로버트 레빈, 이상돈 역, 『시간은 어떻게 인간을 지배하는가』, 황금가지, 2000.

로즈메리 잭슨, 서강여성문학연구회 역, 『환상성-전복의 문학』, 문학동네, 2001.

루돌프 아른하임, 김정오 역, 『시각적 사고』, 이화여대 출판부, 2004.

마샬 버만, 윤호병·이만식 역, 『현대성의 경험』, 현대미학사, 2004.

매슈 게일, 오진경 역, 『다다와 초현실주의』, 한길아트, 2001.

모리스 블랑쇼, 이달승 역, 『문학의 공간』, 그린비, 2010.

베리 파커, 김혜원 역, 『우주여행·시간여행』, 전파과학사, 1997.

뱅쌍 데꽁브, 박성창 역, 『동일자와 타자』, 인간사랑, 1990.

보리스 그로이스, 최문규 역, 『아방가르드와 현대성』, 문예마당, 1995.

슈테판 귄첼, 이기흥 역, 『토폴로지』, 에코리브르, 2010.

스티븐 호킹, 김동광 역, 『시간의 역사』, 까치, 1998.

앙리 베르크손, 최화 역, 『의식에 직접 주어진 것들에 관한 시론』, 아카넷, 2001.

엠마누엘 레비나스, 강영안 역, 『시간과 타자』, 문예출판사, 1996.

올리버 색스, 김한영 역, 『환각』, 알마, 2013.

이-푸 투안, 구동회·심승희 역, 『공간과 장소』, 대윤, 1995.

자크 데리다, 김성도 역, 『그라마톨로지』, 민음사, 1996.

자크 라캉, 권택영 외역, 『욕망 이론』, 문예출판사, 1994.

장 보드리야르, 하태환 역, 『시뮬라시옹』, 민음사, 1992.

제프리 노웰 스미스 편, 이순호 외역, 『옥스퍼드 세계 영화사』, 열린책들, 2005.

지그문트 프로이트, 김인순 역, 『프로이트 전집』6-꿈의 해석(하), 열린책들, 1997.

_____, 정장진 역, 『프로이트 전집』18-창조적인 작가와 몽상, 열린책들, 1996.

츠베탕 토도로프, 이기우 역, 『환상문학 서설』, 한국문화사, 1996.

캐스린 흄, 한창엽 역, 『환상과 미메시스』, 푸른나무, 2000.

테오도르 W. 아도르노, 홍승용 역, 『미학이론』, 문학과지성사, 1997.

토머스 쿤, 김명자 역, 『과학혁명의 구조』, 동아출판, 1992.

페터 뷔르거, 최성만 역, 『전위예술의 새로운 이해』, 심설당, 1986.

脇明子, 『幻想の論理』, 講談社, 1981.

3. 논문

강동우, 「이상시에 나타난 도가사상적 특성 연구」, 한양대 석사논문, 1999.

_____, 「이상 문학에 나타난 노장적 사유에 관한 연구」, 한양대 박사논문, 2009.

강상순, 「고소설에서 환상성의 몇 유형과 환몽소설의 환상성」, 『고소설연구』 15, 한국 고소설학회, 2003.

공종구, 「이상소설 연구-문체의 기능적 측면에서」, 전남대 석사논문, 1986.

김경미, 「15세기 문인들의 '기이'에 대한 인식」, 한국고전연구회 편, 『한국고전연구』 5, 태학사, 1999.

김경수, 「현대소설의 전개와 환상성」, 『국어국문학』 137, 국어국문학회, 2004.

김명주, 「아쿠타가와문학과 이상문학 비교고찰-'기아(棄兒) 및 양자(養子)체험'을 중심으로」, 『일본어교육』 33, 한국일본어교육학회, 2005.

_____, 「아쿠타가와문학과 이상문학에 있어서의 "예술관" 비교 (1)」, 『일본어교육』 50, 한국일본어교육학회, 2009.

_____, 「아쿠타가와와 이상문학에 있어서의 "예술관" 비교 (2)」, 『일본어교육』 54, 한 국일본어교육학회, 2010.

_____, 「마키노 신이치와 이상문학의 '환상성' 비교」, 『일본어교육』 55, 한국일본어 교육학회, 2011.

김미영, 「이상의 문학과 꼴라주」, 『한국현대문학연구』 32, 한국현대문학회, 2010.

_____, 「이상의 「지주회시」 연구」, 『인문논총』 65, 서울대 인문학연구원, 2011.

김상태, 「이상의 문체」, 『문체의 이론과 해석』, 새문사, 1982.

김상룡, 「한국고전소설의 환상성에 대한 연구」, 『국문학연구』 70, 서울대, 1985.

_____, 「고전소설의 환상미학」, 『양포 이상택 교수 환력기념논총』 上, 집문당, 1998.

_____, 「고소설의 환상성」, 『고소설연구』 15, 한국고소설학회, 2003.

김성수, 「이상 소설 연구」, 연세대 박사논문, 1998.

김승구, 「이상 초기 텍스트에 나타난 영화적 상상력」, 『인문과학연구논총』 33, 명지대

인문과학연구소, 2012.

김승희, 「김해경의 삶과 이상적 자아 사이의 갈등과 비극」, 『문학사상』 251, 1993.9.

김영민, 「한국 근대 서사문학에 나타난 환상성과 사실성」, 『현대소설연구』 12, 한국현대소설학회, 2000.

_____, 「동인지 『창조』와 한국의 근대소설」, 『현대문학의 연구』 18, 한국문학연구학회, 2002.

김옥순, 「은유구조론—이상의 작품을 모형으로」, 이화여대 박사논문, 1989.

김욱동, 「환상적 상상력과 소설」, 『상상』 13, 1996.가을.

김주현, 「이상 소설의 '위티즘' 연구」, 『한국현대문학연구』 6, 한국현대문학연구회, 1998.

김중하, 「이상의 소설과 공간성」, 『한국현대소설사연구』, 민음사, 1984.

김지숙, 「이상 시에 나타나는 수와 상징」, 『동남어문논집』 8, 동남어문학회, 1998.

김태환, 「환상성의 구조에 대한 몇 가지 단상들」, 『문학·판』 4, 열림원, 2002.가을.

남금희, 「이상 소설의 서술 형식 연구」, 대구효성가톨릭대 박사논문, 1996.

문흥술, 「1930년대 한국 모더니즘 소설에 나타난 언술 주체의 분열 양태 연구」, 서울대 박사논문, 1998.

박일용, 「전기계 소설의 양식적 특징과 그 소설사적 변모양상」, 『민족문화연구』 28, 고려대 민족문화연구소, 1995.

박철화, 「환상의 징검다리—한국 현대문학의 '환상성'」, 『문학·판』 4, 열림원, 2002. 가을.

백지연, 「키치와 판타지, 그리고 소설—21세기 문학의 문제적 징후들」, 『90년대 문학 어떻게 볼 것인가』, 민음사, 1999.

석연경, 「이상 시의 환상성 연구」, 전남대 석사논문, 2008.

성인수, 「텍스트 ▽, △, 1로 본 李箱의 「▽의 유희—」와 소녀 컨텍스트」, 『국어국문학』 163, 국어국문학회, 2013.

송선령, 「한국 현대 소설의 환상성 연구—이상, 장용학, 조세희를 중심으로」, 이화여대 박사논문, 2009.

송효섭, 「이조소설의 환상성에 대한 장르론적 검토」, 『한국언어문학』 23, 한국언어문학회, 1984.

신동문, 「模作烏瞰圖—詩 第一號 其一」, 『세대』 3-11, 1965.11.

신범순, 「이상문학에 있어서의 분열증적 욕망과 우화」, 『국어국문학』 100, 국어국문학회, 1990.

신형기, 「이상(李箱), 공포의 증인」, 『민족문학사연구』 39, 민족문학사학회, 2009.

신형철, 「이상(李箱) 문학의 역사철학적 연구」, 서울대 박사논문, 2012.

유철상, 「최근 소설의 환상적 경향과 그 의미」, 『문예연구』 25, 2000.여름.

윤지영, 「미장아빔, 근대와 탈근대의 미로−이상 시의 대칭구조를 중심으로」, 『한국시학연구』 26, 한국시학회, 2009.

안재식, 「구운몽의 작품구도와 환상 구조」, 『새국어교육』 16, 한국국어교육학회, 1973.

이고은・김준교, 「프랙탈 구조에 따른 이상 시의 텍스트 분석」, 『기초조형학연구』 15-3, 한국기초조형학회, 2014.

이보영, 「환상적 리얼리즘의 양극 세계」, 『문예연구』 25, 2000.여름.

이승훈, 「이상 소설의 시간분석」, 『문학과 시간』, 이우출판사, 1983.

_____, 「이상시의 기법 분석」, 『한국학논집』 13, 한양대 한국학연구소, 1988.

이재선, 「이상문학의 시간의식」, 『한국현대소설사』, 홍성사, 1979.

이준오, 「창조적 유희와 환상문학」, 『문예연구』 25, 2000.여름.

이원도, 「李箱 문학의 해체성 연구」, 동의대 박사논문, 2007.

임종국, 「이상의 소설이 지닌 현실성−지주회시, 날개를 중심으로」, 『한국문학』, 1976.6.

장덕준, 「한국근대소설의 시간구조에 관한 연구」, 고려대 박사논문 1984.

전우형, 「이상 소설의 영화적 제휴 양상과 의미」, 『한국현대문학연구』 33, 한국현대문학회, 2011.

정끝별, 「이상 시의 상호텍스트성 연구」, 『한국시학연구』 26, 한국시학회, 2009.

정인하, 「이상의 초기시에 나타난 한국근대건축의 '근대성' 탐구」, 『건축역사연구』 18, 한국건축역사학회, 1993.

정태용, 「작가의 생활방식−춘원과 금동과 이상」, 『한국일보』, 1959.10.9.

정현기, 「'집 짓기' 공리로 읽는 이상의 「지주회시」」, 『문학사상』 300, 1997.10.

_____, 「이상의 「지주회시」, 돼지와 거미」, 『한국 현대문학의 제도적 권력과 사회』, 문이당, 2002.

정희모, 「「지주회시」에 대한 서사강조적 분석 연구」, 『국어교육』 92, 한국어교육학회, 1996.

조갑순, 「이상 소설의 문체 연구」, 강원대 석사논문, 1983.

조선숙, 「음양오행의 관점에서 본 이상의 소설」, 이화여대 박사논문, 2002.

최지현, 「공간 메타포에 의한 상상의 문화적 체험」, 『선청어문』 23, 서울대 국어교육학과, 1995.

최혜실, 「1930년대 한국 모더니즘소설 연구」, 서울대 박사논문, 1990.

_____, 「이상 문학이 '환상성'을 지니는 두 가지 이유−공포의 승화와 재귀-지식 탐색

　　의 무한역행」, 『현대소설연구』 12, 한국현대소설학회, 2000.

한금윤, 「과학소설의 환상성과 과학적 상상력」, 『문예연구』 25, 2000.여름.

함돈균, 「이상 시의 아이러니에 나타난 환상의 실패와 윤리적 주체의 가능성에 관한 소고—정신분석의 관점으로 읽은 「꽃나무」, 「절벽(絶壁)」, 「공복(空腹)」에 대한 주석」, 『우리어문연구』 37, 우리어문학회, 2010.

황도경, 「이상의 소설 공간 연구」, 이화여대 박사논문, 1993.

_____, 「존재의 이중성과 문체의 이중성—李箱 소설의 문체」, 『현대소설연구』 1, 한국현대소설연구회, 1994.

_____, 「이상의 소설 공간—보행의 상상력과 비상에의 꿈」, 김상태 편, 『한국현대작가연구』, 푸른사상, 2002.

새 천 년이 시작된 지도 벌써 몇 해가 지났다. 식민지와 분단국가로 지낸 20세기 한국 역사의 와중에서 근대 민족국가 수립과 민족 문화 정립에 애써온 우리 한국학계는 세계사 속의 근대 한국을 학술적으로 미처 정리하지 못한 채 세계화와 지방화라는 또 다른 과제를 안게 되었다. 국가보다 개인, 지방, 동아시아가 새로운 한국학의 주요 대상이 된 작금의 현실에서 우리가 겪어온 근대성을 다시 한번 정리하고 21세기에 맞는 새로운 모습으로 탈바꿈시키는 것은 어느 과제보다 앞서 우리 학계가 정리해야 할 숙제이다. 20세기 초 전근대 한국학을 재구성하지 못한 채 맞은 지난 세기 조선학·한국학이 겪은 어려움을 상기해 보면, 새로운 세기를 맞아 한국 역사의 근대성을 정리하는 일의 시급성은 아무리 강조해도 지나치지 않다.

우리 근대한국학연구소는 오랜 전통이 있는 연세대학교 조선학·한국학 연구 전통을 원주에서 창조적으로 계승하고자 하는 목표에서 설립되었다. 1928년 위당·동암·용재가 조선 유학과 마르크스주의, 그리고 서학이라는 상이한 학문적 기반에도 불구하고 조선학·한국학 정립을 목표로 힘을 합친 전통은 매우 중요한 경험이었다. 이에 외솔과 한결이 힘을 더함으로써 그 내포가 풍부해졌음은 두말할 나위가 없다. 연세대학교 원주캠퍼스에서 20년의 역사를 지닌 매지학술연구소를 모체로 삼아, 여러 학자들이 힘을 합쳐 근대한국학연구소를 탄생시킨 것은 이러한 선배학자들의 노력을 교훈으로 삼은 것이다.

이에 우리 연구소는 한국의 근대성을 밝히는 것을 주 과제로 삼고자 한다. 문학 부문에서는 개항을 전후로 한 근대 계몽기 문학의 특성을 밝히는 데 주력할 것이다. 역사 부문에서는 새로운 사회경제사를 재확립하고 지역학 활성화를 위한 원주학 연구에 경진할 것이다. 철학 부문에서는 근대 학문의 체계화를 이끌고 사회과학 분야에서는 학제 간 연구를 활성화시키며 근대성 연구에 역량을 축적해 온 국내외 학자들과 학술 교류를 추진할 것이다. 이러한 연구들은 일방성보다는 상호 이해와 소통을 중시하는 통합적인 결과물의 산출로 이어질 것이다.

근대한국학총서는 이런 연구 결과물을 집약적으로 정리하기 위해 마련한 총서이다. 여러 한국학 연구 분야 가운데 우리 연구소가 맡아야 할 특성화된 분야의 기초자료를 수집·출판하고 연구성과를 기획·발간할 수 있다면, 우리 시대 연구자들뿐만 아니라 학문 후속세대들에게도 편리함과 유용함을 줄 수 있을 것이다. 새롭게 시작한 근대한국학총서가 맡은 바 역할을 충분히 할 수 있도록 주변의 관심과 협조를 기대하는 바이다.

2003년 12월 3일
연세대학교 원주캠퍼스 근대한국학연구소